Du sang
dans l'eau salée

Nelly Jauneau

Du sang dans l'eau salée

Polar

NOUVEAUX AUTEURS

Éditions Les Nouveaux Auteurs

16, rue d'Orchampt 75018 Paris
www.lesnouveauxauteurs.com

ÉDITIONS PRISMA

13, rue Henri-Barbusse 92624 Gennevilliers Cedex
www.editions-prisma.com

ISBN: 978-2-8195-07468

Pour ma mère qui écrivait avec tant d'élégance.

Pour Jean-Laurent Poitevin
qui parie sur l'inconnu et les inconnus.

« On ne se débarrasse pas des faits
en les déclarant irréels. »

Carl Gustav Jung

PROLOGUE

En voyant l'éclat du fer et la lueur de folie dans les yeux de l'homme, il avait su qu'il était perdu. Mais il avait quand même essayé. Il avait cherché des mots, des mots pour gagner du temps, des mots qui venaient de ses tripes, de ce corps vieilli qui refusait désespérément l'anéantissement. Mais ils n'avaient pas été assez puissants pour briser la vague de colère et de frustration. Il le vit lever le bras. Un cri, le sien, celui de son bourreau, il ne savait plus. L'arme qui le touche, une première douleur, immense, odieuse, le sang qui éclabousse. Il tombe sur l'épais tapis. Au-dessus de lui un nouvel éclat métallique. Et puis, plus rien.

1

Alys jeta un coup d'œil sur le tableau de bord. À peine dix-neuf heures. Un épais front nuageux avait déjà englouti le paysage sous une obscurité pesante.

Fatiguée par cette pluie continuelle qui l'avait accompagnée depuis Paris, la jeune femme avait hâte d'arriver. Les essuie-glaces luttaient contre les bourrasques, essayant de gagner de vitesse les gouttes d'eau. Le sommet d'une côte et soudain, au loin, la pointe ajourée du clocher de l'église de Brelez.

Elle était chez elle.

Mais, elle ne ressentit pas l'habituel sentiment de plénitude. Une vague tension qui ne devait rien au voyage la plombait. Les trois jours passés à Paris n'avaient pas suffi pour chasser les idées qui l'obsédaient.

Perdue dans ses pensées, elle parcourut les derniers kilomètres qui la séparaient du manoir. En fait de manoir, c'était plutôt une grande bâtisse de pierre surplombant un aber depuis plus de trois siècles.

Dernier virage avant la haute grille familière marquant l'entrée du domaine.

À travers la pluie, elle aperçut les piliers de granit maintenant les deux battants grands ouverts, comme d'habitude. Sur celui de droite, gravé dans la pierre : Kastell Mor. L'inscription avait subi la marque du temps. On la devinait plus qu'on ne la lisait. Petite fille, elle effleurait de ses doigts les lettres gravées, pour éprouver ce contact sensuel avec le granit buriné. L'enfant avait appris le sens des mots, mais les lettres dans la pierre avaient gardé leur pouvoir. La magie de ce graphisme qui nommait l'endroit, comme le lui avait expliqué son père, la fascinait.

Aujourd'hui, la trentaine largement dépassée, sa haute silhouette sportive, son visage aux pommettes marquées encadré par des cheveux animés de reflets roux, attiraient immanquablement l'attention, comme ses yeux d'un vert presque lumineux.

Alors qu'elle s'engageait dans le chemin au travers d'un sous-bois, une ombre déchiquetée se dressa soudain dans le faisceau de ses phares. Un freinage brusque, la voiture perdit de l'adhérence et glissa sur quelques mètres. La ceinture se bloqua lui coupant le souffle.

En s'efforçant de calmer les pulsations désordonnées de son cœur, elle regarda l'obstacle. Une grande branche, cassée par le vent, barrait le chemin.

Encore effrayée et furieuse d'avoir perdu son sang-froid, Alys frappa violemment le tableau de bord, inexplicablement au bord des larmes. Elle quitta l'habitacle et entreprit de dégager le passage.

La pensée d'un homme l'envahit. S'il se pointait dans les parages, elle ne ferait pas le poids si elle commençait à perdre les pédales pour quelques bouts de bois.

Au bout de l'allée un imposant bâtiment se dressait. Coupant le contact, elle se laissa aller contre son siège. La pluie isolait la voiture. Entre le refuge de la maison et l'abri de l'habitacle, une zone de froide obscurité faisait barrage. La façade présentait ses fenêtres aveugles. Seules brillaient les lumières de la cuisine, à l'extrémité de l'aile nord.

Elle s'obligea à quitter l'abri de la voiture. Pendant qu'elle retirait ses bagages du coffre, elle songeait au dîner que Marie-Louise avait préparé.

Depuis la disparition de sa mère, la gouvernante avait pris en main l'intendance de la maison. Originaire de l'île d'Ouessant, Marie-Louise L'Hostis s'occupait du domaine avec Armel, son fils. Peu bavarde, elle dissimulait sous une apparence réservée, une volonté inébranlable.

Sous la pluie battante, Alys se précipita vers la porte. Dans l'entrée, elle s'ébroua comme les chiens d'Armel au sortir de leur baignade dans l'aber. Dans l'excès même du mouvement, la petite fille transparut sous l'adulte soucieuse.

— Malouise, cria-t-elle, je suis de retour !

L'appel restant sans réponse, Alys ôta sa veste trempée. Empoignant son sac, elle se dirigea vers la chambre située au premier étage. En passant devant la porte fermée du grand salon, une sensation de froid l'envahit soudain. Inconsciemment, elle pressa le pas, la nuque raidie. Enfant, elle éprouvait souvent des terreurs, peuplées d'entités qui surgissaient de l'ombre. Maudissant son imagination, elle éclaira rapidement le grand escalier de pierre. Sa chambre se trouvait au bout d'un long couloir. Elle avait choisi de s'installer dans une pièce semicirculaire qui donnait sur l'eau.

Fatiguée, la jeune femme se jeta dans un fauteuil, puis se rappelant les documents restés dans l'entrée, elle redescendit pour aller les ranger dans la bibliothèque. Elle éprouvait un plaisir presque sensuel à séjourner dans cette pièce, lieu de prédilection de son père, au milieu des odeurs si caractéristiques des livres et du cuir. Il lui semblait parfois y entrevoir sa silhouette mince.

L'évocation de son père disparu rajouta un voile sombre sur son esprit tandis qu'elle regagnait le rez-de-chaussée.

Arrivée dans l'entrée, elle alluma le plafonnier pour donner la clarté maximum.

La main posée sur la poignée, Alys fut de nouveau saisie par cette angoisse inexplicable. Son cœur affolé cognait à grands coups, elle frissonnait. Une envie féroce de tourner les talons et de fuir la saisit. Faisant appel à toute sa logique d'adulte, elle respira calmement une ou deux fois puis, d'un geste plus ferme que nécessaire, elle ouvrit en grand la porte, avançant d'un pas dans la pièce.

Et la terreur jaillit… De partout.

Elle rebondit sur les murs, ricocha dans les parois de la cheminée, rampa sur les tapis, tourbillonna autour de la jeune femme. Et se matérialisa là, au milieu du salon, forme indistincte étendue par terre. Une odeur fade envahit ses narines, imprégna son cerveau, mémorisée à tout jamais.

Les bouquins avaient glissé, elle n'avait pas entendu le bruit de leur chute. Le temps n'existait plus.

La lumière diffuse du lampadaire d'angle éclairait une pieuvre rouge, étalée sur le sol. Ses tentacules épais et visqueux s'étiraient dans toutes les directions et la bête prenait naissance dans le cou tranché du père Cordier.

Obscène et grotesque, la tête surmontée de courts cheveux blancs avait terminé sa course aberrante contre la base d'un coffre de marine, élément d'un sinistre puzzle. Une large balafre sanglante zébrait le mur derrière le corps, explosion écarlate.

Elle resta immobile, la bouche ouverte sur un immense

cri silencieux, son cerveau refusant obstinément d'enregistrer la scène. Et puis le temps se remit en mouvement.

Avec une espèce de détachement, comme anesthésiée par la démesure de l'horreur, Alys parcourut du regard l'ensemble de la pièce et soudain, elle se figea. Sur une table basse près de la fenêtre, un verre vide côtoyait une bouteille de rhum encore débouchée. Objets anodins qui plongèrent la jeune femme dans un nouvel accès de terreur.

Ses jambes ne la portaient plus, elle s'affala dans un fauteuil, la tête rejetée sur le dossier. Puis, la jeune femme se leva et se dirigea vers la table pour y prendre la bouteille et la ranger dans le bar.

Elle tremblait si fort qu'il lui sembla que ce simple geste lui serait impossible à accomplir. Elle respira profondément deux ou trois fois avant de s'occuper du verre.

En se maudissant pour ces gestes, elle chercha un paquet de serviettes en papier dans le meuble, en sépara deux ou trois dont elle se servit pour essuyer soigneusement le verre qu'elle remit à sa place.

Toujours en évitant de regarder le corps mutilé du prêtre, elle se dirigea vers la bibliothèque contiguë pour jeter les serviettes souillées dans la cheminée.

Dès qu'elle eut franchi le seuil, elle porta instinctivement son regard sur un emplacement entre les livres. Vide…

Elle le savait, elle l'avait tout de suite senti lorsqu'elle était entrée dans la maison. Quelqu'un avait déchaîné le Mal. Barr-amzer[1] était libre. La tempête avait de nouveau tué.

1. Signifie tempête en breton. C'est le mauvais temps avec une notion de paroxysme.

Quelque part dans l'obscurité, une épée viking luisait, sinistre aura sanguine. Le destin des Trevor de Kermarec dansait de nouveau sur son fil.

La jeune femme avait oublié la lame puissante, son dangereux héritage. Aujourd'hui venait le temps de payer le prix. Cette arme au nom redoutable avait détruit le père Cordier et son chemin sanglant continuerait si elle n'en reprenait pas le contrôle. Il fallait faire front et sauver ce qui était encore possible. De toute façon, elle n'avait pas le choix.

Lentement, elle se dirigea vers le téléphone et composa le numéro de la gendarmerie.

***

Il se tenait là, dans l'ombre, guettant la fenêtre allumée. La colère grondait en lui. Il ne savait qui maudire le plus : ce prêtre ou cette fille, également obstinés. L'ombre épaisse l'enveloppait. Trempé par cette pluie, il avait l'impression de se dissoudre.

Quelque chose l'envahissait.

Il entrevit sa silhouette passer furtivement devant la vitre. Il avança d'un pas, les poings crispés. S'approchant sans aucun bruit, il risqua un regard dans la pièce. Elle lui tournait le dos, occupée à téléphoner. Il hésita, puis rebroussa chemin, s'enfonçant dans les bois.

Il regarda la maison, une dernière fois, marqua un temps d'arrêt, puis, se baissant ramassa un objet, provoquant un bref éclair. La main serrée autour du fer, il émit un son étrange, rauque, violent et désespéré.

Au loin, elle se retourna vers la nuit, comme si elle avait perçu cet étrange appel.

2

— Il faut appeler le médecin de garde ! ordonna le major Leflandre.

— Mais il est mort ! s'écria Alys.

— Bien sûr. Mais la procédure exige que le décès soit constaté par un médecin, il déterminera les causes de la mort.

— Ça m'a l'air pourtant évident ! ne put s'empêcher de faire remarquer la jeune femme un peu brutalement.

Elle regarda successivement les trois autres gendarmes, puis Marie-Louise, debout près de la porte, qui gardait la tête baissée et les mains croisées devant elle. Tout le monde semblait gêné. Elle se rendit compte qu'il était stupide de s'en prendre aux pandores. Ils n'étaient en rien responsables de son cauchemar et puis il n'était peut-être pas très prudent de les indisposer à son égard. Mais la façon dont le chef de la brigade de gendarmerie de Saint-Renan était intervenu l'avait braquée.

Il était arrivé très vite sur place après son appel téléphonique, escorté par six militaires. Descendant rapidement de son véhicule, tandis que ses collègues jaillissaient littéralement du fourgon, il avait immédiatement déployé deux hommes pour surveiller les abords de la maison.

Alys et Marie-louise alertées par les crissements des pneus s'étaient immédiatement portées à leur rencontre.

— Major Leflandre, gendarmerie nationale !

Le tout ponctué d'un salut militaire. Alys avait estimé superflu ce protocole, vu les circonstances. Il avait dû réveiller la totalité de la brigade, s'était-elle dit en voyant les nombreux uniformes.

Elle leur avait fait un compte rendu des évènements, parfois interrompue par le major qui sollicitait des précisions. Elle avait le sentiment de se trouver au cœur d'une pièce de théâtre, dans un rôle à contre-emploi, n'arrivant pas à admettre la réalité des faits. La présence des gendarmes lui paraissait incongrue, envahissante. Les paroles du chef de la brigade sonnaient faux, comme s'il ne savait pas vraiment s'il devait la traiter en victime ou en suspecte.

Les militaires ne cherchèrent à masquer leur trouble lorsqu'ils découvrirent la scène. L'un d'eux se retourna vers la jeune femme et lui jeta un regard furtif. Son apparente impassibilité l'intriguait sans doute. En fait, Alys s'était retirée très loin. Elle répondait mécaniquement aux interrogations des gendarmes. Ne pas penser, ne pas laisser l'émotion prendre le pouvoir. La peur de craquer et de parler la tétanisait.

Après la première réaction d'effarement et de répulsion, les militaires redevinrent professionnels. Leflandre demanda aux deux femmes de quitter la pièce, le temps qu'ils procèdent aux constatations. Il voulait également les mettre à l'abri du spectacle effroyable du corps massacré du religieux, étalé dans son sang visqueux et surtout de sa tête détachée aux yeux fixés sur le vide.

— Prenez leurs déclarations, dit-il désignant deux de ses collaborateurs.

Alys ressentit une violente bouffée d'angoisse. Oppressée, elle croyait sentir le fer des menottes autour de ses poignets.

Le major observait d'un œil critique le technicien d'investigation criminelle qui procédait méthodiquement à la recherche de toutes les traces et indices. La scène de crime avait été photographiée sous tous les angles. À présent revêtu d'une combinaison blanche, de ses mains gantées, Fabrice Trébeau explorait méthodiquement chaque centimètre carré de la pièce. Son chef savait que l'opération durerait encore longtemps. Inutile de rester à surveiller, Trébeau ne commettrait aucune faute, ne négligerait rien, ne lui donnerait pas l'occasion d'une remarque, encore moins d'un reproche. Il ne pouvait se défendre d'un sentiment d'agacement et préféra quitter la pièce à la recherche des deux femmes. Malgré sa compétence et son sérieux, son jeune subordonné l'énervait. Venant d'une section de recherche, il maîtrisait les techniques de police scientifique et s'était avéré un excellent enquêteur. Sa supériorité professionnelle était comme une offense personnelle pour son chef. Ce ressentiment s'était nourri de sa récente découverte. Il avait appris par hasard que ce gendarme émérite prétendait monter en grade et qu'il préparait un concours de lieutenant… de police.

Dans la pièce voisine, il retrouva ses hommes qui notaient les dépositions des deux femmes. Assises sur un canapé, elles se serraient l'une contre l'autre. Pour se réconforter ou pour faire bloc ?

Encore une fois, un sentiment d'agacement l'envahit. Il aurait dû les interroger séparément, mais c'était prendre le risque de les froisser. La famille de Kermarec avait un poids certain dans le pays. Il fallait marcher sur des œufs.

La fatigue, le doute, lui tombèrent dessus brutalement, faisant chuter l'excitation du départ. Cette affaire risquait de lui attirer plus d'ennuis que de gloire. Il allait solliciter l'assistance des collègues de Brest. En attendant, il fallait faire le boulot.

— Nous n'avons pas retrouvé l'arme du crime, dit-il, comme un reproche à l'adresse de la jeune femme.

Elle baissa la tête, silencieuse.

S'emparant du carnet de son subordonné, Leflandre fit préciser quelques détails aux deux femmes.

La gouvernante confirma ses déclarations. Le père Cordier était passé dans l'après-midi peu après cinq heures. Comme d'habitude, il circulait à vélo. Il souhaitait voir Alys pour lui emprunter des livres. Il n'avait pas voulu se servir lui-même préférant attendre le retour de la jeune femme. Elle cuisinait et ne l'avait pas raccompagné jusqu'à la porte, mais elle était persuadée qu'il était reparti. Elle n'avait vu personne d'autre.

— Vous n'avez rien entendu ? Pas un cri, pas de bruits de lutte ?

— Non, mais la cuisine se trouve dans l'autre aile et avec le bruit de la télévision…

Marie-Louise avait exposé les faits, simplement, tels qu'elle les avait vécus. Cependant elle avait soigneusement évité de faire part de ses doutes sur le véritable motif de la visite du prêtre. Comme tous les gens qui parlaient peu, elle savait écouter. Il lui avait semblé que malgré le ton enjoué, le père Cordier était très déçu de ne pas trouver Alys. Elle avait discerné une tension sous-jacente et aurait juré que les bouquins ne constituaient qu'un prétexte. Elle sentait confusément qu'elle risquait de nuire à Alys en parlant trop. Et puis, cette inquiétude n'avait peut-être aucun rapport avec le drame.

— Madame de Kermarec, vous attendiez la visite du père Cordier ?

— Non. Nous n'avions pas rendez-vous, mais il avait l'habitude de venir ici. Il partageait avec mon père le même intérêt pour l'histoire.

Elle jeta un regard furtif vers les rayonnages et le major eut l'impression que quelque chose l'effrayait. À cet instant, un homme franchit la porte, accompagné d'un des gendarmes.

— Le médecin, major.

— Bonsoir, docteur. Vous avez vu le corps ?

— Oui, il faudra attendre l'autopsie naturellement, mais les premières constatations sont assez évidentes. La mort remonte à environ deux ou trois heures. Il a été décapité. Son meurtrier doit avoir beaucoup de force et une épée bien affûtée.

— Vous pensez que l'arme du crime est une épée ? demanda le gendarme.

— Vous n'avez rien retrouvé près du corps ?

Leflandre secoua la tête.

— Pourtant, il s'agit d'une lame longue, une épée ou un sabre d'abordage, un truc dans ce genre. Votre curé, c'était peut-être un immortel. Comme dans Highlander, il ne doit en rester qu'un ! s'esclaffa le toubib.

À ce moment, il prit conscience de la présence des deux femmes dans la pièce. Affreusement gêné, il bafouilla.

— Je pense que le procureur doit être en route. Vous m'excuserez, je dois partir.

3

Les deux mains enfoncées dans les poches de son imperméable, Martine Harcourt écoutait songeusement les explications du major. Plus que l'horreur de la scène, c'était l'absurdité du geste qui l'avait frappée. Rien dans les premières constatations des gendarmes ne fournissait un embryon de piste. L'hypothèse du cambrioleur surpris tenait difficilement la route, dès lors qu'aucun objet n'avait disparu. Plus troublant encore, aucune effraction n'avait été commise. Pourtant la gouvernante affirmait que la grande porte d'entrée donnant sur la terrasse était bien fermée.

Qui pouvait en vouloir à ce prêtre et pourquoi le tuer ici, de manière si spectaculaire ?

Adjointe du procureur de Brest, Martine Harcourt s'était déplacée immédiatement après l'appel des gendarmes.

La quarantaine volontaire, elle avait toujours eu du goût pour le terrain et prenait ses décisions rapidement. Pour l'heure, elle pressentait que cette affaire s'annonçait difficile. Compte tenu de la personnalité des protagonistes, elle imaginait sans peine le déchaînement médiatique et la pression qui s'exercerait sur les enquêteurs.

Connaissant la propension de la gendarmerie à fournir un coupable le plus rapidement possible, elle se demandait si elle ne devait pas saisir la PJ. Elle hésitait encore. Rien à redire sur les constates, le boulot avait été bien fait. Les militaires n'apprécieraient pas le dessaisissement.

— Vous en pensez quoi des habitants de la maison ? lança-t-elle abruptement au major.

— C'est une famille très bien, connue dans la région. Cette maison leur appartient depuis plusieurs générations.

— On connaît l'heure du crime ?

— À la louche, entre seize heures trente et dix-neuf heures.

— Vous avez une idée de ce qui a pu se passer ?

— Pour l'instant, rien de solide. L'autopsie et l'analyse des prélèvements nous donneront peut-être une piste.

— Et ça donne quoi les premières déclarations des deux femmes ? s'enquit Martine Harcourt.

— Rien de significatif. La gouvernante qui se trouvait dans l'autre aile n'a rien entendu. Quant à madame de Kermarec, le curé était déjà mort à son retour.

— Bien. Où sont-elles ?

— Dans la pièce juste à côté.

— Allons-y.

D'un pas décidé, la magistrate entra dans la bibliothèque, suivie par Leflandre. Voyant les deux femmes, serrées l'une contre l'autre, qui répondaient aux questions d'un gendarme, elle se retourna vers le major, pour lui demander sèchement :

— J'imagine que vous les avez interrogées séparément ?

Gêné, Leflandre tenta de se justifier.

— Pas vraiment ! Mais il ne s'agissait que de premières déclarations. Pour les auditions ultérieures, il est bien évident que nous les entendrons séparément. Vous comprenez, elles étaient très choquées.

Devant son embarras, Harcourt comprit qu'une fois encore le poids de la notoriété dans un petit village allait nuire à la liberté, voire à l'objectivité, des enquêteurs. En fait, elle sentit qu'elle tenait là son prétexte pour dessaisir la gendarmerie au profit de la police judiciaire.

Avec une parfaite mauvaise foi, elle répliqua :

— Les auditions futures, c'est à voir. Vous comprendrez qu'il s'agit d'une affaire beaucoup trop sensible pour qu'elle reste au niveau local.

— Bien sûr. Je comptais d'ailleurs demander l'assistance de la BR[1] de Brest, bredouilla le malheureux Leflandre, qui essayait désespérément de défendre les intérêts de sa boutique.

— Certes. Mais il n'en demeure pas moins que vous resteriez impliqué dans cette enquête et que je crains de vous voir en porte-à-faux, compte tenu de l'influence de cette famille dans la région. Vous me comprenez, major. J'espère que vous ne m'en tiendrez pas rigueur, ajouta-t-elle avec un éblouissant sourire.

Vaincu, le major dissimula sa frustration. Avec un geste d'abandon, il lui répondit :

— Pas de problème, madame le procureur ; c'est vous le patron.

Ayant réglé ce point, la magistrate avança vers le fond de la pièce. Les boiseries, les fauteuils en cuir et les objets de marine faisaient de cet endroit un havre chaleureux, le repaire d'un marin ayant posé son sac après avoir bourlingué.

1. Brigade de recherche. Unité spécialisée dans l'investigation judiciaire.

— Bonsoir. Martine Harcourt, adjointe du procureur, se présenta-t-elle aux deux femmes.

Alys nota qu'elle gardait les deux mains enfoncées dans les poches de son imperméable. On ne serre pas la main de ceux qu'on soupçonne, se dit-elle amèrement.

— J'aimerais que vous me précisiez quelques points. La victime vous a-t-elle fait part de menaces ou de détails qui pourraient expliquer cet acte ?

— Les prêtres reçoivent plus de confidences qu'ils n'en font, répliqua Marie-Louise, sèchement. Le père Cordier était aimable, mais il n'aurait jamais confié ses problèmes. Pour autant qu'il en ait eu...

Alys regretta le ton acerbe de la gouvernante, mais elle comprit qu'elle avait été froissée par la dépersonnalisation de l'ecclésiastique.

— Il ne m'a jamais parlé de quoi que ce soit à moi non plus, déclara-t-elle.

— Bon ! De toute façon, vous aurez l'occasion de discuter de tout ceci avec le juge et les enquêteurs qui poursuivront l'affaire.

— Comment ça, le juge ? s'écria Marie-louise, se levant d'un bond. Nous n'avons rien fait de mal. Pourquoi voulez-vous nous envoyer au tribunal ?

— Je vous en prie, calmez-vous. Il s'agit du juge d'instruction. Un tel crime peut nécessiter plusieurs mois d'enquête. Je vais faire ouvrir une information et demander à la police judiciaire de reprendre l'enquête.

Alys resta silencieuse, accablée par les évènements qui se succédaient. De nouveau lui vint à l'esprit l'image d'une pièce de théâtre où elle jouerait un rôle absurde, sans connaître ses répliques à l'avance.

Martine Harcourt jeta un coup d'œil sur sa montre.

— Je retourne à Brest. Major, vous me ferez parvenir

rapidement les premiers actes d'enquête. Je compte sur vous.

Dans la cour, le véhicule des pompes funèbres attendait son macabre colis.

Martine Harcourt s'engouffra dans sa voiture et reprit la route, pleine d'une étrange exaltation.

4

La pluie s'était arrêtée, les essuie-glaces ne balayaient plus que par intermittence. Perdue dans ses pensées, Harcourt jeta un coup d'œil à sa montre. Un cadeau qu'elle s'était offert avec ses premiers salaires. Compagne de travail, elle ne la quittait pour ainsi dire jamais. Au rythme impitoyable des aiguilles, le temps s'était enfui, mais certains souvenirs restaient présents et colorés dans sa mémoire.

Couleur rouge comme ces petites mains d'enfants inscrites sur le mur d'un escalier d'une maison, quelque part dans le nord de la France.

Elle avait à peine vingt-sept ans ; l'une de ses premières affaires en tant que substitut du procureur dans un petit tribunal de Picardie. Elle revoyait encore tous les détails. Il s'agissait d'un double meurtre particulièrement atroce et dramatique.

En début de soirée, surpris de voir la porte de service de la boulangerie entrouverte, sans que les commerçants répondent à leurs appels, des voisins avaient alerté la police.

Immédiatement prévenue par la permanence, Harcourt s'était retrouvée sur les lieux peu de temps après les policiers. Au rez-de-chaussée, dans l'arrière-boutique, le boulanger et sa femme gisaient à même le sol, égorgés. Martine ne savait pas où l'horreur avait le plus intensément jailli. À ses yeux saturés par le fluide rouge qui avait giclé sur tous les murs et le plafond, ou à son nez, à jamais envahi par l'odeur fade du sang, omniprésent, comme une sinistre inondation.

Malgré ses études et les nombreux stages qu'elle avait effectués au cours de sa scolarité, elle comprit que rien ne l'avait préparée à affronter cela. Littéralement stupéfaite, elle resta immobile à l'entrée de la pièce, serrant fortement son sac contre elle, dérisoire bouclier contre l'horreur.

Puis elle aperçut le commissaire, au bout du couloir, en discussion avec un homme, sans doute le voisin.

Évitant de regarder les corps, contournant les flaques de sang, elle se dirigea vers lui. Éric Marchand portait sa trentaine bien installée avec nonchalance et une élégance atypique. Grand, les cheveux beaucoup trop longs, pour un commissaire de police, il affichait en toutes circonstances un flegme très anglo-saxon. Ce soir, il portait comme d'habitude ses bottes texanes et ses éternels jeans noirs. Difficile d'échapper à son regard à la fois aigu et distant.

Martine Harcourt ne se sentait jamais vraiment très à l'aise face à lui. Pourtant il ne cherchait pas à en imposer, ni même à prouver quoi que ce soit. Elle, en revanche, se surveillait en permanence, cherchant à donner l'image de la compétence et de l'autorité.

— Bonsoir, madame le substitut. Triste spectacle, n'est-ce pas ?

— Effroyable… bégaya la magistrate.

Puis, essayant de se reprendre, elle demanda plus sèchement qu'elle n'aurait voulu :

— Vous avez une idée de ce qui s'est passé ?

— Nous venons d'arriver, madame. Tout n'a pas encore été exploré. D'ailleurs, nous pouvons nous attendre à pire.

— Comment ça *à pire* ? rétorqua Harcourt, de nouveau désemparée.

— Vous n'avez pas remarqué les traces de pas près des corps ?

Harcourt ne put admettre qu'elle n'avait pas eu le courage d'observer en détail la scène.

— Venez voir.

Une main sur son épaule, il la repoussa vers la pièce où gisaient les cadavres.

— Regardez.

Tournant autour des deux boulangers, des traces rouges marquaient nettement le carrelage. De tout petits pieds. Des pieds d'enfants.

— Ce n'est pas tout.

Suivant le chemin de ce misérable *Petit Poucet*, les marques les conduisirent jusqu'à l'escalier. Remontant le long du mur blanc, des petites mains avaient apposé leur empreinte sanglante.

Le voisin vient de me dire que le couple avait un petit garçon âgé de deux ou trois ans. Nous ne l'avons pas retrouvé au rez-de-chaussée. Nous nous apprêtions à vérifier l'étage lorsque vous êtes arrivée.

Précédés de deux policiers, ils entamèrent la montée de l'escalier. Qu'y avait-il au sommet ? Martine se blindait intérieurement pour affronter cette nouvelle horreur. Un enfant, un bébé. Pourrait-elle le supporter ?

Arrivés à l'étage, elle sentit que Marchand la retenait par le bras. À mi-voix, pour ne pas être entendu des autres :

— Attendez un peu de voir ce qu'on va trouver.

Sans lui laisser le temps de rétorquer, il continua.

— Ne confondez pas le courage et l'envie de montrer au macho de commissaire qu'on tient le choc aussi bien que lui.

Un sourire et la pression rassurante de son bras calmèrent étrangement Martine Harcourt.

— Faites-moi confiance. Avec le temps, vous aurez bien trop souvent votre compte d'émotions fortes.

Sans attendre sa réponse, il rejoignit ses hommes qui venaient de pénétrer dans la pièce où conduisait le chemin sanglant. Il s'agissait bien de la chambre du petit garçon.

Ils le trouvèrent dans son lit, le drap taché de sang tiré jusqu'au menton, les paupières closes. Profondément endormi…

L'enquête révéla que le couple avait été tué par un ancien employé qu'il venait de licencier après l'avoir surpris à voler dans la caisse. L'enfant, sans doute réveillé par les bruits de lutte, était descendu. Le sang trouvé sur lui venait du corps de ses parents. Encore ensommeillé, il avait marché dans les flaques qui entouraient les cadavres, sans doute les avait-il également touchés.

Les lumières de Brest ramenèrent Martine Harcourt à la réalité. Presque quinze ans avaient passé, mais les souvenirs étaient toujours aussi vivaces. En abordant la rue qui menait chez elle, elle laissa de nouveau ses souvenirs prendre possession de son esprit. Elle avait eu son compte d'émotions fortes ce soir-là.

Étrangement, alors qu'elle avait tenu le choc devant l'horreur des cadavres du couple, le spectacle de ce petit garçon qui s'était endormi, barbouillé du sang de ses parents, ignorant que sa vie avait irrémédiablement basculé, l'avait terrassée. En un éclair, elle avait entraperçu ce destin d'orphelin et cette souillure avec laquelle il allait devoir vivre. Elle souhaitait de tout son cœur qu'il ne connaisse jamais les détails de cette nuit. Que cela lui soit épargné !

Alors qu'elle se tournait vers le commissaire pour lui faire part de ses réflexions, une boule lui serra la gorge. Suffoquant au point de ne plus pouvoir respirer, elle redescendit les escaliers. Sortir immédiatement, à tout prix. Le jardin était calme et paisible, adossée à un mur, elle resta immobile, incapable d'empêcher les larmes de couler.

Elle était restée un long moment, dans la froideur de la nuit. Les bruits familiers de l'enquête lui parvenaient comme assourdis, à la fois familiers et irréels. Alors qu'elle rassemblait ses forces pour retourner dans la maison, la silhouette dégingandée de Marchand s'encadra dans le rectangle de la porte. Il la repéra et se dirigea vers elle.

— Ça va aller ?

— Oui, ne vous inquiétez pas. Juste un petit coup de blues, on y retourne.

— Non, on va laisser l'IJ[1] travailler. Je vous ramène.

Elle n'avait pas cherché à protester. Durant le retour, ils n'avaient pratiquement pas parlé. Elle se souvenait de sa sensation de sécurité, comme s'ils étaient pour quelques instants en dehors du monde et de ses réalités atroces.

Elle était consciente de sa proximité, de sa présence. Les émotions avaient balayé ses défenses, le rassurant conventionnalisme des rapports professionnels. L'attirance qu'elle avait toujours ressentie pour cet homme

1. Identité judiciaire. Ancienne appellation de la police technique et scientifique.

s'imposait à elle. Arrivés devant son domicile, elle était rapidement descendue la première et se retournant vers lui, elle lui avait dit brusquement :

— Entrez donc, je n'ai pas envie de boire toute seule et j'ai bien besoin d'un verre.

Il avait hésité un instant, puis s'était extrait de l'habitacle alors qu'elle était déjà dans le hall de cette ancienne maison bourgeoise, transformée en appartements.

Et puis les choses s'étaient enchaînées naturellement. Elle s'était retrouvée enfermée entre ses bras. Elle se souvenait de sa bouche qui l'embrassait doucement, intimement, des larmes qui s'étaient remises à couler silencieusement. Le désir jaillissait, impérieux envahissant. Elle ne se rappelait pas avoir eu cette envie, ce besoin viscéral pour aucun autre homme.

Les mains de Marchand parcouraient son dos en une lente caresse qui la remplissait de bien-être et l'enflammait tout à la fois. Et puis, il s'était repris et écarté d'elle presque brutalement.

— Il faut que je m'en aille maintenant. Je n'ai pas pour habitude de profiter des jeunes filles en détresse, avait-il ajouté, dans une pitoyable tentative d'humour destinée à lui permettre de retrouver son sang-froid.

— Tu ne profites de rien du tout, avait-elle répliqué presque en colère. J'ai envie que tu restes, que tu me fasses l'amour. Ça devait arriver un jour, eh bien voilà, c'est ce soir. Maintenant si je te choque ou si tu penses que me baiser sera juste une action charitable, tu peux toujours repasser cette porte.

Il l'avait regardée, un peu décontenancé ; puis était parti d'un grand éclat de rire.

— Me choquer, c'est un peu difficile ! Mais pour ce qui est de me surprendre ; alors là, c'est gagné.

Il l'avait soudainement entraînée sur le canapé. Ils s'étaient déshabillés l'un l'autre avec frénésie. Elle s'était donnée sans réserve. Son corps avait chanté comme jamais auparavant. Elle s'était découverte capable d'audaces, d'initiatives. Ils s'étaient livrés à cette fête de la chair, peut-être pour conjurer l'horreur et la mort. Puis ils s'étaient repliés dans sa chambre. Ils étaient restés allongés dans la tiédeur du lit, en silence. Et puis, ils avaient de nouveau fait l'amour, plus doucement, plus intimement, avec application. Elle revoyait la scène, encore si précise.

La repoussant doucement, il l'avait forcée à rester allongée sur le dos et s'était livré à une lente exploration de son corps. Ses mains avaient caressé sa gorge, glissé sur des courbes douces. Et puis sa bouche avait remplacé ses doigts qui continuaient son voyage sur sa peau. Elle avait l'impression que ses seins gonflés et tendus n'avaient jamais été aussi beaux, aussi pleins. Lorsqu'il s'était glissé entre ses cuisses, elle s'était sentie fondre. Son sexe dur jouait au bord, elle avait envie qu'il l'envahisse. Il était entré lentement en elle, la forçant à accrocher son regard pendant qu'il allait et venait dans son corps, jusqu'à ce qu'elle explose et qu'elle crie sans retenue. Il l'avait rejointe dans le plaisir. Apaisés, ils s'étaient endormis, dans le désordre du lit.

Quand elle avait péniblement émergé, brutalisée par la sonnerie de son réveil, il n'était plus là. Il avait laissé sur la table un feuillet arraché à un carnet. Curieusement, elle s'en rappelait encore chaque mot.

« Coucou ma belle. Dors encore un peu, la journée sera rude. Je file chez moi me changer. Tu sais comment sont les flics, toujours à voir le mal partout. Alors arriver en retard et avec la même tenue qu'hier… À bientôt

Princesse, ne redeviens jamais une vilaine petite grenouille trop sage. »

Elle avait vingt-six ans, un fiancé trouvé sur les bancs de l'ENM[1], une future belle-famille très convenable, bref un avenir. Et puis, soudain cette porte qui venait de s'ouvrir sur un autre monde, plus violent, plus imprévu, plus excitant. Il était parti en mission deux ou trois jours, elle avait été absorbée par son travail, les jours avaient passé, elle n'avait pas osé. Ils n'avaient jamais reparlé de cette soirée.

Elle avait suivi son destin, épousé ce gentil fiancé, puis mis fin à ce mariage triste et vide, quelques années plus tard. Elle s'était toujours demandé ce qui serait advenu de sa vie si elle avait rappelé le commissaire. Elle avait toujours eu l'impression que l'histoire n'avait pas été totalement écrite.

C'était bien loin tout ça, mais parfois le passé vous rattrape. Éric Marchand était revenu dans son orbite, lorsque six mois auparavant, il avait été nommé directeur interrégional de la police judiciaire à Rennes.

— Tu déconnes à mort, ma fille… se dit-elle, reconnaissant qu'elle avait sauté sur la première occasion pour entrer en contact avec lui.

En se garant au pied de son immeuble, la magistrate sourit à l'idée de la tête que ferait le suffisant major Leflandre s'il apprenait qu'il avait été sacrifié sur l'autel d'une vieille passion.

Une pareille affaire ne pourrait pas être traitée par l'antenne locale de la PJ, déjà débordée.

Alors ? Appel téléphonique, rendez-vous et puis quoi ?

Rencontre avec un type peut-être bedonnant, père de

1. École nationale de la magistrature.

famille, assagi par son ascension hiérarchique. La déconvenue serait forte. Mais elle ne pouvait encore une fois renoncer à savoir.

En pénétrant dans son appartement, où personne ne l'attendait, Martine Harcourt ressentit une violente bouffée de tristesse et d'amertume. Des années après, elle avait l'impression d'être passée à côté de son destin.

5

Entrouvrant sa vitre, Stéphane Kowalski reçut une grande bouffée d'air iodé. Dans la grisaille du matin, émergeant de la brume, les silhouettes massives des bateaux se dessinaient le long des quais du port de commerce.

Brest, cette ville reconstruite, que certains pensent sans âme, le prenait aux tripes à chaque fois. Derrière les alignements new-yorkais des rues à angle droit, au détour de ces bâtiments sévères en pierre grise, flottaient toujours le parfum composite des ports et la rémanence d'anciens lieux. Rue de Siam, Recouvrance, ces noms suggéraient la vie grouillante des quais, l'odeur de l'océan, les gueulantes des marins ivres, l'attrait de tous les possibles.

— Patron, on est perdus ou c'est juste l'appel du large qui te rend songeur ?

Kowalski se retourna vers son passager qui s'étirait.

— Je m'imprègne du terrain, mon Paulo. On ne t'a jamais dit ça à l'école de police ? Quant à être perdu ! Si j'avais eu besoin d'un guidage, pas la peine de compter sur vous. Vous avez roupillé depuis Rennes.

À l'arrière, les lieutenants Chancel et Mounier refaisaient surface.

Stéphane Kowalski dirigeait le groupe criminel de la

DIPJ[1] de Rennes. Sorti de l'école de commissaires depuis une dizaine d'années, il avait fait toute sa carrière dans la police judiciaire.

Hier soir, Marchand, le patron, l'avait convoqué pour lui présenter l'affaire.

— Je préfère que tu y ailles. L'antenne de Brest est surchargée, ils ne pourront pas traiter et puis je veux qu'on mette tout de suite le paquet. Un prêtre décapité, surtout en Bretagne, ça remue les foules.

En parlant, il avait étalé deux ou trois journaux sur son bureau.

— Pour l'instant, la presse n'a pas beaucoup de détails à se mettre sous la dent. On a gardé tout ce qu'on a pu, mais ça ne va pas durer. Aussi, il faut que tu sortes cette affaire au plus vite. Prends Riboix et deux autres gars avec toi. La collègue chef d'antenne est un peu spéciale, mais c'est un bon flic, elle t'aidera.

— Elle ne l'a pas eu trop en travers d'être dessaisie ?

— D'un, elle n'est pas dessaisie, elle reçoit de l'aide. Et de deux, n'oublie pas que ce sont les gendarmes qui ont été mis sur la touche. Si tu dois avoir des problèmes, ce sera plutôt de ce côté. Donc, finesse et diplomatie.

— Comme d'hab ! Au fait, qu'est-ce que tu veux dire par *un peu spéciale* ?

Un sourire étira les lèvres de Marchand.

— Tu verras bien toi-même. Pourquoi te gâcher le plaisir de la découverte ? répondit-il d'un ton nonchalant.

L'hôtel de police qui abritait les locaux de la PJ était perché en haut de la rue de Siam. Les quatre hommes débarquèrent dans le hall d'accueil.

1. Direction interrégionale de la police judiciaire.

Huit heures trente, le personnel s'installait, une ambiance encore sereine régnait. Chacun en profitait avant la grande agitation d'une journée ordinaire d'un commissariat. À l'étage occupé par la PJ, plusieurs bureaux étaient ouverts, vides d'occupants, y compris celui destiné au chef de service.

— Y a pas un chat ici, bougonna Mounier.

— En êtes-vous si sûr ?

Ils se retournèrent d'un bloc. Une femme se tenait derrière eux, comme surgie du sol. Grande, mince, il était difficile de lui donner un âge. Son corps que l'on devinait musclé, même à travers les vêtements et son visage lisse suggéraient une petite trentaine. Mais ses longs cheveux sombres où flamboyaient des mèches rouges durcissaient ses traits et dans ses yeux étirés qui hésitaient entre vert et noisette, plusieurs vies avaient passé.

— Kowalski, se présenta Stéphane en tendant le bras.

— Énora Trinité, maîtresse de ces lieux, répondit-elle en lui serrant la main. Le café est en train de passer. Si vous en voulez, c'est dans la cuisine, juste au fond. Mes gars sont partis sur une interpellation. La perquise est très fructueuse, ils ne vont pas rentrer avant deux plombes. Au fait ! Vous ne voyez pas le chat, mais le chat vous voit.

Tout en se dirigeant vers le fond du couloir, elle pointa un doigt vers une armoire. Comme un seul homme, ils levèrent tous la tête. Tapie au sommet du meuble, absolument noire, immobile mais vigilante, une panthère miniature les regardait fixement.

Ébahi, se rappelant l'étrange sensation de bien-être et de force qu'il avait ressentie quand sa collègue avait emprisonné sa main, Stéphane commença à entrevoir ce que Marchand avait voulu dire.

Réunis dans la petite salle aménagée en cuisine, les

quatre policiers savouraient un excellent café. Chose plutôt rare dans les locaux de police.

— Tu as pu récupérer la procédure ? s'enquit Kowalski, en voyant le dossier tenu par sa collègue.

— Oui, j'ai envoyé un planton la chercher au parquet. Harcourt m'a appelée hier, juste après le patron. C'est marrant, on aurait dit qu'elle s'attendait à ce qu'il vienne en personne.

Kowalski crut percevoir comme un sarcasme dans la voix.

— J'espère que tu ne le prends pas mal. Je t'assure que ta compétence n'est pas mise en doute, c'est juste que…

— Ne te fatigue pas. Un, j'ai déjà du boulot par-dessus la tête et mes gars auraient du mal à se consacrer à cet homicide. Deux, je ne t'envie pas la pression qu'on te mettra pour sortir cette affaire. Si tu as fini, on retourne dans mon bureau pour faire le point.

Kowalski feuilleta la procédure et interrogea sa collègue.

— Tu t'es rendue sur place. Qu'est-ce que tu en penses ?

Énora se leva et regarda la ville qui sortait de la brume, d'un air songeur.

— Si tu veux mon avis, j'ai le sentiment qu'il ne s'agit pas d'un crime de hasard. Nous n'avons pas encore auditionné la proprio et sa gouvernante, mais je suis sûre qu'elles ont caché quelque chose aux gendarmes.

— Tu as des éléments précis ?

— Non, juste une impression. Il flotte quelque chose d'étrange dans cette baraque, quelque chose de pesant et de dangereux.

Devant la moue dubitative de son collègue, Énora ajouta :

— D'ailleurs, je ne suis pas la seule à penser ainsi. J'ai eu des infos par un type qui a fait les constatations. C'est un jeune gendarme qui bosse super-bien. Tellement bien que son major l'a pris en grippe. Je l'ai poussé à tenter le concours de lieutenant et il vient me voir de temps en temps pour sa préparation. Je l'ai eu au fil à mon retour. Il m'a raconté que la demoiselle de Kermarec les avait accueillis plutôt fraîchement et qu'elle semblait n'attendre qu'une chose, qu'ils débarrassent le plancher.

— Ça n'a rien d'inhabituel. Outre le fait que les gens ne nous vouent pas un amour immodéré, un meurtre choque au point de provoquer des comportements inadaptés, voire aberrants.

— Peut-être. Enfin, tu verras par toi-même. Dis-moi ce dont tu as besoin, mes gars sont à ta disposition, bien qu'ils aient pas mal d'affaires en cours. Quant à moi, je t'avoue que ce curé décapité m'intrigue au plus haut point, j'essaierai de me libérer au maximum pour te donner un coup de main. Mais avant toute chose, réglons la logistique.

— J'allais te le demander. Tu connais un petit hôtel sympa dont les tarifs s'accordent avec la générosité de l'administration ?

— J'ai beaucoup mieux que ça. Je vous ai retenu des chambres chez des gens super-sympas. Ce sont deux petits vieux qui ont transformé la ferme qu'ils n'exploitaient plus en gîte rural. En ce moment, le touriste se fait rare. Ils ont accepté de vous recevoir. Vous serez comme des coqs en pâte. Et le matin, rien de tel qu'un bon coup de vent pour vous réveiller tout à fait. Je vous y conduirai ce soir, j'habite à quelques kilomètres de là.

— Merci beaucoup. Eh bien, puisque tu as réglé les problèmes d'intendance, il ne nous reste plus qu'à nous mettre au boulot. Je vais d'abord prendre contact avec le proc et aussi avec le juge d'instruction, s'il est déjà désigné. Et puis après, direction, comment tu as dit... Kastel ?

— Kastell Mor.

— Au fait, elle ressemble à quoi l'aristo ? Vieille fille un peu coincée ou douairière arrogante ?

— Tu verras bien, répondit Trinité, narquoise. Pourquoi te gâcher le plaisir de la découverte ?

En quittant le bureau, Kowalski se rappela qu'il avait entendu la même phrase peu de temps auparavant. La pensée fugace que cette fille, au nom étrange, lisait dans les esprits, l'effleura.

6

Kowalski s'engagea sur la route menant au manoir de la famille de Kermarec. Avant de quitter le commissariat, il avait réparti les tâches. Confiant aux deux lieutenants le soin de prendre contact avec les gendarmes, il avait embarqué avec lui son adjoint, le commandant Riboix. Les deux hommes discutaient de la meilleure manière de procéder lorsqu'ils dépassèrent les piliers marquant l'entrée du domaine. Freinant brutalement, le commissaire opéra un demi-tour, franchissant allègrement une ligne blanche.

— À ta place, je ne me risquerai pas à ce genre de plaisanterie, déclara Riboix. N'oublie pas que les pandores du coin ont des raisons de nous en vouloir.

— N'aie aucune crainte, sur cette enquête, nous sommes le bras armé de Dieu. Ça mérite bien quelques privilèges.

Kowalski avait connu Riboix, au cours de sa scolarité, lorsqu'il effectuait un stage pratique à la BRB, dans les locaux du mythique 36 quai des Orfèvres. Les stagiaires sont souvent considérés comme quantité négligeable, surtout à Paris. S'ils dégotent une chaise dans un couloir, ils s'estiment heureux. Si en plus, on les autorise à faire quelque basse besogne, c'est le pied ! Jean-Paul Riboix, alors capitaine, s'était taillé une solide réputation de flic accrocheur et performant. Paulo, comme l'appelaient ses potes, avait inscrit pas mal de « beaux mecs » à son tableau de chasse. Mais il n'avait pas la grosse tête et il croyait à la transmission du savoir, à l'école du terrain. Il avait repéré dans le jeune patron le potentiel qui fait les grands flics. Il l'avait pris sous son aile. À l'ombre de son mètre quatre-vingt-dix, Kowalski avait appris le métier. Malgré la différence de grade, il avait toujours considéré le tranquille Paulo comme son mentor.

Loin de l'agitation parisienne, Riboix avait intégré la DIPJ de Rennes pour y prendre son galon de commandant et c'est avec un immense plaisir que les deux hommes s'étaient retrouvés, il y avait de cela deux ans.

Tout en devisant, les deux policiers avaient atteint la cour du manoir. Un corps de bâtiment central, flanqué d'une tour à chaque extrémité, faisait face à l'aber qui coulait en contrebas. Formant un U, deux ailes délimitaient la cour. Face à eux, un majestueux escalier de pierre donnait accès à l'entrée principale. L'ensemble était harmonieux, mais la façade toute en blocs de granit paraissait austère. La rivière à marée haute semblait immobile. Il y avait, sous-jacent dans ce paysage serein, une pesanteur, comme un danger latent.

— Tu fais le tour du domaine, tu recenses tous ceux que nous devrons entendre et tu viens me rejoindre après. Moi, je vais m'occuper de la maîtresse des lieux.

Tout en parlant, Kowalski avait atteint l'imposante porte d'entrée percée d'un judas à l'ancienne. Une cloche de marine impeccablement astiquée lui renvoyait son image déformée, tandis qu'il cherchait vainement une quelconque sonnette électrique plus classique.

— C'est le château de la *Belle au Bois dormant*, lança Riboix.

— Plutôt celui de *Barbe Bleue*, dit-il en se résignant à agiter le battant de la cloche.

À peine le son étonnamment puissant avait-il fini de résonner que le lourd panneau s'ouvrit sur une femme âgée. Habillée simplement d'une jupe et d'un cardigan noir, son regard vif contrastait étrangement avec son aspect discret, voire effacé.

— Bonjour madame. Commissaire Kowalski, annonça-t-il en sortant sa carte, je souhaiterais m'entretenir avec madame Trevor de Kermarec.

— Entrez, je crois qu'elle est dans le jardin. Je vais l'avertir.

L'ayant fait pénétrer dans une vaste pièce qui devait servir de salle à manger et de pièce de réception, elle s'effaça silencieusement.

Si de l'extérieur, la bâtisse frappait par l'austérité de ses écrasants murs de pierre, l'intérieur contrastait par sa chaleur, sa simplicité élégante. Encadrant l'immense cheminée en granit, deux coffres en bois supportaient des lampes étranges. Des pieds sculptés jaillissaient d'étranges chimères, mi-hommes, mi-bêtes. L'immense table pouvait largement accueillir une quinzaine de convives. Des fauteuils au cuir fatigué invitaient à marquer une pause près du feu. Il remarqua également de nombreux tableaux très oniriques : paysages étranges émergeant de la brume, portraits de femmes dans des décors surréalistes.

On retrouvait d'ailleurs une des gravures sur la couverture d'un livre posé sur une console. Curieux de connaître l'artiste qui peignait ces tableaux, il commença à feuilleter l'ouvrage lorsque la porte s'ouvrit sur une jeune femme vêtue d'un jean et d'un pull écru.

— Je peux vous aider ? demanda-t-elle sèchement.

Vaguement gêné d'être surpris en flagrant délit de curiosité, Kowalski répliqua :

— Je vous remercie. J'attends madame de Kermarec, la bonne est déjà partie la prévenir.

— Ici, il n'y a pas de bonne, monsieur. Je suis Alys Trevor de Kermarec. Je vous écoute.

Kowalski resta interloqué un court instant, se rendant compte qu'un détail lui avait échappé. Une date de naissance à laquelle personne n'avait prêté attention.

— Excusez-moi, mais je pensais que...

Ne trouvant pas ses mots, il lui tendit la main en se présentant.

D'un geste, la jeune femme l'invita à s'asseoir tandis qu'elle prenait place en face de lui.

— J'avoue ne pas comprendre qui fait quoi, attaqua-t-elle immédiatement. Les gendarmes sont venus. Et puis le lendemain, j'ai vu une femme de la police de Brest. Elle m'avait laissé entendre que je serai convoquée au commissariat pour faire une déposition. Aussi je ne comprends pas votre venue. Vous devez vous douter que tout ceci m'est très pénible et je ne vois pas ce que je pourrais ajouter. J'ai déjà dit tout ce que je savais au moins deux fois.

— Bien entendu, madame... Au fait, comment dois-je vous appeler.

— Trevor, ça suffira.

— Bien. Je vous disais donc que cette enquête n'en est qu'à son début. Vous avez vu ma collègue de l'antenne de Brest qui a repris le dossier quand le procureur nous a saisis. Pour ma part, je viens de Rennes, avec un groupe d'enquêteurs, pour renforcer nos collègues locaux.

Alys Trevor gardait un visage fermé.

— Je sais que tout ceci est désagréable, mais je suis en charge de l'enquête et je dois en intégrer personnellement tous les éléments. J'ai donc besoin d'entendre les personnes impliquées dans cette affaire et de voir les lieux.

Le commissaire avait parlé plus sèchement qu'il n'aurait voulu. Mais la tension palpable, voire l'hostilité qui se dégageait de son interlocutrice l'avaient agacé.

— Bien sûr. Excusez-moi, mais je n'arrive pas à digérer tout ça. C'est un véritable cauchemar, je ne réalise toujours pas que ce soit arrivé, ici…

En parlant, Alys s'était caché le visage entre ses mains, comme pour fuir une vision insoutenable.

— Je comprends, reprit Stéphane, plus doucement. Croyez bien que nous mettrons tout en œuvre pour trouver le coupable. Mais nous avons besoin de votre coopération. Essayez de vous souvenir de tous les détails, même les plus insignifiants. Ce sera votre manière de rendre justice à votre ami et de retrouver, avec le temps, une certaine paix. Car vous étiez proche du père Cordier, n'est-ce pas ?

— En fait, c'est surtout de mon père qu'il était proche. Ils s'étaient connus en Afrique, l'un diplomate, l'autre missionnaire.

Elle marqua une pause, les yeux perdus dans le vague.

— J'avais une grande admiration pour le père Cordier. Malgré ses soixante-quinze ans, il était en grande forme. Il était censé être en retraite, mais il n'arrêtait pas de s'occuper des uns et des autres. Dire qu'il a bourlingué dans des endroits plutôt agités et qu'il est parti ici, assassiné dans un tranquille coin de Bretagne.

Elle avait prononcé ces derniers mots avec une violence contenue. Kowalski avait noté avec intérêt le changement. La force, la dureté même, transparaissaient sous le personnage lisse de la jeune femme.

— Vous vous sentiez menacée ? demanda abruptement le commissaire.

— Me sentir menacée ! Mais ce n'est pas de moi qu'il s'agit, répondit-elle avec un temps de retard.

— Le meurtre a eu lieu chez vous. Le père Cordier s'est peut-être trouvé au mauvais moment, au mauvais endroit.

— Je ne sais pas. Je ne vois vraiment pas pour quelle raison je serais mêlée à tout ça.

— Vous n'avez rien remarqué d'anormal ? Quelqu'un qui pourrait vous en vouloir, dans votre vie privée par exemple ?

— Si vous pensez à un amant éconduit, vous vous trompez, monsieur le commissaire, répliqua-t-elle sèchement. J'ai des relations plus que distantes avec mon ami en ce moment, mais il n'est vraiment pas du style à décapiter quelqu'un pour se venger. D'ailleurs, je ne suis pas sûre qu'il soit vraiment chagriné.

— Nous vérifierons. Vous me donnerez ses coordonnées bien entendu.

— Aucun problème, Pierre Lancel, directeur de l'agence de voyages, boulevard Lannes à Paris.

— Vous ne voyez vraiment personne qui pourrait en vouloir aux habitants de cette maison ?

— Absolument personne, répondit-elle en le regardant bien en face.

Il nota ses mains fortement serrées l'une contre l'autre, comme si elle emprisonnait un secret dangereux. Et il eut la conviction qu'elle mentait et qu'elle avait peur.

Il l'écouta lui faire le récit de son retour de Paris et de l'horrible découverte, lui faisant préciser un détail de temps en temps. Il avait sorti un carnet qui avait manifestement beaucoup vécu et prenait des notes.

— Lors de votre première audition, vous avez déclaré aux gendarmes que rien ne manquait, à première vue. Avez-vous remarqué la disparition de quelque chose maintenant que vous avez pu faire le tour de la maison ?

Alys marqua un imperceptible temps d'arrêt, puis d'un ton presque détaché, elle lança :

— Je pense qu'un objet a disparu, sans toutefois que je puisse en être certaine. Il s'agit d'une épée.

Voyant que Kowalski réagissait, elle ajouta :

— Il s'agissait d'un vieil objet de collection. Dans ma famille depuis si longtemps qu'on l'avait oublié.

— Pensez-vous que ce soit l'arme qui ait servi à tuer le père Cordier ? interrogea le commissaire, se remémorant les conclusions du légiste.

— Je n'en sais rien. Je ne suis même pas sûre que cette épée ait disparu. On l'a peut-être rangée dans un grenier, ajouta la jeune femme.

Son ton, un peu trop désinvolte, comme si elle voulait persuader le policier que la chose n'avait aucune importance, titilla Kowalski, mais il ne chercha pas à approfondir la question.

— Bien, je crois qu'on a fait le tour pour le moment. Nous sommes bien d'accord, aucune porte n'était restée ouverte.

— Aucune. À part celle de la cuisine qui donne sur le parc, mais Marie-Louise se trouvait dans cette pièce. Il est impossible que quiconque ait pu entrer ou sortir à son insu.

— C'est bien par là qu'est entré le prêtre ?

— Oui, en général, on passe plutôt par l'arrière que par la grande porte.

— Alors comment se fait-il que votre gouvernante ne se soit pas inquiétée de ne pas revoir le père Cordier ?

— Elle a pensé qu'il était resté à m'attendre ou qu'il était reparti par l'entrée principale. Il rendait fréquemment visite à mon père et connaissait la maison.

— Lorsque vous êtes rentrée par la porte principale, êtes-vous sûre qu'elle était fermée ?

— Sans aucun doute. Il pleuvait et j'ai dû chercher la clef dans mon sac en essayant de m'abriter.

— J'aimerais voir la pièce où vous avez retrouvé le corps et puis visiter le reste de la maison également.

À ce moment, la porte s'ouvrit sur Riboix, précédé de la femme en noir qui les avait accueillis.

Kowalski fit immédiatement les présentations. Il eut la satisfaction de noter la surprise dans les yeux de son collaborateur, mais celui-ci ne fit aucun commentaire.

— Monsieur le commissaire, si ma présence n'est pas indispensable, je préférerais ne pas vous accompagner. Madame L'Hostis va vous montrer le chemin.

— Aucun problème. Mais ne vous éloignez pas trop, j'aurais peut-être encore besoin de vous.

Sans ajouter un mot, la gouvernante les conduisit devant la porte du salon.

— Vous trouverez deux pièces en enfilade ; un salon et la bibliothèque. Vous entrez directement dans le salon. C'est là que se trouvait le... père Cordier.

Sous l'apparence impénétrable de la gouvernante, on devinait une émotion contenue, mais forte. Kowalski nota qu'elle n'avait pas parlé de corps ou de cadavre.

— Dois-je vous accompagner ?

— Non. Nous nous débrouillerons. Par la suite, j'aurai besoin de vous poser quelques questions.

— Vous me trouverez avec Alys.

Elle tourna les talons puis se ravisa.

— Je voudrais vous demander quelque chose.

Elle chercha ses mots.

— Quand pourrons-nous mettre de l'ordre dans cette pièce ?

— Si nous n'avons pas besoin de vérifications ultérieures, dès demain vous pourrez effacer les traces de ce drame.

— On ne peut rien effacer. Les murs et le sol de cette maison ont bu le sang d'un homme de Dieu. On recouvre juste l'horreur, mais quelqu'un devra en payer le prix.

Restés seuls, les deux hommes se regardèrent, perplexes.

— Eh bien, on pourra dire que les habitants de cette maison sortent de l'ordinaire. La mamie me donne la chair de poule. Quant à la châtelaine… j'aurais pas imaginé qu'elle puisse être aussi craquante. Je vois encore une fois que les patrons savent se réserver la part du lion.

— Arrête tes conneries. J'ai été aussi surpris que toi. Bon, maintenant, au boulot. Tu as l'album photos et le PV de constates ?

7

Très professionnels, les deux policiers travaillaient minutieusement, confrontant chaque élément de la procédure avec l'état des lieux, à la recherche d'un détail oublié ou d'un embryon de piste.

— Patron, y a un truc qui me chiffonne ici.

Franchissant le seuil de la bibliothèque, Kowalski trouva son adjoint devant une petite porte en ogive.

— Regarde la serrure, elle a l'air flambant neuve.

Le commissaire examina à son tour la porte de chêne massif, admirablement sculptée d'entrelacs celtes. Tranchant sur la patine de l'huisserie, la fermeture brillait, insolite.

— Tu as raison, ça me paraît très récent et de plus, trop moderne par rapport au style de la baraque. À mon avis, une telle faute de goût ne peut s'expliquer que par l'urgence.

Feuilletant la procédure, le policier relut rapidement la description des lieux.

— Jean-Paul, regarde ! s'écria Kowalski, désignant un passage du procès-verbal. *Une porte de chêne, fermée par une serrure en fer forgé qui ne présente aucune trace d'effraction. La clef se trouve dans le tiroir du meuble situé à proximité.*

— Tu vois, ce n'est pas la même. On a tout changé après le passage des gendarmes.

Kowalski fit tourner la clef et ouvrit la porte. Les deux policiers se retrouvèrent à l'arrière de la maison. De part et d'autre de l'ouverture, des buissons d'hortensias et de grandes fougères amorçaient le début d'une allée, donnant sur un jardin touffu.

— C'est un beau chemin de repli, si tu veux t'esquiver, fit remarquer Riboix.

— Et il y a un gardien des lieux pour flanquer la trouille à tes poursuivants, ajouta Kowalski, en désignant une sculpture en pierre qui semblait jaillir du mur à un mètre de hauteur. Moitié oiseau moitié gargouille, la bête semblait prête à prendre son essor.

Par jeu, le commandant introduisit sa main dans la gueule ouverte, puis empoigna la créature par le dessous des ailes. Il poussa un léger cri et retira vivement son bras.

— Putain ! Y a un truc qui fait saillie là-dessous.

En se penchant, les deux hommes remarquèrent une petite excavation, sculptée dans l'aile, qui formait comme un berceau.

— Je ne sais pas à quoi ça sert, mais c'est futé comme cachette. Si tu ne mets pas le doigt dessus, au sens strict du terme, tu ne peux rien voir, déclara Riboix en se massant énergiquement la main.

Les deux hommes examinèrent soigneusement les alentours, à la recherche d'un indice, d'une trace éventuelle, mais sans succès. Ils s'apprêtaient à réintégrer la bibliothèque quand Kowalski s'écria :

— La clef sous le paillasson !

— Quoi ? Quel paillasson ? s'étonna son adjoint.

— Plus gothique et plus discret qu'un paillasson, je

te propose la gargouille gardienne des clefs, déclara le commissaire désignant la sculpture.

— Comme tu l'as si bien fait remarquer, le dessous de l'aile constitue une cachette futée. Imagine qu'on y ait laissé une clef à la disposition des occupants de la maison ou de proches... Tu vois où je veux en venir ?

— Pas mal, mon bon chef ! Ça se tient et ça pourrait expliquer beaucoup de choses : l'absence d'effraction et le changement rapidos de la serrure pour commencer. Je crois qu'on va avoir matière à un complément de discussion avec les deux bergères. Mais on change. Ce coup-ci, c'est moi qui m'occupe de la marquise et toi de la douairière.

— Non, on va y aller en douceur. Elles m'ont l'air coriaces. Ce n'est pas la peine de leur montrer qu'on attache une grande importance au changement de serrure. On va juste se contenter d'effleurer le sujet et on leur mettra la pression au commissariat, quand elles seront sur notre terrain.

— Comme tu voudras, rétorqua Riboix.

Les deux policiers retrouvèrent Alys dans l'entrée.

— Je crois que nous avons vu tout ce qui nous intéressait. Comme je l'ai dit à votre gouvernante, vous pourrez faire procéder au nettoyage de la pièce à partir de maintenant.

— Merci. C'est une tâche très pénible qui nous attend et je ne pourrai jamais effacer ce qui est arrivé.

Kowalski nota au passage la similitude avec les propos tenus par Marie-Louise L'Hostis, il remarqua également que la jeune femme semblait moins tendue, comme si elle avait abaissé ses défenses.

— Je vous demanderai de passer au commissariat de Brest demain à neuf heures ainsi que madame L'Hostis.

J'ai également remis une convocation à son fils que j'ai vu tout à l'heure, ajouta Riboix.

— Mais pourquoi ? s'inquiéta Alys.

— Ce n'est qu'une formalité. Nous devons enregistrer sur procès-verbal vos déclarations. Au fait, j'oubliais, j'ai remarqué que la serrure de la petite porte dans la bibliothèque semblait neuve. Vous l'avez changée récemment ?

La jeune femme pâlit soudainement.

— Oui. Mais ce n'était qu'une précaution. Dans le passé, nous avions l'habitude de laisser une clef cachée à l'extérieur. Je m'en suis souvenue et même si ceci n'a sans doute aucune relation avec l'affaire, j'ai préféré faire changer la serrure. On devient vite paranoïaque quand on vit de tels évènements, ajouta-t-elle avec un sourire crispé.

— Et cette clef, vous l'avez retrouvée ? demanda Kowalski.

— Non, rétorqua Alys embarrassée. Mais vous savez, plus personne ne l'utilisait depuis des années. Je crois bien que tout le monde avait oublié son existence. Elle a pu disparaître, il y a très longtemps.

— Je vois. Alors je vous dis à demain, madame.

En se dirigeant vers leur voiture, les deux hommes se regardèrent.

— Bingo, patron ! Je crois bien qu'on vient de résoudre le mystère de l'entrée et de la sortie de notre assassin. Et à mon avis, la donzelle le savait aussi. Je te parie tout ce que tu veux qu'elle a rapidement compris par où était passé le tueur et qu'elle a pris ses précautions pour éviter une deuxième visite.

— Je le vois bien comme ça. Et à mon avis, elle n'est pas la seule à être au courant, la veuve noire également. Au fait, tu as pu parler à son fils ?

— Armel L'Hostis. C'est lui qui s'occupe de la

propriété, il habite sur le domaine avec sa femme. Il a une petite ferme où il élève, entre autres, des autruches. Paraît que c'est rentable, c'est une bestiole à la mode. *A priori*, il paraît clean. Il donne l'impression d'un type bien. Néanmoins, il semble très attaché à sa mère et à la famille Trevor. Il y a de fortes chances que ce soit lui qui ait joué au serrurier, hier.

— Tu as appris quelque chose d'intéressant ?

— Non, pas vraiment. Il est actuellement seul, sa femme est en stage à Rennes, un truc d'esthéticienne à domicile. À l'heure du crime, il se trouvait à Brest, invité chez des cousins. Il a rappliqué quand sa mère l'a prévenu par téléphone. On vérifiera l'alibi, si ça n'a pas déjà été fait, mais je pense qu'on n'aura pas de surprise sur sa présence. Le temps de faire la route, il est arrivé après les gendarmes. Ça colle avec le PV. Sinon, comme les autres, pas de soupçons, pas d'ennemis connus.

Alors qu'il s'apprêtait à démarrer, Kowalski se sentit observé. Pourtant il ne vit personne aux fenêtres, derrière lui les grands arbres du parc formaient un rideau opaque et sombre, mais tout paraissait tranquille.

— Mon Paulo, j'ai la dalle et je boirais bien un coup. Cette baraque me donne froid dans le dos. Pas d'objection pour un petit casse-croûte ? Ma collègue m'a recommandé une crêperie sympa à Saint-Renan. On en profitera pour prendre contact avec la maréchaussée.

— Pas d'objection pour la crêperie, puisqu'il faudra tôt ou tard y passer. Couleur locale, que j'aime ta couleur locale.

— Arrête de chanter, Paulo, on ne risque pas grand-chose pour le temps. Mais pitié pour Gainsbourg.

***

Dissimulée derrière une petite fenêtre de la tour, Alys regardait les deux hommes. Elle avait laissé tomber le masque de la jeune femme effrayée. La haine avait supplanté la peur ; celle d'aujourd'hui et celles d'hier.

Il y aurait un moment où elle ferait face à la justice des hommes, mais avant tout, il fallait gagner du temps, rester libre de ses mouvements pour récupérer l'épée et refermer la brèche par où le Mal s'était engouffré.

Tout à l'heure, elle redescendrait et enlèverait elle-même le sang du prêtre, ce sang qu'elle avait déjà sur les mains. Elle assumerait son destin, le destin de Barr-amzer.

***

Immobile derrière le rideau d'arbres, il regardait les deux hommes. Il avait bien failli se faire surprendre tout à l'heure dans les bois quand le plus vieux avait commencé à fouiner partout. Il n'aurait jamais dû revenir, mais il n'avait pu s'en empêcher. Il ne pouvait se résoudre à abandonner la lame d'acier qui l'avait définitivement fait basculer de l'autre côté.

Tout à l'heure, il fouillerait sous les buissons autour de l'arbre et il reprendrait l'arme. Il la garderait, elle lui appartenait désormais, tout comme Alys. Il posséderait ce qu'il était venu chercher. Rien n'enlèverait le sang qu'il avait sur les mains. Il assumerait son destin, le destin de Barr-amzer.

8

Alys regardait l'aber à peine troublé par le courant de la marée montante. Tout paraissait calme, comme si aucune force ne pouvait troubler le rythme de la nature. Elle jeta encore une fois un coup d'œil sur le vide menaçant dans la bibliothèque. Tant qu'elle était là, emprisonnée par les livres, elle n'était qu'un objet splendide et étrange. Absente, elle avait laissé comme une aura ténébreuse. L'arme, toujours aussi dangereuse, était redevenue la force noire des Kermarec.

Elle croyait entendre comme l'écho du rire de Ronan Trevor de Kermarec, son ancêtre naufrageur qui devait sa richesse aux colères de la mer. Elle le voyait dans le vent violent, giflé par les embruns, brandissant cette lame venue des froides brumes du nord, remerciant la tempête qui lui amenait les navires et les fracassait sur les rochers. Dans une action de grâce impie, il avait donné ce nom à l'épée : Barr-amzer, mot breton qui désigne la fureur des éléments.

Au besoin, il donnait un coup de main à la nature. Des lumières attiraient les bateaux en perdition. Et même ses hommes étaient remplis d'effroi lorsqu'ils le voyaient s'élancer sur la plage où s'échouaient des marins épuisés.

Se croyant sauvés de la tempête, ils périssaient, transpercés par son terrible homonyme ; âmes sacrifiées que Ronan offrait aux forces marines déchaînées.

Cette épée, il l'avait arrachée des mains d'un mourant, le capitaine d'un bateau viking qui s'était échoué. Elle avait accompagné l'histoire de la famille de génération en génération. On disait qu'elle fusionnait avec celui qui la possédait. Dans son sillage, les richesses et la gloire se teintaient toujours de rouge sang, mais rares étaient ses possesseurs qui mouraient paisiblement dans leur lit. Le père d'Alys prétendait que cette arme se rendait maîtresse de ceux qui n'avaient pas l'âme assez forte. Emportés par leur avidité, leur cruauté ou leur bêtise, ils en devenaient les esclaves et se consumaient jusqu'à leur perte.

C'était lui qui avait exhumé l'objet qu'une main anonyme avait relégué dans un coin du grenier.

— *Le Mal ne réside pas dans un instrument de mort, disait-il, il gît tapi dans les hommes. La force n'est rien sans l'esprit et l'esprit peut contrôler la force.*

Il avait ôté une rangée de livres pour libérer tout un rayonnage et y avait placé Barr-amzer.

Alys vouait une admiration sans bornes à ce père cultivé, rassurant, même si elle entrevoyait des côtés sombres et inaccessibles en lui. Elle ne mettait pas en doute qu'il ait dominé l'épée, mais elle n'avait jamais osé y toucher.

Enfant, elle regardait fascinée cet objet splendide avec sa garde simple et courte et sa lame où couraient des symboles entrelacés, gravés dans le métal.

— C'est Yves qui aura Barr-amzer, Papa ?

— Pourquoi ton frère, ma petite fée ?

— Parce qu'il est plus grand que moi et qu'elle a toujours appartenu à des hommes.

Tugdual de Kermarec regarda amusé le petit bout de femme de huit ans, son visage où s'étiraient des yeux verts levés vers lui, dans une attente informulée.

— Eh bien ! il semblerait que malgré ce que tu viens de dire, tu n'es pas vraiment décidée à abandonner cette épée à ton frère. Me la laisseras-tu à moi seulement ? Où as-tu déjà pensé à m'enterrer prématurément pour t'en emparer ?

— C'est pas vrai, répliqua l'enfant, en se jetant dans les bras de son père.

— Je plaisante, dit-il.

— Tu es encore bien jeune pour comprendre les nuances du langage, mais il n'est pas tout à fait exact que Barr-amzer ait toujours appartenu à un homme. À une exception, seuls les mâles de notre famille en ont hérité, mais pouvaient-ils tous prétendre au titre d'Homme ? Cruels, avides, la peur plus que le respect s'attachait à leurs pas. Ce n'est pas qu'une question de sexe. Pour se dire un Homme, il faut du courage, de la réflexion, de la force plus que de la violence. Il faut dominer l'animal tapi au fond de chacun et toujours prêt à surgir. D'ailleurs, pendant la Révolution, c'est une femme qui a eu la charge de l'épée. Hélène n'était dans la famille que par mariage, beaucoup d'hommes de la famille, dont son mari, ayant été tués dans les combats, elle s'est retrouvée seule. Et elle est devenue la protectrice des siens.

— C'est l'histoire des Chouans que tu m'avais racontée, Papa ? s'enquit la petite fille qui buvait les paroles de son père, dans l'attente de la suite.

— Exact. Hélène était très différente des femmes de son époque. Intelligente, assoiffée de connaissances, elle avait étudié tout ce qu'elle avait pu trouver. On lui prêtait le pouvoir de guérir, de lire les esprits. Elle était déjà autant aimée que redoutée. Elle a pris l'épée venue de la mer. Durant cinq ans, tous ceux qui ont franchi les limites de ses terres pour piller ont saigné sur sa lame. Dans les campagnes, à cette époque, les gens se racontaient l'histoire de cette femme, très grande aux cheveux noirs qui surgissait de nulle part et frappait sans pitié ses ennemis. Elle est vite devenue la sorcière de Kastell Mor, femme redoutable, ayant pactisé avec l'Enfer. Elle a laissé dire. Bientôt sa réputation a suffi à encercler le château d'un anneau de protection. L'arme est retournée dans son fourreau, apaisée, mais ton ancêtre avait perdu son insouciance. Elle a vécu longtemps, a vu grandir ses enfants et ses petits-enfants. Ce sont les seuls bonheurs qui lui sont restés. On dit qu'elle passa le reste de sa vie à lutter contre l'emprise de Barr-amzer. Mais elle n'a jamais succombé à son pouvoir.

L'enfant écoutait, fascinée. Son père regarda sa montre.

— Oh, mais il est plus que temps de te coucher. File et ne rêve pas trop, les légendes ne sont que des légendes.

Les années avaient passé, Alys n'avait eu que peu d'occasions de contempler la lame, le métier de son père les tenant éloignés de la maison familiale.

Et puis, à l'occasion de son treizième anniversaire, jour du solstice d'été, monsieur de Kermarec avait fait venir sa fille dans la bibliothèque…

Le regard perdu dans le vague, la jeune femme laissait les souvenirs l'envahir. Elle revoyait la scène de manière si précise.

L'après-midi touchait à sa fin, le soleil éclairait la rivière et faisait naître des éclats sur les vaguelettes de la marée montante. Il lutterait contre la nuit et l'obscurité, reculerait jusqu'à ses ultimes limites. Le 21 juin, le soleil insomniaque danse, relayé par les feux de la Saint-Jean allumés un peu partout.

Debout face à la baie vitrée, silhouetté à contre-jour, l'homme se tenait très droit, les deux mains arrimées à la poignée d'une épée tenue droite devant lui, la pointe entre ses pieds : polygone de sustentation indestructible.

L'enfant s'était immobilisée au centre de la pièce, fascinée par ce père qu'elle ne reconnaissait pas tout à fait.

La statue humaine avait lentement pivoté, lui faisant face.

Alys ne pouvait détacher ses yeux du pommeau de l'arme enserrée entre les mains fines de l'homme. Saisie d'une émotion qui lui nouait la gorge et lui causait un curieux vide dans le ventre, elle releva la tête et ancra son regard dans les yeux de son père.

— Approche, tu as déjà deviné que je t'avais choisie. Mais avant, tu dois savoir ce qui ne peut être écrit. Regarde dehors. Aujourd'hui la nature nous offre un cadeau merveilleux ; la lumière. Les hommes se réjouissent, ils n'affronteront pas l'obscurité totale et ses terreurs. Et si les rayons du soleil ne suffisent pas, ils allumeront des feux qui dureront jusqu'aux premières lueurs de l'aube. Ils oublieront leurs peurs : l'ombre, les ténèbres, le Mal, ces forces obscures. Aujourd'hui, tu prends le chemin qui te conduira vers la lumière, vers la maîtrise de toute force. Assieds-toi et écoute-moi. Tu t'appelles Alys, Viviane, Marie. Le premier prénom est celui qui te désigne aux yeux des hommes, ton troisième prénom, celui de celle qui te protège. Mais le deuxième prénom est celui de ton essence, de ton pouvoir, Viviane. Tu portes le prénom d'une fée, d'une fée puissante, la Dame du Lac. Tu l'ignores encore, mais tu disposeras d'une grande force si tu sais la faire émerger. Toute l'énergie se trouve autour de nous, dans l'eau, dans l'air, dans la terre. Tu apprendras à la laisser t'envahir, à voir et à entendre plus loin, plus vaste.

Ils restèrent ainsi face à face, dans les lueurs incertaines du couchant, l'adulte parlant d'un ton égal avec des mots simples qui donnaient à l'enfant attentive, les clefs d'un monde nouveau et ancien tout à la fois.

Puis le père se leva, saisit l'épée par les côtés de la poignée et demanda à sa fille d'enserrer le pommeau de ses deux mains.

— Alys Viviane Marie Trevor de Kermarec, je te remets Barr-amzer. Ne laisse personne s'en saisir. Lorsque j'aurai rejoint l'autre monde, il t'appartiendra, à toi et toi seule, de garder l'épée jusqu'à ce que tu puisses, à ton tour, la remettre à celui que tu jugeras digne de cet héritage. Maintenant, remets-la à sa place.

Sans faiblir, l'adolescente avait élevé l'arme, le visage aussi pâle que les jointures de ses doigts, mais les yeux brillant d'une incroyable fierté. Une fois le fer confié à la garde des livres, le père avait saisi son enfant par l'épaule.

— Va te coucher maintenant et dors bien, si les tourbillons de tes pensées te le permettent, ajouta-t-il en souriant.

En gravissant les escaliers menant à sa chambre, Alys était perdue dans une tempête d'émotions. Elle aurait voulu tout raconter à sa mère et lui dire qu'elle serait le prochain maître de Barr-amzer, mais son père lui avait recommandé la discrétion, de plus, elle savait qu'elle ne réagirait pas favorablement à tout ça. Maman détestait cette vieille relique et traitait de sornettes toutes les histoires qui s'attachaient à cet objet. Elle n'aurait pas apprécié que son mari perturbe leur fille avec ce rituel hors d'âge. Sa mère, Écossaise pleine de vitalité, avait les pieds sur terre et, chose rarissime pour les natifs de ce pays, ne croyait pas plus aux fantômes qu'aux objets maléfiques.

En se déshabillant, l'adolescente s'aperçut qu'un peu

de sang tachait sa culotte. Elle comprit que son corps sortait de l'enfance. En jetant un dernier regard sur la rivière où naviguaient des ombres, elle se dit qu'en un seul jour, elle avait été faite à la fois Homme et Femme.

Aujourd'hui, tout prenait sa vraie signification. Une énergie terrible bouillonnait en elle. Des limbes de son inconscient Viviane émergeait. L'air semblait plus vif, elle ressentait tout avec une acuité inhabituelle. Devant cette fenêtre, où s'était tenu son père, elle voyait loin, plus loin que la frange où l'eau rejoignait le ciel.

9

L'après-midi déclinait. Dans les locaux de l'antenne PJ de Brest se succédaient inlassablement des petits vieux, en colère ou abattus. Après avoir toqué légèrement à la porte, Énora pénétra dans le bureau où ses collègues de la DIPJ faisaient le point.

— Vous faites dans le troisième âge, patron, balança Chancel. À moins que ce soient les anciens collègues qui rempilent. Il paraît que vu la prévoyance de notre administration, c'est tout ce qu'ils ont trouvé pour combler les rangs.

Voyant le froncement de sourcils de sa collègue, Kowalski ajouta :

— Une affaire d'escroquerie, je présume.

— Tu présumes bien. Un duo d'enfoirés qui a mis beaucoup d'ardeur à soulager de leurs économies quelques retraités trop naïfs. On les a serrés ce matin, les victimes viennent les reconnaître, mais le pognon s'est envolé depuis belle lurette. On va les soigner dans la procédure, je ne peux pas blairer les mecs qui abusent de la faiblesse des autres. Mais cette affaire est quasiment bouclée. De votre côté, vous avez trouvé quelque chose ?

— On commençait juste à faire le bilan. Assieds-toi, je t'en prie, dit Kowalski en tirant une chaise.

Trinité remarqua qu'il lui avait gardé une place libre, près de lui, autour de la table. Elle nota le fait avec satisfaction et aussi un certain amusement. Visiblement son collègue la ménageait.

— Continuez, Mounier.

— On a vérifié l'alibi du fils L'Hostis. Pas de lézard de ce côté, les cousins confirment tout. Il se trouvait bien chez eux avant-hier soir, depuis cinq heures de l'après-midi. Il a été appelé au téléphone alors qu'ils venaient de passer à table, il était un peu plus de vingt heures trente. Le type se souvient précisément de l'heure parce que sa femme le tannait avec une histoire de viande à sortir du four. Armel est parti aussitôt. Le temps de faire la route, il est arrivé vers vingt et une heure trente, les gendarmes étaient déjà sur place. *A priori*, compte tenu de l'heure présumée de la mort, il semble hors de cause.

— Au fait, déclara Énora, la secrétaire du légiste a téléphoné pour prévenir que l'autopsie aurait lieu demain à quinze heures. Celui qui y assistera pourra également récupérer les résultats des prélèvements faits sur place. D'ailleurs, à ce propos, Fabrice Trébeau, le gendarme qui a fait les constates, m'a appelée pour me faire part d'un petit truc qui l'a titillé. Dans la cheminée de la bibliothèque, il a récupéré des mouchoirs ou plutôt des serviettes en papier. Elles dégageaient une très légère odeur. Sur le coup, il ne l'a pas identifiée. Mais en y repensant, il est presque persuadé qu'il s'agissait de rhum. Ça sera intéressant de voir ce que le labo a trouvé, même si ça n'a peut-être aucun rapport avec l'affaire.

— Vous êtes bien vue par la maréchaussée, intervint Riboix. On n'a pas eu autant d'informations quand on est allés les voir. On ne peut pas dire qu'ils aient été franchement hostiles, mais service minimum. Rien de plus que ce qu'on a pu lire dans la procédure.

— Eh oui, c'est l'avantage d'être du coin et de s'impliquer dans le relationnel, répliqua Énora, avec un petit sourire en coin.

— En parlant de relationnel, vous avez pris contact avec les supérieurs du curé ? s'enquit Kowalski.

— En fait, il n'avait pas vraiment de supérieur, répondit le lieutenant Mounier. Étant officiellement en retraite, il était rattaché à une sorte de congrégation qui possède une maison du côté de Recouvrance. Nous y sommes allés, mais nous n'avons pas rapporté grand-chose. Il ne vivait pas là. Le père Cordier avait eu l'autorisation d'habiter un presbytère inoccupé près de Brelez. Le bled n'ayant plus de curé, il donnait un coup de main au prêtre en charge de plusieurs paroisses.

— Dans la maison du Seigneur, c'est comme dans la maison Poulaga, les vocations se font de plus en plus rares, déclara Chancel.

Ignorant l'interruption, Mounier poursuivit.

— Cordier était Jésuite. Il a passé la plus grande partie de sa carrière à l'étranger, Caraïbes, Afrique, mais aussi Rome. D'après ce qu'on a pu savoir, il aurait occupé des fonctions très importantes dans l'entourage du pape, pour un service travaillant dans le domaine des relations internationales, mais plutôt dans le style informel. D'après le responsable de la communauté, celui qui pourrait nous apporter plus d'infos, c'est l'évêque lui-même. Cordier et lui se connaissaient très bien.

— Et il se trouve où cet évêque ? demanda Kowalski.

— À Quimper, répondit Chancel. Mais il se déplacera vendredi à Brest pour dire une messe à la mémoire de la victime. On pourra le voir à ce moment. J'ai quand même noté son numéro de portable, au cas où vous voudriez lui parler plus tôt.

Kowalski balaya la suggestion d'un revers de main.

— Vendredi, ça ira très bien. Je m'en chargerai.

— Les barbouzes du Vatican, intéressant ! On tient peut-être une piste, dit Riboix en se tournant vers son patron.

— Ouais. Ne nous emballons pas trop vite quand même. On va d'abord continuer sur du classique. N'oublie pas que le meurtrier semblait connaître les lieux et que la belle dame du château aura certainement des choses à nous raconter demain.

Énora eut un grand sourire et s'adressant à son collègue :

— Au fait, maintenant que tu l'as vue, « l'aristo », tu en penses quoi ?

— Hormis le fait qu'elle est effectivement beaucoup plus jeune que je ne m'y attendais, merci pour la surprise, je pense que c'est une jolie petite menteuse.

— Peut-être seulement par omission. Un peu d'indulgence, mon cher. Attendons de l'entendre en confession demain matin.

Interrompu de temps à autre par Riboix qui ajoutait une précision, Kowalski résuma pour ses collègues le résultat de leur visite à Kastell Mor.

— Qu'est-ce que tu en penses ? demanda Kowalski à sa collègue qui écoutait, songeuse.

— Pour le moment, nous en sommes tous réduits aux hypothèses. À mon avis, nous devons d'abord répondre à cette première question : cambriolage qui a mal tourné, mauvaise rencontre dont a fait les frais ce pauvre curé, ou existe-t-il un lien entre le château et le meurtrier ?

— Tout à fait d'accord, renchérit Riboix. Pour ma part, je ne crois pas trop au cambrioleur de hasard.

— Eh bien, ce n'est pas si mal pour une première journée, lança Énora en se levant. Je pense que vous avez mérité une bonne nuit sous la couette. Je suis persuadée que mes petits vieux vous ont préparé quelque chose à manger et je ne voudrais pas arriver trop tard.

10

La route grimpait, sinuant entre des haies d'ajoncs. Kowalski conduisait, la voiture de sa collègue en point de mire. Il ne voyait pas la mer, mais une odeur de goémon s'infiltrait par la vitre entrouverte et il entendait le bruit du ressac, quelque part derrière les lambeaux de brume qui commençaient à envahir la lande. Arrivé au sommet de la côte, un panorama somptueux lui coupa le souffle. Une énorme boule rouge effleurait la ligne d'horizon, comme un globe de lave qui s'enfoncerait dans l'océan pour se refroidir. La chaussée plongeait droit vers un paysage de rochers déchiquetés qui semblaient s'enfuir vers le large. Leurs formes noires émergeaient de l'écume ensanglantée par les derniers rayons du soleil. Bien que le temps soit calme, un petit vent agitait l'eau, générant des vagues qui s'écrasaient sur les écueils. Leur position dominante leur permettait d'embrasser tout le paysage, somptueux et sauvage, désertique comme après le chaos originel. Devant, le jeune homme remarqua que son poisson-pilote avait ralenti, pour leur permettre de savourer l'instant. Frappés par la splendeur sauvage de la vue, ses collaborateurs s'étaient tus.

La route longeait la côte et ils parcoururent au ralenti

deux kilomètres, dans un silence quasi religieux. Devant lui, le clignotant de la 308 noire de sa collègue attira son attention. Puis elle tourna soudain à droite, dans un petit chemin de terre presque invisible. La nuit était tombée d'un coup, une fois l'astre englouti par les flots et les codes peinaient à percer l'obscurité brumeuse.

— Je ne sais pas où elle nous emmène, votre collègue, mais j'ai l'impression qu'on quitte la civilisation et je crains le pire. Genre, la cabane des ploucs dans *Les Bronzés font du ski*. Avec le crapaud dans la bouteille et la bouffe pourrie…

— Chancel, je crois me rappeler que vous avez râlé l'an dernier quand vous n'avez pas pu partir fin juin, sous prétexte qu'on vous empêchait de faire je ne sais quel raid dans la forêt amazonienne. Un aventurier comme vous devrait se réjouir d'avancer dans l'inconnu !

Riboix abattit son bras sur l'épaule de son jeune collègue.

— Ouais, l'inscription à l'épreuve visait surtout à éblouir les filles. Je parierais que ce dont il a été privé, c'est d'un séjour dans un hôtel pour touristes où il aurait attendu bien gentiment la fin de l'épreuve.

— Facile, maugréa le jeune lieutenant vexé. Je sais bien que vous me prenez pour un charlot, mais un jour, je vous clouerai le bec.

— Ne démarre pas au quart de tour, intervint Mounier. Tu vas finir par nous faire croire que ton sens de l'humour est un sens unique.

Kowalski sourit. Il aimait bien Bruno Mounier. Discret, réservé, mais plein de finesse.

Des lumières perçant l'obscurité coupèrent court à la conversation. Les masses sombres de petits édifices se devinaient, de part et d'autre du bâtiment principal aux fenêtres allumées. Au moment où Trinité se garait devant la maison, une lampe illumina la cour, éclairant un corps de ferme en pierre entouré de dépendances, disposées comme des maisons gigognes. Les portes et les volets blancs impeccablement peints éclairaient le granit. De part et d'autre de la terrasse en pavés anciens, des auges de pierres laissaient déborder des végétaux plantés dans un fouillis harmonieux.

Agréablement surpris, les quatre hommes durent reconnaître que la première impression était des plus favorables.

Trinité s'avança vers eux.

— Alors ?

— Superbe !

— Et encore, vous n'avez rien vu. Dépêchez-vous de rentrer, il fait plutôt frisquet.

Comme en écho à ses paroles, la porte s'ouvrit sur une femme dont les cheveux blancs attachés en chignon contrastaient avec la voix ferme et pleine d'allant.

— Rentrez donc vite ou la brume va vous glacer les poumons. Fanch vous a allumé un bon feu.

Leurs bagages à la main, les policiers s'engouffrèrent dans l'entrée pavée de larges dalles. À l'intérieur, les portes de ce bleu si particulier à la Bretagne tranchaient sur les cloisons de bois peintes en blanc. Un homme d'environ soixante-dix ans s'avança sur le seuil d'une vaste pièce. Malgré l'âge, on devinait encore la puissance des muscles sous le pull de laine bleu marine et le pantalon de toile rouille. Sa carrure, ses mains rudes, trahissaient le paysan, mais dans son visage buriné, ses yeux clairs avaient l'acuité du marin.

Énora referma la porte derrière elle, embrassa le couple et fit les présentations.

— Anne Morvan et son mari François ou plutôt Fanch, comme on dit par ici.

Puis se tournant vers les policiers.

— Et voici quatre des meilleurs éléments de la DIPJ de Rennes. Enfin, je suppose que ce sont les meilleurs, puisqu'on me les a envoyés, déclara la jeune femme dans un éclat de rire.

Tout à tour les quatre hommes serrèrent la main de leurs hôtes en se présentant.

— On ne va pas rester plantés dans l'entrée toute la nuit, intervint fermement la maîtresse de maison. Je vais vous montrer vos chambres et après nous passerons à table.

Elle monta l'escalier, suivie par les quatre hommes, tandis qu'Énora rejoignait son mari dans la grande salle. La maison ancienne avait été rénovée avec goût, mais dans un esprit de simplicité.

— Je ne sais pas si Énora vous l'a dit, mais je n'ai que trois chambres de libres à cette époque. Les autres sont situées dans les dépendances et comme le chauffage n'est pas encore installé, nous les réservons pour l'été.

— Ne vous inquiétez pas, intervint Riboix. Une pour le patron, une pour moi – privilège de l'âge – et les deux lieutenants feront bon ménage dans celle qui reste.

— Alors, voilà votre domaine, dit madame Morvan en ouvrant une porte sur une pièce de belle dimension, meublée de deux lits. Les rideaux bleus et blancs assortis aux couvre-lits éclairaient les meubles en chêne foncé.

— J'espère que vous serez bien.

— Parfait pour moi, dit Bruno Mounier.

— Même chose, renchérit son collègue. Rien qu'à voir le lit, j'ai déjà les yeux qui se ferment.

Laissant les lieutenants à leur installation, Anne

entraîna Kowalski et Riboix au bout du couloir. Les deux chambres qui les attendaient offraient la même simplicité chaleureuse. Après leur avoir indiqué la salle de bains et les toilettes, elle les invita à la rejoindre dans la salle à manger.

Le feu crépitait dans la cheminée. Fanch Morvan avait mis trois grosses bûches pour tenir la soirée et les flammes s'élançaient claires et hautes. Un dîner tout simple, mais très appétissant attendait les convives : charcuterie du pays, omelette aux pommes de terre, salade et bien sûr l'inévitable far breton.

Les quatre hommes avaient retrouvé Énora et Fanch confortablement installés dans des fauteuils à haut dossier, près de la cheminée, sirotant un verre rempli d'un liquide ambré.

— Comme vous le voyez, on a pris un peu d'avance, mais vous pouvez toujours nous rattraper si le cœur vous en dit.

Kowalski se pencha vers elle, humant le liquide.

— Whisky ?

— Et même irlandais, du Jameson en provenance directe de Dublin avec livraison personnalisée dans mon bureau. Tu connais ?

— Non, mais je pense que l'expérience doit être tentée.

— Pareil pour nous ! s'exclamèrent en chœur les trois autres.

Anne Morvan jeta un bref coup d'œil sur la table.

— Dis donc, Fanch, tu comptes leur offrir de l'eau à tous ces gens ou tu vas te décider à aller chercher ton cidre ?

Le vieux se leva en bougonnant une phrase en breton dont le ton était suffisamment explicite, même si on ne comprenait pas les paroles.

Énora regardait avec satisfaction la joyeuse tablée. Le feu qui brûlait, le repas, au goût oublié des produits du terroir et l'accueil chaleureux et simple des Morvan, avaient généré une atmosphère détendue, comme si tous les convives se connaissaient de longue date. L'honneur fait à la bouteille de whiskey et les litres de cidre qui s'étaient succédé sur la table n'étaient sans doute pas étrangers à l'euphorie ambiante. Mais qu'importe !

Chacun y allait de sa petite histoire. Énora remarqua que les époux Morvan, surtout Anne, se régalaient de toutes ces anecdotes incroyables qui font le quotidien des flics. Elle aimait ces instants, comme une réunion avec une famille qu'elle aurait créée. Soudainement, la douceur du moment fit surgir cruellement la réalité de sa solitude ; sa mère à peine connue, son père et ses grands-parents si loin et elle-même, sans enfants, pareille à la fin d'un chemin.

Un coup de vent rabattit les flammes dans la cheminée, leur éclat diminua, comme si une ombre les avait voilées. Le joyeux brouhaha s'estompa. Un courant d'air froid fit frissonner Énora, s'insinuant entre ses épaules, ternissant brutalement le sentiment de bien-être qu'elle éprouvait l'instant d'avant. Elle s'efforça de respirer profondément, luttant contre la vague de désespoir qui menaçait de la submerger.

Levant les yeux, elle accrocha le regard de Jean-Paul Riboix. Un sourire étira ses lèvres, comme un petit message personnel. Elle le vit se lever et réclamer l'attention en faisant tinter légèrement son verre.

— Oh non, pas de discours ! On est trop bien, s'exclama Chancel, feignant de s'effondrer sur sa chaise.

— Silence le bleu ! tonitrua Riboix. Dans la PJ, on a des traditions et justement lorsqu'on est trop bien, comme tu dis, il faut savoir remercier ceux qui nous accueillent.

Il leva son verre.

— Je bois à la santé de ceux qui nous permettent de vivre cette soirée. Je ne ferai pas un long discours comme le craint mon jeune collègue, dit-il en se tournant vers le couple Morvan, ce n'est pas mon style. Mais du fond du cœur, au nom de tous mes collègues, je voudrais vous dire un grand merci pour votre accueil.

Une salve d'applaudissements salua ses paroles, tandis qu'un large sourire éclairait le visage de leurs hôtes.

— Et je voudrais également vous remercier, patron, pour nous avoir amenés ici.

— À cette heure et dans cet endroit, il n'y a plus de patron, répondit Énora.

— Ça tombe bien. Parce que je pense que l'organisation d'un pareil bivouac mérite bien une grosse bise.

Et joignant le geste à la parole, il contourna la table pour serrer chaleureusement Énora dans ses bras et lui plaquer un baiser sonore sur les deux joues.

D'abord surprise, elle éclata de rire, réconfortée par l'étreinte fraternelle et la complicité qui l'avait de nouveau plongée dans l'entité joyeuse qu'ils formaient tous.

Anne Morvan proposa du café, ajoutant :

— Fanch et moi sommes très contents de vous accueillir et vous méritez bien un peu de bon temps avec toutes les heures que vous passez à courir après tous ces voleurs et ces malfaisants qui vivent aux crochets de leurs victimes sans rien faire.

— Détrompez-vous, lui répondit Riboix. Voleur n'est pas toujours un métier de tout repos. Je me rappelle une des premières affaires que j'aie eues à traiter. Un type s'était introduit dans une fabrique de pneus dans le but d'en voler tout un stock. Il était venu dans un petit camion qu'il avait entrepris de remplir. Eh bien, vous ne me croirez pas, mais l'effort sans doute ajouté à la tension nerveuse avaient provoqué une crise cardiaque. Et le matin le directeur de l'entreprise a eu la surprise de découvrir le gars, raide mort, affalé sur le pneu qu'il transportait.

— Dieu l'a puni, déclara laconiquement leur hôtesse.

— Eh bien justement, le magistrat n'était pas tout à fait certain que Dieu avait agi seul. Notre loustic était plutôt jeune, une trentaine d'années et il se demandait si le proprio de la boîte ne l'avait pas un peu aidé à passer de vie à trépas. Le groupe Crim a donc récupéré l'enquête.

— Arrivée de la cavalerie.

— Et même de la grosse cavalerie, Bruno. On a agi comme d'habitude, très pros. Le temps que l'autopsie nous donne les causes de la mort, nous avons placé en garde à vue celui qui, il faut bien le reconnaître, était avant tout la victime.

Une exclamation de surprise offusquée échappa à Fanch Morvan.

— Oh *gast* ! moi, ça me foutrait sacrément en colère.

— Eh bien, lui aussi, monsieur Morvan. Comme il le prenait de haut, ça nous a agacés et on l'a mis sur le gril, jusqu'à ce que nous recevions le rapport du légiste nous confirmant qu'il s'agissait bien d'une mort accidentelle due à un arrêt cardiaque.

Chancel partit d'un grand éclat de rire.

— Comme quoi, le boulot, c'est vraiment tuant. Il faut se ménager.

Puis s'adressant à ses hôtes, il déclara sentencieusement :

— Le plus dur dans ce genre de situation, c'est la sortie. Il faut s'excuser auprès de la personne injustement soupçonnée, sans quand même en faire trop, bref du grand art de faux cul.

— Le type était très remonté. Lorsque nous l'avons libéré, il a fallu toute la diplomatie du taulier[1] pour lui faire avaler la pilule. Dans un admirable shoot, il lui a fait remarquer qu'avant tout, il devait cette désagréable expérience à un magistrat soupçonneux, la police ne faisait qu'exécuter ses instructions.

— Tout est bien qui finit bien, résuma Kowalski.

— Eh bien, justement non. On a déploré, comme qui dirait, des dommages collatéraux. Les collègues du commissariat avaient l'habitude de se fournir dans cette boîte et il leur était généralement consenti une bonne ristourne. Malheureusement, depuis sa garde à vue, notre gus avait conçu une certaine aigreur vis-à-vis de la police et il a donc décidé de supprimer les petites faveurs qu'il consentait aux flics du coin.

— Ils ont dû particulièrement apprécier votre intervention, déclara Énora en regardant sa montre. Mais je vois qu'il est bien tard, je vais vous laisser.

Elle se leva, imitée par ses collègues.

— Je ne vous envoie pas au lit, j'ai de la route à faire, mais vous pouvez rester.

— Non, nous avons du pain sur la planche demain et le réveil a sonné très tôt ce matin, dit Kowalski en étouffant un bâillement. Et puis nous ne voulons pas vous imposer un coucher tardif, dit-il s'adressant aux Morvan.

— Ne vous inquiétez pas pour ça. À la retraite, on a tout son temps et à notre âge, on dort beaucoup moins. Je resterais bien toute la nuit à écouter vos histoires de PJ.

Anne Morvan prononça ces deux lettres avec gourmandise. Ses yeux brillaient d'un éclat presque juvénile.

---

1. Taulier, patron : noms familiers désignant les commissaires de police.

— Effectivement, c'est un peu plus palpitant que tes réunions du cercle d'histoire locale, maugréa son époux.

Anne lui lança un regard féroce, mais elle retint la réplique cinglante qui lui venait à l'esprit. On réglerait ça plus tard, pas devant les étrangers.

Énora éclata de rire, toujours amusée par les rapports aigres-doux du couple qui, elle le savait, s'adorait.

— Vous n'avez jamais fini de vous taquiner les amoureux ? Allez, ce coup-ci, je décolle.

Elle envoya un baiser du bout des doigts et disparut, happée par la nuit.

11

Une sonnerie stridente et insistante tira Kowalski d'un profond sommeil. Complètement perdu, il tâtonna à la recherche d'un hypothétique téléphone. La douleur de sa main heurtant un bois de lit l'éveilla tout à fait. Maugréant, il se rappela qu'il ne se trouvait pas chez lui et finit par mettre la main sur un antique réveil que son hôtesse avait absolument tenu à régler la veille au soir.

Amusé par la relique, il n'avait pas osé dire à madame Morvan que son portable ferait tout aussi bien l'affaire.

Il vit que les aiguilles marquaient huit heures moins le quart. Jaillissant du lit, il enfila à la hâte un jean et un tee-shirt et prit sa trousse de toilette. Au moment où il ouvrait sa porte pour aller à la salle de bains, il croisa Anne Morvan qui se dirigeait vers sa chambre.

— Bonjour. Votre collègue m'a demandé de vous réveiller. Il vous attend en bas pour le petit-déjeuner. Mais surtout ne vous pressez pas, vous avez tout votre temps.

— Bonjour madame. C'est vrai qu'on dort bien chez vous, trop bien même. Mais il est déjà bien tard, nous prendrons juste un café, nous n'aurons pas le temps de manger.

— Comment ça, vous n'avez pas le temps de manger ! Jeune homme, sachez qu'un sac vide ne tient pas debout. Tout est prêt. Et de toute façon, les deux autres messieurs ne sont pas encore descendus.

Malgré ses rondeurs et son sens de l'accueil, Anne Morvan avait un sacré caractère et Kowalski comprit que l'étape petit-déjeuner n'était pas négociable.

Quelques minutes plus tard, il était attablé face à Riboix, devant lui une grande tasse de café noir fumait, sur la table d'épaisses tranches de pain grillé n'attendaient plus que le beurre salé et la confiture.

— C'est vraiment super, déclara son adjoint. Votre collègue a vraiment assuré sur ce coup. Ces gens sont charmants, on est comme des coqs en pâte. J'en oublierai presque que nous avons une enquête sur les bras.

— Tout à fait d'accord avec toi. Malheureusement, nous avons une enquête sur les bras et j'aimerais bien que tu ailles activer les deux autres pour qu'on ait une chance d'arriver au service avant midi.

— Cool, chef. D'ailleurs les voilà.

Il était presque neuf heures et demie lorsque les quatre hommes firent leur entrée au commissariat.

Pendant que ses collaborateurs prenaient possession de la pièce qui leur avait été allouée, Kowalski se dirigea vers le bureau de sa collègue. La porte à demi fermée laissait filtrer des bruits de conversation. Il reconnut la voix d'Énora qui parlait sur un ton de confidence. Gêné, il hésita à entrer et s'apprêtait à rebrousser chemin, lorsque apparut dans le couloir Anne-Gaëlle, la secrétaire.

— Bonjour beau gosse. Vous attendez quelque chose ?

Un peu interloqué par le ton familier de cette femme qui, bien que largement quinquagénaire, conservait un charme étonnant, Kowalski bredouilla.

— Je venais voir ma collègue, mais je pense qu'elle a quelqu'un dans son bureau.

— Je ne crois pas, mais il suffit d'entrer.

Joignant le geste à la parole, elle poussa la porte du bureau d'Énora.

La table de travail disparaissait presque sous les dossiers. Face à elle, le superbe chat noir entrevu la veille trônait, aussi hiératique qu'une statuette égyptienne.

— Salut. Alors bien dormi ?

— Plus que bien. Ça faisait longtemps que je ne m'étais pas réveillé aussi tard et puis pas question de partir sans avoir ingurgité un petit-déjeuner pantagruélique.

Le visage d'Énora s'éclaira d'un large sourire.

— Je vois que tu as été pris en main par Anne. Elle a élevé cinq enfants, alors elle a appris à faire obéir la troupe.

Voyant que son collègue regardait autour de lui, elle s'enquit :

— Tu cherches quelque chose ?

— Non, mais tout à l'heure, il m'avait semblé t'entendre parler, tu devais être au téléphone.

— Pas du tout, je faisais le point sur les affaires en cours avec Lilith, dit-elle désignant la bête sombre.

— Ah bon et j'espère que tu tiens compte du point de vue de ton chat, persifla Kowalski.

— Pour commencer, ce n'est pas un chat, mais une chatte et à ta place, je me garderais de la vexer, elle comprend plutôt bien ce que l'on dit.

Elle est complètement allumée… pensa Kowalski en s'asseyant face à sa collègue. Entrant dans son jeu, il se tourna vers l'animal.

— Nous avons à parler, ta maîtresse et moi, va donc à la cuisine.

La panthère miniature resta un instant immobile, comme si elle feignait de se désintéresser de la situation, puis tournant la tête en direction du commissaire, elle le fixa intensément et déployant son corps souple, elle sauta au sol, prenant appui sur lui comme s'il n'était qu'un vulgaire marchepied et se dirigea vers le couloir dans la direction qu'il lui avait indiquée.

Interloqué, Stéphane ne sut que dire lorsqu'il croisa le regard goguenard de sa collègue.

— Cher ami, je comprends bien que certaines choses puissent heurter ton esprit cartésien, mais garde-toi de juger trop vite et si tu as des petites étiquettes à coller sur certains d'entre nous, je te suggère de les balancer dans la première poubelle venue.

— Mais je ne pense rien, se défendit mollement le jeune homme, quelque peu déstabilisé.

— Oh si ! Tu penses, tu juges et tu étiquettes. Moi par exemple, tu me crois complètement givrée ou foldingue. Je ne sais pas quel est le mot qui t'est venu à l'esprit, mais il clignote si fort qu'on peut clairement en comprendre le sens. Et pourtant tu devras t'y habituer et accepter ma façon de voir et de faire les choses, si tu veux avoir une chance de résoudre cette affaire. Tu te rappelles que je t'avais dit que j'avais ressenti une impression étrange lors de ma visite chez les Trevor. La baraque m'avait donné des frissons…

— Les lieux d'un crime paraissent souvent menaçants, intervint Kowalski.

— Il s'agit d'autre chose ! le coupa Trinité. Pour ne pas m'attirer le genre de regard que tu m'as balancé tout à l'heure, j'ai édulcoré ma pensée. Mais ce que je voulais vraiment dire, c'est que j'avais ressenti comme la rémanence d'une force malfaisante. Quelque chose d'impalpable, mais de réellement dangereux.

Tout en parlant, la jeune femme s'était levée. Elle se tenait près de la fenêtre, la lumière de ce début de journée accentuait les mèches rouges de ses cheveux, qu'elle avait relevés en un chignon souple. Sa fine silhouette était mise en valeur par un pantalon noir près du corps qui tombait souplement sur ses hanches étroites, une veste courte, noire avec des incrustations d'entrelacs pourpres, donnait une élégance atypique à l'ensemble.

Il émanait d'elle une impression étrange de force et de vulnérabilité. Kowalski la regardait et il fut submergé par une bouffée de désir aussi inattendue que surprenante. Il eut violemment envie de serrer cette femme contre lui, de prendre sa bouche dans un baiser profond et avide, de se coucher sur elle, de l'envahir et de se perdre en elle. Il n'entendait plus ce qu'elle disait.

— Cette épée dont elle t'a parlé est beaucoup plus qu'une simple pièce de collection… Allô Houston, me recevez-vous ?

— Excuse-moi, souffla Kowalski, reprenant pied, j'ai perdu le fil.

— Je vois bien. C'est le décalage horaire ou moi qui te fait cet effet ? dit-elle d'un ton moqueur.

Dégrisé, le jeune commissaire poursuivit :

— Tu parlais d'épée.

— Oui, ça me trottait dans la tête, j'avais l'impression d'avoir entendu une histoire locale à ce propos. Hier soir en rentrant, j'ai effectué des recherches et j'ai trouvé que l'arme disparue pourrait bien être la célèbre Barr-amzer. Enfin, célèbre pour les initiés.

— Bar… quoi ?

— Barr-amzer, la tempête en breton. Tout se trouve dans ce bouquin.

Kowalski prit le petit livre qui s'ouvrit à l'endroit du marque-page. Sur le papier jauni, un dessin représentait une femme habillée de sombre, les cheveux longs, dénoués, flottant dans le vent violent. Au bord de l'océan en furie, brandissant une épée où scintillait une inscription, elle semblait défier les éléments. La légende de cette représentation naïve indiquait : « La sorcière de Kastell Mor invoquant les forces du mal. »

En examinant de plus près la gravure, Kowalski arriva à déchiffrer l'inscription flamboyante : Barr-amzer.

— Pour te résumer, ladite sorcière est en fait la veuve du châtelain, tué lors des combats contre les révolutionnaires vers 1793. Il s'agit d'Hélène Pontcallec, épouse de Gwendal Trevor de Kermarec. En fait de sorcière, il s'agissait sans doute simplement d'une femme qui, devenue veuve, n'a eu d'autre choix que de défendre elle-même les siens en se servant de la frayeur inspirée par la légende entourant l'épée.

— Mais qu'est-ce que cette arme a de si particulier ?

L'entrée d'une jeune femme à l'aspect dynamique les interrompit.

— Oui Sophie ?

— Patron, c'est juste pour vous avertir que les deux femmes de l'affaire du curé sont arrivées, les collègues de Rennes les ont prises en charge.

— Merci. On y va. Je te propose de remettre le cours d'histoire locale à plus tard, dit-elle se tournant vers son collègue qui s'était déjà levé.

La cloison de la pièce où avait été conduite Alys était percée d'un miroir sans tain qui permettait aux autres enquêteurs de suivre l'interrogatoire depuis le bureau contigu.

Kowalski voyait la jeune femme légèrement de profil. Elle portait une veste de cuir noir qui s'ouvrait sur un léger pull bleu roi assorti à une jupe droite qui laissait voir des jambes exemptes de tout reproche, terminées par des escarpins à hauts talons.

À l'abri des regards, le commissaire la détailla avec soin. Ses cheveux balayaient sa nuque. Malgré la déformation du miroir, il remarqua qu'elle s'était maquillée avec soin. L'ensemble était tout à fait convaincant.

Face à elle, Riboix tapait sur le clavier de l'ordinateur.

Ainsi qu'ils en avaient convenu ensemble, son adjoint commencerait l'audition, faisant préciser certains points, sans pression afin de la mettre en confiance. Kowalski interviendrait en deuxième rideau, lorsque, rassurée, elle aurait abaissé sa garde, du moins l'espérait-il. La bonne vieille méthode du gentil et du méchant.

Soudain, la jeune femme pivota et regarda fixement en direction du miroir. Il reçut le choc de son regard vert, souligné de noir. Instinctivement il recula, craignant d'être vu. Elle fixa quelques instants le mur avec un air de défi, comme si elle avait senti sa présence, avant de se détourner.

— La proie devine le chasseur, même si elle ne le voit pas, murmura Trinité à son oreille.

Agacé, il lui fit signe de le rejoindre dans le couloir.

— Je vais la laisser mijoter encore avec Riboix et voir où en sont les autres avec la gouvernante.

— OK. Moi, je te laisse. J'ai sorti des affaires courantes Mercadier et Berthelon. Ils bosseront avec vous sur le dossier. Si vous avez besoin de plus d'aide, Sophie Tabarly, la petite que tu as vue dans mon bureau, vous donnera un coup de main.

— Tu t'en vas ?

— Oui, je te laisse mon numéro de portable. On se reverra ce soir. Désolée de ne pas déjeuner avec vous, mais j'ai rencard.

— Un homme ?

— Et même un bel homme, précisa Énora en éclatant de rire.

Kowalski la regarda disparaître au détour du couloir, son chat, qui semblait surgi du néant, sur ses talons. Il pensa à cet homme qui partagerait sa table et peut-être plus si affinités et se rendit compte avec surprise qu'il en était vaguement jaloux.

Putain ! Entre les sorcières, les épées maudites et les flics qui parlent aux chats, je commence à perdre les pédales.

Décidé à renouer avec une réalité rassurante, le commissaire entra dans le bureau où Mounier et Mercadier, son collègue de Brest, interrogeaient Marie-Louise L'Hostis.

À l'inverse de sa patronne, bien que ce mot ne décrive qu'imparfaitement les liens qui semblaient unir les deux femmes, la gouvernante n'avait pas modifié son look. Seul un foulard apportait une touche de couleur à sa jupe et son cardigan noirs.

Très droite sur sa chaise, elle semblait sur la défensive, mais le salua aimablement à son entrée.

— Bonjour monsieur le commissaire. Avez-vous trouvé quelque indice sur celui qui a commis cette épouvantable chose ?

— Non pas encore, madame. D'ailleurs pour l'instant nous ne savons même pas s'il s'agit de celui ou de celle qui a commis ce meurtre.

Marie-Louise le regarda droit dans les yeux avant de déclarer avec amertume :

— Inutile de tourner autour du pot, demandez-moi clairement si je soupçonne Alys, ou même si, par hasard, je ne l'ai pas vu agir. À moins, que vous n'imaginiez que j'aurais pu moi-même tuer le père Cordier.

— Rassurez-vous, cette éventualité ne fait pas partie de nos hypothèses. C'était juste une façon de parler. Il est vrai que compte tenu du mode opératoire et de l'arme du crime, l'intervention d'une femme paraît assez peu probable.

Rassérénée par ces paroles, la gouvernante s'était détendue.

— En parlant d'arme du crime, madame Trevor nous a signalé la disparition d'une épée. Vous pouvez nous la décrire.

Le raidissement immédiat de leur interlocutrice n'échappa pas aux policiers. Kowalski et Mounier échangèrent un bref regard tandis que Marie-Louise répondait.

— Il faudrait d'abord que je sache de quelle épée vous a parlé Alys. Vous savez, cette vieille maison est remplie de sabres, de poignards et autres armes collectionnées par le père d'Alys.

— Je crois qu'il s'agit d'une arme à laquelle s'attache une sorte de légende, insista le commissaire.

— Oh, vous savez les légendes, ce n'est pas ça qui manque chez nous. On doit avoir presque autant d'épées magiques que de croix aux carrefours.

Comprenant qu'il n'en tirerait rien de plus, Kowalski changea de sujet.

— Vous connaissez Alys depuis longtemps ?

— Depuis sa naissance.

Après un temps de silence, elle poursuivit :

— La mère d'Alys est morte quand elle avait dix-sept ans. Monsieur de Kermarec était un père admirable, mais la perte de sa femme l'a anéanti. De ce jour, il n'a plus vraiment attaché d'importance à ce qui l'entourait. Il n'arrivait plus à comprendre cette grande adolescente partagée entre la tristesse, la révolte et l'envie de vivre d'une jeune fille de son âge. J'ai fait de mon mieux pour compenser l'absence de sa mère.

Kowalski comprit que Marie-Louise L'Hostis considérait Alys comme sa propre fille. Cette femme, déjà coriace de nature, ne dirait jamais un mot susceptible de lui nuire. Inutile de chercher à obtenir des renseignements de ce côté pour le moment.

Se tournant vers les deux autres policiers :

— Vous avez d'autres questions ?

— Non, patron, répondit Mounier. Madame a confirmé ses premières déclarations. Elle nous a précisé que la serrure de la porte de la bibliothèque avait bien été changée à la hâte par son fils, par précaution.

— Tout à fait, acquiesça Marie-Louise. Après un tel drame, on devient méfiant, vous comprenez monsieur le commissaire.

— Bien sûr, répliqua Kowalski qui comprenait surtout que la vieille le menait tranquillement en bateau avec sa comédie de pauvre femme apeurée.

— Il ne vous reste plus qu'à relire votre déposition et à la signer, dit le lieutenant Mounier, lui tendant les feuillets et un stylo. Après ça, vous pourrez retourner chez vous.

— Où pourrai-je retrouver Alys ? Nous sommes venues ensemble.

— Je crains que son audition ne prenne encore quelque temps. Je vous conseille de rentrer directement. Quelqu'un pourra venir la rechercher plus tard et s'il le faut, je la ferai raccompagner, déclara Kowalski, balayant ainsi toutes ses objections.

Vaincue, Marie-Louise enfila son imperméable, prit son sac et repartit, visiblement contrariée.

Kowalski conçut une satisfaction mesquine de cette petite victoire sur cette femme impénétrable qui leur avait tenu tête.

La sonnerie du téléphone retentit à trois reprises avant que le commandant Riboix ne décroche.

— Tu en as mis du temps, mon Paulo. Je crois qu'il est temps que j'intervienne avant que tu ne succombes définitivement à son charme.

— OK, pas de problème. Et pour les extrapolations, on en parlera plus tard, répondit-il volontairement laconique.

Quelques instants plus tard, Kowalski fit son entrée dans la pièce. Vue de près, Alys apparaissait encore plus belle. Son maquillage parfaitement réussi lui donnait une touche sophistiquée qui la changeait complètement. Il gardait le souvenir d'une fille nature, plutôt décontractée. Il avait devant lui une femme, plus sûre d'elle, comme rayonnante d'une énergie contenue. Lorsqu'il lui serra la main, elle le regarda bien en face, le défiant de son étrange regard vert.

— Vous semblez aller mieux.

— Cela vous contrarie-t-il, commissaire ?

— Bien au contraire, répliqua Kowalski, légèrement surpris par le ton presque agressif. Mais vous me sembliez si affectée par ce drame hier.

— Croyez-vous que je le sois moins aujourd'hui et que j'aurais tout oublié dans un mois ? On a souvent pas d'autre choix que de tenir en laisse ses douleurs. Et puis, je ne sais rien de plus que ce que j'ai dit à plusieurs reprises. Alors que vous importe mon état d'esprit ?

— Il arrive parfois qu'on détienne plus d'informations

que l'on pense. Des détails peuvent revenir en mémoire, même si on les juge insignifiants.

— C'est en m'observant depuis l'autre pièce que vous avez déduit tout cela ? lui lança-t-elle ironique, désignant du menton la vitre sans tain. Ou peut-être est-ce ce que vous vouliez savoir quand vous avez téléphoné tout à l'heure à votre collaborateur ?

L'expérience des interrogatoires et l'habitude des coups de bluff permirent aux deux policiers de rester impassibles, mais Kowalski fut ébranlé. Sorcières de mères en filles, songea-t-il, exaspéré par le ton que prenait l'audition.

Décidé à reprendre la main, il intervint très sèchement.

— En vous voyant, je déduis surtout que vous me semblez suffisamment en forme pour qu'on approfondisse certaines questions.

Contournant le bureau, il se plaça derrière Riboix et se mit à relire le début du procès-verbal, laissant volontairement le silence s'installer, espérant déstabiliser la jeune femme.

Mais si sa petite manœuvre réussit, Alys n'en laissa rien paraître. Lorsqu'il la regarda de nouveau, Kowalski ne vit qu'un visage impassible. Les bras et les genoux croisés enfermaient sa silhouette, comme s'ils contenaient une énergie qui ne demandait qu'à jaillir.

— Vous avez confirmé à mon collègue que le seul objet manquant était cette épée à laquelle vous aviez fait allusion.

— Apparemment oui.

— Cette arme a-t-elle une particularité ?

— Pas vraiment. Pour autant que je m'en souvienne, elle avait une garde ouvragée avec des dragons emmêlés et une lame longue d'environ quatre-vingts centimètres, assez large, peut-être gravée juste sous le pommeau.

— Madame Trevor, vous êtes bien consciente qu'il y a de fortes probabilités pour qu'il s'agisse de l'arme du crime. Vous comprendrez que nous y attachions de l'importance.

Alys baissa la tête, mais ne fit aucun commentaire, comme si elle était déjà parvenue à la même conclusion.

— Vous avez des photos ?

— Non. Je ne pense pas qu'il en existe.

Reprenant le procès-verbal, Riboix demanda :

— Tout à l'heure, vous m'avez dit que cette épée se trouvait sur un rayonnage de la bibliothèque. Un peu curieux, vous ne trouvez pas ? Surtout pour une pièce qui, *a priori*, ne présente pas grand intérêt.

— Que voulez-vous que je vous dise de plus ? s'énerva la jeune femme. Mon père devait y tenir. Je ne sais pas pourquoi elle était posée à cet endroit. Et il n'est plus là pour répondre à vos questions, poursuivit-elle exaspérée.

Kowalski enchaîna.

— Vous pourriez peut-être nous parler de la gravure sur la lame, nous dire le nom de cette épée, nous raconter l'histoire qui s'y attache. Bref, cesser de nous mentir et de nous faire croire qu'il s'agit là d'une chose sans importance, alors que cet objet est si précieux pour votre famille.

Un éclat fulgura dans les yeux de la jeune femme où peur et colère se mêlaient.

— Je ne comprends rien à ce que vous racontez.

Le commissaire s'était rapproché d'Alys et soudain, il posa ses mains sur les accoudoirs du fauteuil, emprisonnant la jeune femme.

Se penchant, il lui dit abruptement :

— Je vais rafraîchir votre mémoire. Barr-amzer, voilà ce qui est gravé sur la lame. Et cette légende que vous prétendez ignorer raconte que cette épée a servi à des rites magiques, à des sacrifices rituels.

Un curieux silence suivit les déclarations de Kowalski. Riboix, qui ne connaissait pas cette partie de l'histoire, jeta à son patron un regard interrogateur. L'héritière de Kermarec garda la tête baissée quelques instants puis, se redressant, fixa son interlocuteur et partit d'un grand éclat de rire.

— Monsieur le commissaire, je ne sais pas qui vous a raconté cette belle fable, mais je pense que celui qui a lu le mot que vous venez de prononcer a vraiment des pouvoirs magiques. Parce que je peux vous assurer qu'il n'y a rien d'écrit. Ce sont des espèces d'entrelacs qui sont gravés et rien d'autre.

Au moment où Alys s'était mise à rire, le flic avait compris qu'il avait dit quelque chose qui ne collait pas, quelque chose qui avait permis à la jeune femme de reprendre confiance et de trouver une porte de sortie. Furieux de voir son effet tomber à plat, le commissaire se maudit d'avoir abattu des cartes sans valeur. Sa colère engloba Trinité et ses sornettes qu'il avait prises au sérieux.

— Nous en reparlerons. Le commandant Riboix va vous faire relire et signer vos déclarations. Mais nous serons amenés à nous revoir.

— Commissaire, soyons clairs. Je souhaite que le meurtrier du père Cordier soit puni et je ferai tout ce qui est en mon possible pour cela. Mais je veux savoir pourquoi vous vous acharnez sur moi. Si vous me soupçonnez, dites-le franchement.

— Je cherche juste à connaître la vérité, rien d'autre.

Pour y arriver, nous interrogeons nos témoins, à chaque fois que c'est nécessaire. N'y voyez nul acharnement.

Au moment de quitter la pièce, il ajouta :

— Mais vous n'êtes pas obligée d'attendre nos visites. Si quoi que ce soit vous revient en mémoire, appelez-nous. Mon adjoint vous donnera des numéros de téléphone où vous pourrez nous joindre à toute heure. N'oubliez pas qu'un assassin est toujours en liberté et qu'il connaît le moyen de pénétrer chez vous.

Attablés devant une tasse de café, Riboix et Kowalski discutaient.

— Stéph, c'est quoi cette histoire de vaudou ? Tu aurais pu m'en parler. Je suis tombé du placard quand tu as commencé à lui faire ton numéro.

— Une fausse bonne idée que m'a suggérée ma collègue qui confond un livre d'histoire avec des contes des fées.

— Mais encore…

— Ce matin, elle m'a sorti un bouquin qui parlait d'une arme détenue par la famille de Kermarec depuis des siècles et qui était considérée comme une sorte de talisman, un objet capable de transformer son possesseur. Il y avait une reproduction d'une ancêtre de notre belle Alys qui brandissait cette rapière, avec une légende la décrivant comme une sorcière ayant fait un pacte avec le diable. Du style : « Mon âme contre la mort de mes ennemis. » J'ai pensé que ça pouvait nous ouvrir des nouvelles perspectives.

— C'est très intéressant et pourquoi as-tu abandonné aussi vite ?

— L'épée de la photo comportait une inscription tout au long de la lame. On lisait clairement Barr-amzer. Il paraît que ça signifie tempête en breton. Et tu as vu sa réaction quand je lui ai balancé ça. Elle m'a ri au nez. J'ai tout de suite compris que ça ne collait pas.

— Eh bien moi, je ne lâcherais pas si vite le morceau. Elle a rigolé quand tu lui as cité le nom de l'épée. Mais avant, elle avait l'air sérieusement sur la défensive. C'est peut-être ta prononciation qui l'a fait marrer ! Et puis, je n'accablerais pas tout de suite ta charmante collègue. Elle paraît peut-être originale, mais elle a plutôt bonne réputation auprès de ses gars. Ils lui reconnaissent un excellent flair.

— Possible. Mais elle m'a embrouillé avec ses histoires de rapière envoûtée et je me suis planté. Je crois qu'il vaut mieux qu'on reprenne tout à notre manière habituelle, avant de sombrer définitivement dans l'irrationnel. Tiens, ce matin, je l'ai surprise à parler avec son chat !

— Eh, mais c'est que je lui parlerais bien à son chat moi aussi, rétorqua Riboix avec un regard lubrique. Elle a un petit quelque chose qui redonnerait de l'appétit à un anorexique du slip.

— Toujours les mêmes conversations de mecs : le foot, le cul.

Les deux hommes se retournèrent sur la pétillante Sophie qui venait de faire son entrée dans la petite cuisine.

— Pas du tout, s'esclaffèrent-ils en chœur, nous, on n'aime pas le foot ! se demandant quand même ce qu'elle avait pu surprendre de leur conversation.

— Je viens de recevoir un appel du poste. Ils ont un type qui veut déposer plainte parce qu'on lui a tué un cheval.

— Un cheval !

— Attendez. Si je vous dis que le bonhomme prétend

que sa bête aurait été décapitée et que les morceaux ont été retrouvés sur une lande pas très loin de Kastell Mor, je pense que ça va vous intéresser.

Kowalski réfléchit un instant.

— On va laisser les gars du commissariat prendre la plainte. Pas la peine d'attirer l'attention en le faisant monter à la PJ. On risque de créer la panique si la population pense qu'un frappadingue tranche toutes les têtes qui passent à sa portée. Mais on va envoyer un observateur. Paulo, demande à l'un des collègues qui bossent avec nous d'assister au dépôt de plainte.

— Laisse, je vais y aller. Au besoin, je prendrai moi-même les déclarations du type.

— Surtout fais bien préciser tous les détails. Si on peut relier les deux affaires, on reconvoquera le plaignant.

12

Un timide soleil cherchait à percer la couche de brume qui planait au-dessus des bassins du port de commerce. Après un rapide repas dans un pub irlandais qui aurait mérité qu'on s'y attarde, les quatre policiers s'étaient réparti le travail. Riboix devait effectuer diverses vérifications avec le lieutenant Mounier. Kowalski assisterait à l'autopsie du père Cordier avec le jeune Chancel.

Ce dernier, si prompt à la plaisanterie, tirait la tête depuis qu'il savait quel serait son emploi du temps de l'après-midi. Kowalski avait noté avec amusement qu'il avait mangé plus que légèrement. Lui, d'habitude si bavard, observait un mutisme inhabituel. Personne n'appréciait particulièrement la découpe, mais ça faisait partie du boulot et le commissaire tenait à ce que tout le monde prenne sa part des corvées.

— On se retrouve en fin d'après-midi pour faire le point. Disons dix-huit heures au bureau.

— D'accord patron. N'oubliez pas ce qu'a dit votre collègue. Il faut passer prendre les résultats des prélèvements.

La réponse du commissaire se perdit dans le bruit du démarrage de la voiture.

Comme partout, la morgue avait été installée à l'écart des autres services de l'hôpital. Arrivés au niveau du dernier bâtiment du centre hospitalier, les deux hommes durent franchir d'interminables couloirs pour arriver dans un sous-sol où s'alignaient les salles d'autopsie avec leurs murs carrelés de blanc et leurs sinistres tables métalliques. La jeune femme qui les avait reçus à l'accueil leur avait indiqué le nom du médecin légiste et la salle où il opérait habituellement.

Face à eux, un homme arrivait poussant un chariot, transportant une forme recouverte d'un drap.

— Encore un qui n'aura plus mal aux dents déclara Kowalski, dans l'espoir de détendre son jeune collaborateur.

— Vous venez pour le docteur Ligier ? s'enquit le convoyeur.

— Exact, répondit le commissaire.

— Troisième porte à droite. Elle est déjà arrivée. Vous trouverez des tenues de protection dans le sas d'entrée.

Une personne à la silhouette incontestablement féminine leur tournait le dos, occupée à se laver les mains.

À leur entrée, elle se retourna et le lieutenant pensa que le côté face n'avait rien à envier au côté pile. Cette après-midi ne serait peut-être pas aussi pénible qu'il le redoutait.

— Bonjour messieurs, nous allons commencer dès que mon assistant sera revenu. À moins que l'un d'entre vous se sente d'humeur à le remplacer, ajouta-t-elle malicieusement.

Kowalski sourit et secoua la tête en signe de dénégation. Qu'un médecin puisse choisir la médecine légale l'avait toujours étonné. Mais cela dépassait son entendement lorsqu'il avait affaire à une femme ; qui plus est une jolie femme.

— Chacun sa spécialité, docteur, répliqua Kowalski en se présentant.

De retour dans la salle, l'homme qu'ils avaient aperçu dans le couloir dévoila le corps étendu sur la table.

Les deux policiers notèrent avec satisfaction que le préparateur avait posé la tête dans l'alignement du tronc, rendant un semblant de normalité au corps, malgré la ligne de séparation parfaitement visible.

La jeune femme procéda à l'examen externe du cadavre.

— Il y a eu deux coups. Le premier a entamé l'épaule et le cou. Le deuxième a séparé la tête du tronc vraisemblablement au moyen d'une lame longue et très tranchante. Une hache ou tout autre objet similaire aurait causé plus de dommages, les tissus auraient été écrasés.

— Ça doit demander une force physique énorme, questionna Kowalski.

— Pas forcément. Regardez. La colonne vertébrale est sectionnée entre deux vertèbres. La lame n'a pas rencontré d'obstacle osseux et si le coup est suffisamment précis et la lame affûtée, il n'est pas nécessaire d'être très costaud.

Malgré sa répugnance, Kowalski s'était penché sur la plaie pour suivre les explications de la légiste. Cette coupure nette avait un côté surréaliste, comme hors du temps.

— Vous n'excluez pas qu'une femme ait pu commettre ce meurtre, intervint le lieutenant Chancel.

La jeune femme, qui se réjouissait manifestement de voir ce séducteur très mal à l'aise, le gratifia d'un sourire ambigu.

— C'est difficile à dire, mais les femmes font souvent des choses qu'on n'attend pas d'elles.

Kowalski pensa qu'elle devait être habituée aux réactions provoquées par son physique, si peu en rapport avec sa profession. En tout cas, s'il y a une chose qu'on ne peut mettre en doute, c'est sa compétence professionnelle, songea le commissaire lorsque l'autopsie prit fin. Ils n'avaient rien appris de plus. Le prêtre était en excellente santé, compte tenu de son âge. Il n'avait rien consommé, liquide ou solide, avant sa mort et la décapitation par une épée était l'hypothèse validée.

Tout en se débarrassant de sa tenue de travail, le docteur Ligier invita les deux policiers à la suivre dans son bureau.

— J'ai des résultats d'analyse pour vous. Le labo a identifié les traces sur les serviettes en papier qu'on nous a confiées. Il s'agit de rhum.

— Du rhum ! s'exclama Kowalski, songeant que ça confirmait la première impression du gendarme qui avait récupéré les serviettes.

— Oui, mais ce n'est pas la victime qui en a bu. Je peux vous l'assurer.

— On verra bien si ça nous mène quelque part. Il ne nous reste plus qu'à vous dire au revoir.

— Et peut-être à bientôt, ajouta Chancel, qui avait repris du poil de la bête et ne pouvait s'empêcher de tenter sa chance.

— Pas de problème, lieutenant, j'ai encore deux autopsies demain. Si ça vous dit de repasser.

— À vrai dire… ce n'est pas mon passe-temps favori.

— J'avais cru remarquer en effet, ajouta perfidement la toubib.

Une fois sorti du bâtiment, Kowalski inspira à pleins poumons l'air. Le soleil lui parut chaud et l'air si vivifiant, après le froid et l'odeur de la salle d'autopsie.

— Eh bien ! On dirait que tu as trouvé ton maître, dit-il se tournant vers son collaborateur.

— Oui. De toute façon, je ne me vois pas avec une souris comme ça. Bonjour l'angoisse si elle ramène du boulot à la maison. Et je ne vous parle pas des conversations. Enfin, elle était quand même vraiment canon... ajouta-t-il avec une pointe de regret.

Arrivés à proximité du commissariat, les deux hommes furent surpris par un attroupement aux abords du bâtiment. Renonçant à entrer dans le parking souterrain, Kowalski gara sa voiture sur le premier emplacement disponible.

— C'est une manif improvisée ou quoi ? s'interrogea Chancel.

Face à l'entrée principale, les deux policiers tombèrent en arrêt devant un spectacle plutôt inhabituel. Entourée par trois ou quatre flics en uniforme qui tentaient vainement de maintenir autour d'elle les pans d'une couverture, une superbe blonde vociférait et se débattait, dévoilant un corps absolument sculptural à peine voilé par de minuscules sous-vêtements.

Le spectacle faisait recette. Les fenêtres du commissariat débordaient d'une population essentiellement masculine qui profitait outrageusement de la scène, sans se soucier des collègues plongés dans le plus grand embarras.

La situation menaçait de durer lorsque Énora sortit et se dirigea droit sur la femme. Kowalski n'entendit pas les paroles échangées, mais la furieuse se calma aussitôt et arrachant la couverture des mains des policiers, elle s'en drapa telle une toge et grimpa d'une démarche royale les marches du commissariat à la suite d'Énora.

Chancel et Kowalski entrèrent dans la salle de

conférences où ils retrouvèrent leurs collègues qui venaient juste de se décoller des fenêtres.

— Ça me rappelle mes années de commissariat, lança un Mounier visiblement réjoui. En fait, c'est quand même plutôt rare d'avoir des exhibitionnistes aussi bien foutues, d'habitude on a plutôt des mecs ou des vieilles à moitié séniles.

— Plutôt surprenant effectivement, renchérit Kowalski, amusé de voir son collaborateur, d'habitude si réservé, manifester tant d'euphorie.

— Dommage que votre collègue ait interrompu le spectacle, poursuivit Riboix.

— Eh oui, messieurs, les meilleures choses ont une fin. Mais Katherina n'est pas une exhibitionniste. Disons qu'elle a le sens de la démesure et du drame propre à son peuple.

La commissaire Trinité venait de faire son entrée dans la pièce. Kowalski eut encore une fois l'impression qu'elle surgissait du néant, apparaissant juste au moment où on ne l'attendait pas. Une nouvelle fois, le sentiment de ne rien contrôler en présence de cette femme fit naître en lui un certain agacement qui balaya l'atmosphère légère qui s'était installée.

— Loin de moi l'idée de porter un jugement sur tes fréquentations, mais tu as des copines qui passent difficilement inaperçues, dit-il d'un ton plus sarcastique qu'il ne l'aurait voulu.

— Oh, mais j'en ai encore d'autres plus surprenantes, répliqua la commissaire sans se démonter. Pour vous éviter de fantasmer toute la soirée et parce que je vois que vous en crevez d'envie, je vous résume la situation. *Ma copine*, comme le dit si bien mon collègue, est Russe. Avec une silhouette pareille, vous ne serez pas surpris si je vous dis qu'elle fait des défilés de mode et des photos. Elle a été engagée par un magasin de fringues branché un peu plus loin dans la rue pour faire des mini-défilés dans la boutique. Apparemment, il y a eu un petit problème lorsqu'elle a réclamé sa paye, les tarifs ayant sérieusement été revus à la baisse. Elle a voulu aller se plaindre à la police et comme les boutiquiers lui faisaient remarquer que les fringues qu'elle avait sur le dos leur appartenaient, elle les a enlevées et est venue au commissariat à poil. Voilà, vous connaissez la suite.

— Vous pourriez peut-être faire les présentations... suggéra le jeune Chancel, visiblement émoustillé.

— Vous tenterez votre chance vous-même, lieutenant. En ce qui me concerne, je n'ai pas encore songé à m'installer comme patronne de bordel, répliqua froidement Énora.

Penaud, le jeune homme baissa la tête.

— Et puis, si vous voulez manger l'un des meilleurs plateaux de fruits de mer de la région, je vous conseille de ne pas terminer trop tard.

Kowalski se dirigea vers le tableau mural.

— Au fait, dit-il se tournant vers Trinité, j'ai récupéré les résultats de l'analyse des serviettes en papier découvertes dans la cheminée. Elles étaient bien imprégnées de rhum, mais en traces infimes, un peu comme si on avait essuyé un récipient avec.

— Mon ami Fabrice ne s'était donc pas trompé, lança sa collègue.

— Ton *Cruchot*[1] *était tombé juste*. Maintenant reste à savoir qui a bu du rhum. La victime est hors concours,

1. Nom familier donné aux gendarmes en référence au rôle de Louis de Funès dans *Les gendarmes de Saint-Tropez*.

le légiste n'a trouvé aucune trace de solide ou de liquide dans son estomac.

— La châtelaine s'en est peut-être sifflé un petit coup pour se remettre de ses émotions, intervint Berthelon.

— Peut-être, mais les gendarmes n'ont remarqué ni bouteille ni verre lors de leurs constatations. Difficile d'imaginer qu'à ce moment, elle a eu une envie soudaine de ranger et nettoyer.

Énora se leva et s'appuya contre la fenêtre, pensive.

— Effectivement. Ça ressemble plus à de l'effacement d'empreintes. Sans doute le meurtrier…

— Ce qui semble innocenter notre belle Alys.

— Pas si sûr.

Toutes les têtes se tournèrent vers la jeune Sophie Tabarly.

— Tout à l'heure, j'ai parlé avec un collègue qui se trouvait à l'accueil ce matin. Il a reconnu Alys. Sur le coup il n'arrivait pas à savoir où il l'avait rencontrée. Et puis ça lui est revenu. Figurez-vous qu'elle fait partie d'un club d'escrime. Et mieux, elle excelle dans des spécialités en général peu pratiquées par les femmes, l'épée et le sabre.

— Décidément, je crois que nous avons affaire à une belle cachottière.

— Tout à fait d'accord avec toi, répliqua Kowalski en se retournant vers son adjoint. Je crois même que tout ceci mériterait quelques questions, dans le cadre d'une garde à vue, bien sûr.

Énora ne partageait pas ce point de vue.

— Tu joues à quitte ou double en agissant ainsi. Si elle te donne des éléments, OK, mais si elle choisit de se taire ? Tu n'as pas grand-chose de concret à lui reprocher. Au bout de vingt-quatre heures, elle sera dehors et tu auras brûlé presque toutes tes cartouches.

— Et tu la jouerais comment, toi ?

Se tournant vers Riboix, Trinité ne répondit pas directement.

— Vous avez bien évidemment remarqué la différence entre la première fois où vous l'avez vue et lors de son audition ce matin ?

Le policier réfléchit un instant.

— Quelque chose m'a surpris. Bien qu'elle se trouve dans des locaux de police, elle avait plutôt l'air à l'aise. En tout cas beaucoup moins abattue que lors de notre passage au manoir. Elle ne s'est jamais démontée.

— Super-fringuée, maquillée, poursuivit Énora.

— Exact.

— Eh bien moi, j'ai le sentiment que cette fille partait en guerre. Elle s'est préparée à la bataille comme un chevalier, utilisant son armure et ses armes. Dire qu'elle semblait moins abattue est un euphémisme. Elle irradiait littéralement d'une énergie presque palpable. Elle semblait en éveil, tel un animal sauvage comme si tous ses sens étaient décuplés.

Comme Kowalski amorçait une moue dubitative, la jeune femme enchaîna.

— Tu ne te rappelles pas comme elle a regardé vers nous derrière la vitre sans tain ? Je suis sûre qu'elle a perçu notre présence.

— Possible. Et tu en conclus quoi ?

— Elle nous cache quelque chose. Mais je ne pense pas qu'elle soit la meurtrière, ni sa complice. Je crois plutôt qu'elle va tenter de régler cette affaire elle-même. Plutôt que de la mettre en cage, on aurait peut-être intérêt à suivre sa piste à distance.

Kowalski se leva.

— C'est une option risquée. Si ta théorie est bonne et

qu'elle trouve l'assassin avant nous, elle risque d'y perdre la tête et nous, de risquer la nôtre, si on se retrouve avec un deuxième cadavre sur les bras.

— On dit que la nuit porte conseil, répliqua Énora d'un ton léger. Alors, je suggère qu'on aille s'occuper de quelques pattes de crabes et autres langoustines, le tout arrosé d'un petit blanc bien frais. Ensuite, dodo bien mérité sous la couette et demain matin, on décidera de la marche à suivre.

Un brouhaha enthousiaste accueillit cette proposition qui apparemment faisait l'unanimité.

13

Alys regardait la lueur rougeoyante du soleil disparaître entre les arbres. Le rouge l'agressait. Elle sentait l'omniprésence de cette couleur autour d'elle. Elle ne s'effaçait pas. Pas plus que cette hideuse odeur de sang qui avait colonisé ses narines depuis qu'elle avait ouvert la porte sur l'horreur.

Elle se remémorait l'interrogatoire au commissariat. Pourquoi diable ce flic lui avait-il parlé de Barr-amzer ?

Sous le coup de la surprise, elle avait failli se laisser avoir. Elle avait cru un instant qu'ils avaient retrouvé l'arme, avec peut-être le meurtrier au bout. Heureusement qu'il avait ajouté cette histoire de nom gravé et de rites magiques. Où avait-il bien pu pêcher ça ? Il s'approchait dangereusement de la vérité quand même.

Dommage qu'elle doive le considérer comme un ennemi. Ce matin, elle s'était habillée et maquillée pour séduire, désorienter, tenter de dominer ces policiers. Les hommes ont souvent tant de mal à imaginer qu'une belle fille puisse être dangereuse. Pas besoin d'être médium pour remarquer que Kowalski n'était pas resté insensible. Elle-même… en d'autres circonstances peut-être. D'autant plus que sa relation avec Pierre devenait plus insignifiante de jour en jour. Trop de kilomètres entre eux ou tout simplement un amour qui manquait de solidité ? Quelle que soit la raison, Alys n'avait plus réellement envie de poursuivre cette liaison sans épaisseur.

Comme en écho à ses pensées, la sonnerie de son portable résonna et la voix inhabituellement sèche de Pierre Lancel s'introduisit dans la pièce.

— Alys, à quoi pensais-tu en m'envoyant les flics à l'agence ? Tu crois que j'ai besoin de ce genre de publicité, surtout avec toutes les affaires en cours sur des tour-opérateurs véreux qui courent en ce moment ?

— Je ne t'ai jamais envoyé personne. J'ai seulement répondu à des questions sur mon emploi du temps. Il se trouve que j'étais avec toi peu de temps avant le meurtre. Tu m'en vois désolée, répliqua la jeune femme sur un ton dangereusement glacial.

Sans remarquer l'avertissement, Lancel poursuivit :

— Peut-être, mais tu aurais pu au moins leur demander de prendre rendez-vous et de ne pas débarquer comme ça, au milieu de la clientèle.

Devant tant d'égoïsme, une colère froide envahit la jeune femme.

— Comment ai-je pu oublier une chose aussi importante alors qu'un ami vient de se faire décapiter dans ma maison ? Tu as raison, je suis impardonnable. À l'avenir, évite de perdre ton temps avec moi. J'ai laissé si peu de choses chez toi, qu'à l'occasion tu pourras peut-être me les expédier.

— Ne le prends pas comme ça…

Sans lui laisser le temps de continuer, Alys persifla :

— Et puis non. Balance tout. Je n'ai plus envie d'avoir de contact avec toi.

L'horizon flambait toujours allumant des lueurs étranges dans les yeux d'Alys.

Voilà ! Ce n'était pas plus difficile que ça. Elle n'arrivait même pas à être triste, seulement soulagée. Elle entrait en guerre. Rien ne devait l'entraver. De toute façon, elle avait toujours su qu'elle ne pourrait jamais compter sur Lancel en cas de coup dur.

Deux coups nets frappés à la porte précédèrent l'entrée de Marie-Louise.

— Ma chérie, il faut qu'on parle. Tu ne peux pas garder tout ce mal à l'intérieur, ça va te détruire.

— Désolée Malouise, mais c'est mon affaire. Je ne veux y mêler personne et surtout pas toi, c'est bien trop risqué.

Nullement rebutée par cet accueil, Marie-Louise l'entraîna calmement, mais avec fermeté vers un petit canapé.

— Tu es adulte, mais je ne suis pas encore sénile, alors laisse-moi décider de ce que je dois faire. De toute façon, j'en sais sans doute beaucoup plus que tu ne l'imagines. Tu protèges encore ce Charlie ?

Alys ne put empêcher une crispation révélatrice de son corps.

— D'abord, je n'ai aucune envie de protéger un type comme lui. Et puis qu'est-ce qui te fais penser qu'il est impliqué dans cette affaire ?

— Son ombre rôde. Il laisse des traces que j'ai su reconnaître. Toi aussi, j'en suis sûre, déclara la femme en forçant Alys à la regarder droit dans les yeux.

Vaincue, elle baissa la tête.

— Je pensais avoir mis suffisamment de kilomètres entre lui et moi. Aucune nouvelle depuis plus de trois ans, je croyais en être débarrassée. Il faut croire que le passé finit toujours par vous rattraper. Mais toi, qu'est-ce qui t'a mise sur sa piste ?

— Il y a deux semaines, j'ai rencontré ma cousine de Kerlédan au marché. Elle m'a raconté qu'un homme cherchait à localiser Kastell Mor et qu'il posait des questions sur les occupants des lieux. Il a prétexté des recherches historiques sur les vieilles familles locales. Et tu connais Anne-Marie, plutôt bavarde de nature. Eh bien pour cette fois, elle a préféré tenir sa langue, jugeant le personnage plutôt antipathique.

— Elle te l'a décrit ?

— Oui et cela m'a immédiatement fait penser à cet homme qui… t'a entraînée loin de nous.

Marie-Louise a prononcé ces derniers mots dans un souffle où l'on sent la trace d'une souffrance ancienne, mais aussi le désir de ne pas accabler Alys.

— On commet des erreurs. Mais je pensais avoir payé suffisamment cher, pour ne pas avoir à régler la facture toute ma vie.

La jeune femme a craché ces derniers mots, dans une rage mêlée de désespoir.

— Il y a un mois environ, j'ai reçu plusieurs appels téléphoniques étranges au travail. Cela a commencé avec la directrice des Éditions Envol, pour qui je travaille souvent, qui m'a avertie qu'un homme avait demandé si la traductrice A Trevor n'appartenait pas à la famille Trevor de Kermarec. Ayant eu la confirmation qu'il s'agissait bien de moi, il a demandé mes coordonnées personnelles, prétextant vouloir me joindre pour une proposition de travail.

— Et elle les lui a données.

— Pas du tout, tu penses bien. Mais devant son insistance, elle lui a communiqué quelques dates où il pourrait me trouver au bureau. Sur le coup je n'y ai pas prêté attention, mais lorsque j'ai reçu deux ou trois appels sans que la personne au bout du fil ne prononce un seul mot, j'ai commencé à m'interroger. Et puis, lors de mon dernier passage à Paris, la semaine dernière, il s'est dévoilé. J'ai tout de suite reconnu le son de sa voix.

Alys frissonna, se rappelant la vague glacée qui l'avait envahie lorsqu'elle avait entendu cette voix détestée prononcer ces mots : « Ça fait bien longtemps, ma puce. Alors, heureuse de m'entendre et bientôt de me revoir ? »

— Mais pourquoi ne l'as-tu pas envoyé promener ? intervint Marie-Louise.

— Je lui ai clairement dit que je n'avais aucune envie de le revoir, mais il n'a rien voulu savoir. Fidèle à son habitude, il est passé de la séduction à la menace.

— Il voulait renouer avec toi ?

— C'est ce que j'ai cru au début. Mais devant mon refus de le rencontrer, il a fini par cracher le morceau. En fait, il avait besoin d'une planque. Il s'est attiré des ennuis avec des individus qu'on ne contrarie pas impunément. Alors il s'est souvenu de moi et surtout de la propriété bien cachée au fond de la Bretagne.

— Tu lui avais donné l'adresse ?

— Ben oui ! Quand j'étais loin de vous, en Guyane, j'avais souvent la nostalgie de Kastell Mor. Je lui ai décrit la maison, je lui ai même parlé de la sculpture où nous cachions la clef de la petite porte. Ce n'était pas si difficile à trouver, acheva-t-elle d'un ton amer, se levant brusquement du canapé.

— Tu comprends pourquoi j'ai insisté pour qu'Armel change tout de suite la serrure, lorsque je me suis aperçue que la cachette était vide. Il est forcément entré et sorti par là. C'est de ma faute si le père Cordier s'est fait tuer. Il a sûrement été surpris par l'autre, cracha Alys qui répugnait à prononcer le nom de son ancien amant.

— Tu ne pouvais pas prévoir. Et puis, nous n'avons aucune certitude que ce Devers soit le meurtrier.

La jeune femme fixa un regard désabusé sur la gouvernante.

— Malouise, tu ne crois pas toi-même en ce que tu viens de dire. Inutile de se voiler la face, il s'agit bien de lui. S'il me fallait une preuve, je n'aurais qu'à donner la bouteille de vieux rhum qui est encore dans le bar du salon. Je suis sûre que la police y trouverait encore quelques traces.

— Comment ça ? interrogea la vieille femme.

— Je n'ai pas tout dit aux gendarmes l'autre soir. Lorsque j'ai un peu repris mes esprits, j'ai tout de suite vu cette bouteille, même pas rebouchée sur une petite table et le verre à côté. J'ai immédiatement su qu'il était venu ici. Il adorait le rhum. J'ai essuyé le verre et j'ai tout rangé.

— Mais pourquoi ? s'écria la gouvernante, lui saisissant le bras. Pourquoi ne l'as-tu pas dénoncé ?

— Parce que je ne pouvais pas !

Droite, le regard fixé sur la nuit sombre, Alys semblait vibrer d'une énergie qui se répandait dans la pièce en vagues inquiétantes. Frappée par ce flot de violence et de terreur mélangées, la vieille femme eut soudain peur, face à cette étrangère qu'elle ne reconnaissait pas. D'une voix blanche, elle interrogea :

— Mais qu'est-ce que ce type a bien pu te faire endurer ?

— L'enfer ! Je croyais que j'avais vécu un enfer. Si j'avais su que le pire était encore à venir, je l'aurais tué au lieu de m'enfuir.

— Arrête, tu délires !

Affolée par le changement de personnalité d'Alys,

Marie-Louise avait parlé sèchement, comme on gifle une hystérique.

— Je vais te dire ce que tu vas faire. Il faut tout raconter à la police. C'est leur métier d'arrêter les meurtriers, pas le tien. Il faut stopper les cachotteries, c'est trop dangereux. Et puis, de toute façon, tu n'as rien à te reprocher. Tu n'imagines quand même pas qu'on va t'inquiéter parce que tu es tombée amoureuse d'un salopard et qu'il a pu t'entraîner à faire quelques bêtises.

Alys regarda la femme qui représentait tout l'amour familial qui lui restait et elle comprit que sans rien lui dire, sans jamais lui faire aucun reproche, Marie-Louise connaissait la toxicomanie d'Alys, durant son errance avec Charlie Devers.

Un sourire infiniment triste naquit sur ses lèvres.

— Ma chère Malouise, ma deuxième maman, toujours prête à excuser, à pardonner, je ne vaux pas l'amour que tu me portes. Je ne peux pas parler à la police. Charlie sait ce qu'il m'a contrainte à faire, une faute qui pèse si lourd, une horreur que j'ai voulu oublier. Mais il arrive un jour où il faut bien payer ses dettes.

Comme son interlocutrice s'apprêtait à parler, Alys lui posa doucement la main sur la bouche.

— Non. Ne dis plus rien. Je sais ce que je dois faire.

Marie-Louise fixa longuement le profil durci de la jeune femme. Dans le reflet incertain de la vitre, un visage presque inconnu regardait au loin les profondeurs de la nuit, à la recherche du mal. Elle comprit que des forces s'étaient levées et qu'elle ne pourrait pas les arrêter. Alys s'effaçait, sous la poussée irrésistible de Viviane.

Les années se mirent soudain à peser de tout leur poids sur le cœur de la gouvernante. Voici que venait une nouvelle épreuve. Encore une fois la mort se mettait en embuscade sur le chemin d'un être aimé.

— Rien ne te fera changer d'avis ?

— Non.

— Alors autant te le dire. Pendant que tu étais au commissariat, j'ai appris que monsieur Tredon, le dentiste qui habite la grande maison blanche à la sortie du bourg, a eu un cheval tué cette nuit. L'animal se trouvait dans un pré, au bord de la côte. Il a été…

— Décapité, acheva Alys d'une voix sans timbre.

***

Ombre parmi les ombres, elle écoutait de tous ses sens. Elle savait que Charlie se trouvait quelque part dans la nuit, l'épée redevenue mortelle, soudée à son bras. L'enseignement qu'elle avait reçu dans le secret des monts d'Arrée avait pris possession d'elle, lorsque Viviane s'était éveillée.

Elle se rappelait ces nuits sombres où il lui fallait parcourir les marais du Yeun Elez, là où ses ancêtres situaient les portes de l'Enfer, là où ses contemporains avaient allumé le premier feu nucléaire. De tous les endroits du marais, on pouvait apercevoir la silhouette inquiétante et délabrée de l'usine abandonnée, menaçante avec ses fenêtres sans carreaux comme des yeux aveugles. Immobile, elle écoutait ses doigts lui transmettre les messages de la terre et dans les chuchotements de la nature, elle apprenait le souffle secret de l'énergie.

Aujourd'hui, immobilisée contre le tronc d'un arbre, elle laissait son esprit partir sur le bruit du ressac, dans le flot du vent, à la recherche d'un homme qui avait franchi le point de non-retour.

Et soudain le son lui fracassa les tympans. Des criailleries discordantes qui venaient de la côte. Quittant l'abri du bois, elle s'avança sur le bord de la grève et elle les entendit plus distinctement, des bêlements de terreur. Des animaux effrayés qui fuyaient éperdument un danger invisible. En contrepoint, à peine audible, elle perçut comme l'écho d'un rire dément.

Sans hésiter, d'une foulée souple et silencieuse, elle se dirigea vers la plage d'où provenaient les cris, la main serrée sur le poignard long et acéré qui lui servait en plongée. Elle avait aussi vérifié que son taser était chargé. La tradition avait du bon, mais il valait mieux mettre tous les atouts de son côté.

Terrifié, Elric aurait voulu rentrer sous le rocher où il s'abritait, comme les crabes qui se dissimulent, hors d'atteinte de leurs prédateurs. Âgé de huit ans, le petit garçon était venu sur cette plage dans l'espoir d'observer ces merveilleux phoques gris qui avaient élu domicile dans la mer d'Iroise. Il avait entendu son grand frère raconter qu'il avait vu les plus audacieux s'aventurer tout près du bord, à la faveur de la nuit. Il avait soigneusement préparé son expédition nocturne et s'était échappé silencieusement de la maison de ses parents, un peu plus bas dans le bourg.

À peine installé, il avait vu cet homme, qui projetait une ombre immense, s'avancer sur le sable. Tout de suite Elric avait senti le danger. Il avait remarqué que l'étrange prolongement du bras était un objet de métal brillant, une lame aiguë qui sifflait dans l'air chargé d'iode. Il marmonnait des mots incompréhensibles, comme un fou.

Soudain, il s'était arrêté à quelques mètres de la cachette du jeune garçon, avait extrait de sa poche un paquet, puis avait effectué une série d'actes étranges, comme un rite magique.

Ayant fait reposer l'épée à plat sur deux rochers, il avait ouvert avec précaution le sachet et avait soigneusement versé une poudre blanche le long de la lame. Se reculant, il avait ouvert les bras vers le ciel et éclaté d'un rire hystérique. Les paroles qu'il avait prononcées s'étaient gravées dans l'esprit terrorisé d'Elric.

— Quelle ligne d'enfer, c'est la ligne qui ouvre les portes de l'Enfer.

Puis approchant son visage, il avait introduit dans son nez comme une petite paille et avait aspiré la totalité de la poudre blanche.

Il était resté quelques instants agenouillé, la tête baissée pendant qu'autour de lui s'avançaient deux petits moutons noirs, attirés par la perspective de quelques miettes d'un hypothétique repas. Dans ce calme soudain, l'enfant bougea tout doucement.

Il pourrait peut-être s'enfuir avant que le démon ne se réveille. Il savait maintenant que ce n'était pas un homme, il avait clairement entendu le mot enfer. Et soudain, la mort surgit.

Le jeune garçon eut l'impression que quelque chose avait éclaté dans la tête de la créature. L'homme démon s'était relevé, l'épée au poing. Une fulgurance avait jailli, scintillement de métal rougeoyant. La tête du plus petit mouton avait été fauchée net, décrivant une parabole parfaite qui s'était achevée dans un choc immonde, sur une touffe d'algues près de l'enfant.

Rejeté contre son abri illusoire, Elric avait assisté au massacre de ces animaux qu'il voyait tous les jours broutant sur la lande. L'épée volait et taillait dans la laine et le sang, entraînant l'homme accroché à sa poignée. Son visage disparaissait autour du trou noir de la bouche d'où s'échappait un rire dément qui se mêlait aux cris des bêtes martyrisés.

Les yeux fermés, incrusté dans le rocher, le petit garçon

cherchait frénétiquement dans sa mémoire des bribes de prière, d'invocation, suppliant silencieusement qu'on l'épargne.

Le bruit recommença... Ce coup-ci, il distingua clairement le son d'un caillou tombant dans l'eau et puis une voix de femme, profonde, qui lançait des mots dans une langue étrange et rauque.

L'épée arrêta sa danse de mort et l'homme écouta, aux aguets. Encore deux autres floc à l'autre bout de la plage qui attirèrent la créature, l'éloignant de la cachette de l'enfant.

Et puis quelque part au loin, un autre son s'imposa ; une sirène, comme les voitures de police de son feuilleton préféré. Sur la plage, le monstre hésita, jura effroyablement, puis s'enfuit dans la lande.

Tétanisé, l'enfant n'arrivait pas à bouger lorsqu'une ombre se profila tout près de lui. Une femme étrange, habillée de vêtements noirs, lui sourit. Sur son visage très sombre, une mèche de cheveux échappée du bonnet formait une petite boucle qui brillait comme de l'or rouge sous la lune. Son regard vert le rassura immédiatement.

14

— Arrête tes conneries, jeta Énora sans trop de conviction, tandis que le deux-tons de la voiture de police trouait la nuit calme et ricochait sur les vaguelettes de la mer.

— Vous avez peur de réveiller les korrigans ? interrogea Erwan Le Rouzic dans un grand éclat de rire.

Ce superbe Antillais, dont le nom et le prénom contrastaient violemment avec la peau foncée, portait témoignage d'une jolie rencontre entre un marin breton et une beauté locale d'une petite île des Saintes dans la mer des Caraïbes.

— Ne ricane pas trop au sujet des korrigans. Ils pourraient bien se liguer avec quelques zombies du *Baron Samedi* pour te faire cavaler de peur jusqu'à Paris, ronchonna la jeune femme. N'oublie pas que le son porte sur l'eau et je n'ai pas envie que les gendarmes fassent savoir que des flics en goguette s'amusent à réveiller les braves gens au deux-tons, à une heure du mat.

Dans le calme revenu, Énora jeta un coup d'œil au paysage. De retour du restaurant où toute l'équipe, Brestois et Rennais, s'était détendue autour d'un superbe plateau de fruits de mers, abondamment arrosé il est vrai, Énora avait souhaité passer par la côte pour montrer à Kowalski les environs de Kastell Mor et notamment l'entrée de l'aber, au fond duquel se nichait le manoir.

Ouvrant la vitre, la jeune femme huma l'air et crut discerner comme une étrange vibration. En d'autres temps, peut-être que son esprit toujours ouvert et en alerte l'aurait poussée à sortir, mais le repas, le bon vin et surtout la proximité physique de son collègue, l'avaient quelque peu déconcentrée.

Kowalski et elle s'étaient retrouvés côte à côte autour de la table et dans cette joyeuse mêlée, ils avaient peu à peu formé une petite bulle. Énora avait remarqué à quel point elle agaçait parfois son collègue par sa façon si peu orthodoxe d'aborder les choses. Mais elle avait également noté qu'elle ne le laissait pas indifférent. L'autre matin dans son bureau, elle avait clairement lu le désir dans ses yeux. C'était sans conteste un beau spécimen masculin, même si son côté trop rationnel le clouait au sol. Tout au cours de la soirée, Énora s'était surprise à l'apprivoiser. Tout doucement, il s'était détendu, se livrant à quelques confidences. Leurs mains s'étaient frôlées, petites caresses innocentes et profondément prometteuses.

Lorsque toute la bande s'était entassée dans les voitures pour le retour, Énora était montée à l'arrière. Galant, Kowalski avait pris la place du milieu, mais avait tout naturellement posé son bras sur les épaules de sa collègue. Elle était contre lui, détendue. Confortable était le mot qui lui venait à l'esprit. Comme s'ils formaient déjà un couple ancien, connaissant tout l'un de l'autre. Une proximité sensuelle, chaude, sans tensions.

Les fils se mêlaient, les chemins s'ouvraient, des possibles germaient dans la trame de la vie.

Elle ne savait que penser. Fallait-il ouvrir cette porte ?

Sur quoi donnerait-elle ? Un passeport pour un amour qui étancherait cette soif, cette solitude, ou un peu de bonheur chèrement payé au moment du départ ?

Une main glaciale lui broya soudain le cœur. Elle retint de justesse la vague de désespoir qui menaçait de déborder de ses yeux.

Comme elle se tournait vers la mer pour cacher son émotion, Kowalski lui effleura doucement la joue et s'y attarda. Le nuage qui voilait la lune s'enfuit et sur la plage éclairée, Énora vit une petite fille prendre forme dans la lumière blanche. Son rire flottait, irréel et cristallin. À quelques pas, un homme lui tendait les bras. Lorsqu'il se retourna, Énora reconnut Kowalski.

Elle sourit doucement, tandis que la vision s'effilochait dans la brume qui montait de l'océan. Les fils se croisaient dans l'infinie trame de la vie, des chemins se fermaient, d'autres restaient ouverts.

Elle s'appuya contre Stéphane et ferma les yeux jusqu'à leur arrivée devant chez elle.

— Premier arrêt ! tonitrua Le Rouzic. Madame est arrivée. À leur gauche, une longère de pierre offrait sa façade aux vents du large. On devinait la ligne de la côte un peu plus loin en contrebas.

Énora descendit de la voiture suivie par Kowalski. Il l'accompagna sur les quelques mètres qui la séparaient de l'entrée. Incertains, ils se regardèrent. Le commissaire n'arrivait pas à tourner le dos, hésitant à se séparer de sa si étrange collègue.

— Tu habites un coin vraiment fabuleux ! s'exclama-t-il, regardant l'entassement déchiqueté sur lesquels se fracassaient inlassablement les vagues.

— Je ne me lasse jamais de regarder ce paysage. Si tu

ne repars pas à Rennes ce week-end et si tu n'as pas peur d'être irrémédiablement séduit, passe me voir.

La voix chaude d'Énora enveloppa le jeune homme, comme une promesse qui atténuait la frustration de la quitter. D'un mouvement imperceptible, elle lui effleura les lèvres et disparut dans l'ombre de l'entrée.

15

Depuis plusieurs minutes, un coq s'époumonait, empêchant Kowalski de dormir.

Soudain pleinement réveillé, il réalisa que les cocoricos synthétiques provenaient de son téléphone portable qui vibrait sur la table de nuit.

— Quelle idiotie d'avoir mis une pareille sonnerie… maugréa le commissaire.

Il décrocha.

— Kowalski ! aboya-t-il d'une voix hargneuse en regardant sa montre qui affichait à peine six heures.

— Habille-toi en vitesse. Je passe te prendre dans une demi-heure.

— Il y a du nouveau ? interrogea le commissaire reconnaissant la voix d'Énora.

— Plutôt. Pendant qu'on se la coulait douce au restau, notre épéiste a encore frappé.

— Putain ! jura le policier. On a encore un cadavre sur les bras.

— On en a même plusieurs. Mais rassure-toi, ce ne sont que des moutons.

— Des moutons !

— D'innocents bestiaux qui ont mal choisi leur

moment pour s'échapper de leur enclos. Mais on a un témoin. Un gamin de huit ans, qui non seulement a assisté à la scène, mais qui en plus a été ramené chez lui par une fée.

— Une fée !

— Oui, une fée habillée comme un commando, selon la description du gosse et qui avait les yeux verts.

— Trevor ! lança Kowalski.

— Tiens, c'est curieux. Figure-toi que j'ai eu la même idée.

Kowalski finissait d'enfiler son blouson lorsqu'il aperçut la voiture de sa collègue qui s'engageait dans le chemin.

— Tu es sûr que tu ne veux pas que je t'accompagne ?

Le commissaire jeta un regard vers son adjoint qu'il avait réveillé pour lui faire part des derniers évènements. Encore endormi, Riboix peinait à émerger.

— Pas la peine, Trinité vient d'arriver. Je ne veux pas la faire attendre. Je préfère que tu te tiennes prêt à filer au château pour cueillir la belle Alys, si on obtient la confirmation que c'est bien elle qui sort au clair de lune.

Kowalski regarda avec admiration sa collègue qui portait un pull fin et lumineux où s'emmêlaient des volutes dans des dégradés de bleu et de vert. Un pantalon noir près du corps faisait ressortir sa minceur. Ses cheveux relevés dans un chignon flou encadraient un visage exempt de tout maquillage, mais où ne s'inscrivait nulle trace de fatigue.

— Tu peux m'expliquer comment tu fais pour avoir cette mine superbe après une soirée de fiesta et quatre heures de sommeil ?

Énora éclata d'un rire léger.

— Le cheveu en bataille et une barbe naissante me

rendraient beaucoup moins sexy que toi, dit-elle en lui effleurant la joue.

— Tu crois que tu m'as laissé le temps de me raser, maugréa le jeune homme pour cacher le trouble que lui avait causé la caresse.

Si légère qu'elle en devenait terriblement intime.

— Au fait, qui t'a prévenue de si bonne heure ?

— Comme d'hab. Mon contact à la gendarmerie.

— Quel dévouement ! persifla Kowalski, aiguillonné par un stupide pincement de jalousie.

La jeune femme tourna vers lui un visage lisse, le regardant droit dans les yeux.

— Pour répondre à la question que tu n'oses pas me poser, il s'appelle Fabrice Trébeau. Nous nous sommes croisés sur quelques affaires. C'est un très bon enquêteur, tellement bon que j'ai pensé que notre bonne administration ne pourrait que se féliciter de le récupérer. Aussi, comme il voulait devenir officier, je lui ai suggéré de passer le concours de lieutenant de police, plutôt que de persister dans la gendarmerie.

— Et tu as été convaincante.

— Et j'ai été convaincante. Du coup, je lui donne également un petit coup de main pour son concours. Et pour terminer la présentation du dossier, si tu es prêt à accepter l'idée qu'un beau mec sympa, ayant une bonne grosse dizaine d'années de moins que moi, puisse me trouver à son goût, j'ajouterai que nous avons eu des moments où la fusion police gendarmerie a été consommée à la satisfaction des deux parties.

— Et cette belle histoire dure toujours ?

— Cette belle histoire d'amitié dure toujours. Quant au reste, ce fut relativement bref et ça commence à dater un petit peu. Donc maintenant que tu as reçu tous les éclaircissements sur ma folle vie de débauche, je vais quand même te raconter ce que mon pote m'a dit.

Gêné d'avoir poussé sa collègue à se livrer à ces confidences et confus d'avoir été percé à jour, le commissaire ne chercha pas à nier.

— Excuse-moi, je suis con. Je n'avais aucun droit de te faire des allusions aussi vaseuses. Mais tu es tellement déroutante aussi ! s'exclama-t-il. Avec toi, on ne sait jamais où on en est, ni ce qu'on peut attendre de toi.

Elle marqua un temps de silence, puis sa voix chaude se fit sensuelle et moqueuse.

— Mais c'est ce qui fait mon charme, au sens envoûtement du terme bien sûr.

— Bon, je ne suis pas assez frais pour me livrer à du badinage de bon matin, alors on va revenir à nos bestiaux décapités.

Replongés dans leur boulot, terrain nettement moins glissant, les deux policiers retrouvèrent instantanément leurs réflexes professionnels. Moins d'une demi-heure plus tard, ils se garaient sur la place principale et unique du bourg.

Comme une sentinelle au bout de la rue, une seule maison semblait réveillée à cette heure matinale. Derrière les volets encore clos, on distinguait des lumières. Et s'ils avaient eu besoin d'une confirmation, le break bleu garé devant l'entrée suggérait fortement la présence de la maréchaussée à l'intérieur.

Au moment où Énora allait frapper, la porte s'ouvrit sur un homme d'une quarantaine d'années, à l'air très contrarié.

— Qui êtes-vous ? aboya-t-il.

La jeune femme et son collègue avaient déjà sorti leurs cartes professionnelles dans un bel ensemble.

— Commissaires Kowalski et Trinité de la police judiciaire.

— Vous n'allez pas encore interroger mon fils ! s'emporta l'homme. Il est déjà assez traumatisé et puis les gendarmes s'en occupent.

— Je crains que ce ne soit indispensable. Nous avons toutes les raisons de penser que votre fils a fait une rencontre très dangereuse avec un malfaiteur que nous recherchons.

Sans laisser au père le temps de répliquer, Trinité s'était avancée calmement, mais fermement dans l'entrée, l'obligeant à leur céder le passage.

— Rassurez-vous, nous nous efforcerons de lui épargner tout nouveau choc, intervint Kowalski. Ma collègue a été spécialement formée pour les auditions d'enfants.

Ce demi-mensonge sembla apaiser l'homme qui s'effaça et leur indiqua l'escalier.

— Montez, Elric est dans sa chambre avec sa mère et les gendarmes. Je dois vous laisser, je suis obligé de partir travailler.

Alors qu'ils s'apprêtaient à grimper, un bruit de voix dans les escaliers annonça l'arrivée du major Leflandre. Légèrement interloqué à la vue des deux policiers, il s'exclama :

— Toujours aussi rapide, madame le commissaire ! Nous avons à peine informé le parquet que vous êtes déjà là. À croire que vous êtes voyante… ou que vous avez d'excellents informateurs, ajouta-t-il perfidement.

— Un peu de sorcellerie n'aurait rien d'étrange en ces terres magiques, major, répliqua Énora sur un ton léger. Nous venons en tant qu'observateurs, pour le moment. Mais vous comprendrez qu'un type qui pourfend des agneaux à l'épée nous interpelle. Nul doute que vous recevrez la confirmation de notre saisine par le parquet sous peu.

— L'enfant vous a donné des éléments précis ? interrogea Kowalski.

Sans laisser au militaire le temps de répondre, Énora s'engagea dans l'escalier.

— Il nous en parlera lui-même.

Haussant les épaules, Leflandre se tourna vers Kowalski.

— Vous n'en tirerez rien. Le môme a subi un choc et son récit est très incohérent. Je vais rejoindre mes hommes sur la plage. C'est à cinq cents mètres environ, que ça s'est passé. Ils sont en train de prendre des photos. Comme ça, si vous êtes saisis, on vous aura mâché le boulot, termina-t-il sur ton sec.

Soucieux de ménager le militaire avec qui il serait encore obligé de collaborer, le commissaire sourit.

— Merci et n'ayez aucune crainte, major, je connais l'excellence du travail que vous faites. Et je vous tiendrai au courant si votre affaire est liée avec le meurtre du curé.

Lorsqu'il entra dans la petite chambre mansardée, Stéphane vit sa collègue assise sur la moquette en face d'un jeune garçon blond, aux yeux d'un bleu incroyablement lumineux.

Une femme aux traits fatigués se tenait debout, croisant et décroisant nerveusement les mains.

— Il est épuisé. Je vous en prie, faites vite. Qu'il puisse se reposer et oublier tout ça.

— N'ayez crainte, madame, nous ferons au mieux. Son témoignage est important pour l'enquête, mais il doit aussi se libérer au plus vite de ce qu'il a vu. Le traumatisme en sera d'autant atténué.

— Je vous fais confiance.

— Merci. Je souhaiterais que vous nous laissiez lui parler en dehors de votre présence. Il se livrera plus facilement, je crois.

La mère hésita un instant, puis battit en retraite devant le sourire de Trinité.

— Comme vous voudrez. Si vous avez besoin de moi, je suis à la cuisine. Je vais préparer du café. Vous en voudrez ?

— Avec plaisir, intervint Kowalski.

Énora fixa longuement le jeune garçon. Dans son visage très pâle, des cernes profonds soulignaient ses yeux clairs. Des mèches blondes rebiquaient sur son front. Il gardait les bras serrés contre lui et un léger balancement l'animait.

— Bonjour, je m'appelle Énora, lui, c'est Stéphane et nous sommes tous les deux commissaires de police à la police judiciaire, la PJ. Tu sais ce que ça veut dire ?

L'enfant leva les yeux vers elle.

— Est-ce que c'est comme le FBI ?

— Pas vraiment, commença Kowalski, tout de suite interrompu par sa collègue.

— Oui, ça ressemble tout à fait au FBI.

Un sourire timide éclaira le visage du garçon.

— Alors vous êtes comme *Mulder et Scully*.

— Voilà, tu as tout compris. Mais dis-moi, tu n'es pas un peu jeune pour regarder une série comme *X-Files*.

— Mes parents ne le savent pas. Mon cousin a acheté tous les DVD et je les regarde parce que j'adore les histoires d'extraterrestres.

Un gamin à l'imagination délirante ! C'est bien notre chance, pensa Kowalski, tandis que le visage de sa collègue s'éclairait d'un sourire chaleureux.

Énora dégagea doucement les bras du jeune garçon

et posa ses mains sur ses épaules pour stopper le balancement.

— Dis-moi, Elric, ce n'était quand même pas pour voir des extraterrestres que tu es sorti en plein milieu de la nuit.

Immédiatement, l'enfant se raidit et serra les lèvres comme pour réprimer des pleurs.

— Tu peux me répondre sans crainte, je ne suis pas là pour te gronder.

Le môme hésita quelques instants et dans un souffle :

— Je voulais voir les phoques de près.

— Les phoques ! s'exclama Kowalski qui s'attendait à tout sauf à ça. On n'est pas sur la banquise, mon garçon.

— Excuse mon collègue, il n'a jamais vu de phoques ailleurs qu'au zoo. Mais je ne savais pas qu'il y en avait aussi près des côtes.

— Si, mais on peut les voir surtout la nuit, ils s'approchent de la plage. Il n'y a personne pour leur faire peur.

— Et cette nuit, tu les as aperçus ?

Un frisson parcourut le corps du jeune garçon.

— Non, j'ai plus pensé à regarder.

— Tu peux me raconter ce qui est arrivé. Je sais que ce n'est pas facile, mais c'est très important, Elric.

Immédiatement le balancement reprit, tandis que l'enfant restait obstinément muet.

Kowalski et sa collègue échangèrent un regard désappointé. Le choc paraissait trop profond pour que le garçon soit en état de donner des renseignements intéressants.

— Je crois qu'on n'en tirera rien. Il va falloir attendre qu'il récupère un peu et qu'on trouve un psy pour nous aider à l'interroger.

— Non. Laisse-moi faire.

Énora se tourna de nouveau vers l'enfant, lui releva le menton.

— Ne t'en fais pas, on verra ça plus tard. Est-ce que ça te ferait plaisir que je te raconte l'histoire du *Dragon de l'Elorn* et du chevalier qui lui vola son âme ?

Et la jeune femme commença à parler d'une voix étrangement basse et mélodieuse.

— Il y a très longtemps, une immense forêt recouvrait la Bretagne. Dans un vallon coulait une rivière, l'Elorn, qui disparaissait dans des grottes souterraines. Dans la plus grande caverne vivait un dragon, très ancien, qui sortait de temps en temps. Il survolait la campagne et terrifiait les gens qui s'enfuyaient, affolés par les jets de flammes qui sortaient de sa gueule. Tous voulaient tuer ce dragon, mais aucun n'en avait le courage. En fait, il n'était pas méchant, mais tous ces petits hommes n'avaient pas plus d'importance à ses yeux que les fourmis pour nous. Un jour, un chevalier survint dans le village. Il avait belle allure dans son armure rouge et argent. Ce chevalier n'était pas très fort, ni très grand, mais il connaissait une formule magique qui lui permettait de capturer les âmes.

D'abord étonné, puis fasciné, Kowalski observait sa collègue, persuadé qu'elle inventait tous ces personnages et leurs actions extraordinaires au fur et à mesure qu'elle parlait. On aurait dit que la petite chambre était isolée dans un cocon chaleureux et ouaté. On pouvait presque entendre le sifflement du souffle enflammé et les cris des villageois. Au loin le chevalier arrivait dans un bruit de sabots et le cliquetis de son armure. Les inflexions de la voix d'Énora montaient, descendaient, enflaient ou décroissaient dans un murmure. Ses mains virevoltaient donnant vie à ses paroles.

L'enfant s'était détendu, il buvait littéralement les

paroles de la conteuse, son regard accroché au sien. Le commissaire écoutait lui aussi, ayant perdu la notion du temps et sans se soucier de la raison qui les avait amenés ici. Le contact aigu du coin de la commode avec son coude le ramena à la réalité. Et soudain, il comprit ce que faisait sa collègue. Elle hypnotisait le gosse !

De surprise, il faillit jurer. Décidément, c'est une enquête dont il se souviendrait.

Une phrase étrange, rocailleuse et mélodieuse à la fois, jaillit de la bouche d'Énora.

— Grâce à cette formule magique, le chevalier captura l'âme du dragon et celui-ci l'emmena au-delà des mers, très loin du village et jamais plus il ne fut une menace pour personne. Toi non plus tu ne courras plus aucun danger. Je prononcerai les mots du chevalier et celui que tu as vu sur la plage ne pourra te faire aucun mal. Tu pourras tout nous raconter. Tu as confiance en moi ?

L'enfant hocha la tête et laissa la jeune femme enserrer son visage entre ses mains. Énora prononça de nouveau les mêmes mots, qui semblaient jaillir de son ventre. Puis le silence se fit.

Elric releva la tête, écarta de son visage ses mèches blondes et regarda les deux policiers, ayant perdu ce regard de bête traquée.

Kowalski s'approcha, hésitant encore à rompre le charme.

— Ça va mieux, mon bonhomme ?

— Oui.

— Tu crois qu'on peut y aller maintenant ?

Énora hocha vigoureusement la tête.

— J'en suis sûre. Tu as devant toi notre meilleur allié. Grâce à lui, je suis sûre que nous allons réussir notre enquête.

Délivré de ses terreurs, l'enfant leur raconta comment, après être allé en cachette à la plage, il s'était dissimulé entre les rochers, tout près de l'eau, dans l'attente des phoques. Lorsqu'il évoqua l'apparition terrifiante de cet être à l'apparence humaine, l'enfant se mit de nouveau à frissonner. Énora lui adressa un sourire encourageant tout en caressant doucement sa tête.

— Au début, j'ai cru que c'était quelqu'un qui venait pêcher et puis j'ai compris que c'était un démon.

Et l'enfant leur décrivit ce qu'il avait vu : cette monstruosité dont le bras était prolongé par un immense éclat métallique qui projetait une ombre anormale, sous la lune.

Lorsqu'il évoqua l'étrange cérémonie et les mots effrayants qui l'avaient convaincu d'avoir devant lui une créature infernale, les deux policiers échangèrent un bref regard. La description du gamin prenant bien évidemment une tout autre signification pour eux.

— Puis il a tué les deux moutons de madame Le Gall. J'ai même reçu la tête contre moi. Et j'ai eu peur qu'il me tue comme eux. Je voulais me sauver, mais il m'aurait vu. J'avais très peur, mais je faisais attention à ne pas faire de bruit.

Kowalski, un peu en retrait, retenait les questions qui lui brûlaient les lèvres pour ne pas risquer de rompre le charme et replonger l'enfant dans son mutisme.

— Comment as-tu réussi à t'enfuir ? demanda Énora.

L'enfant baissa la tête.

— Maman et les gendarmes disent que ce ne pas possible, mais je jure que tout est vrai.

— Tu peux tout me dire, insista gentiment la jeune femme, moi je te crois.

— Il était tout près de ma cachette. Je croyais qu'il

m'avait senti, qu'il allait se jeter sur moi, quand j'ai entendu des bruits à l'autre bout de la plage. Comme des cailloux qui tombent dans l'eau et puis, une voix très bizarre. Je ne comprenais pas les mots, mais on aurait dit qu'elle appelait le… le démon.

— Une voix de femme ou d'homme ?

— Au début, je ne savais pas. Mais je suis sûr que c'était une voix de femme, la voix de la fée qui est venue me sauver. Parce qu'après, je l'ai vue près de moi.

Kowalski se rapprocha du gosse.

— Et ta fée, comment a-t-elle réussi à faire fuir le… enfin le méchant homme ? Elle s'est battue avec lui ?

— Non. Quand il a entendu les bruits dans l'eau et la voix, il s'est un peu éloigné. Et puis, on a entendu le bruit de la sirène, il a cru que la police arrivait et il est parti. Moi, je n'osais pas bouger et puis, la dame est apparue juste à côté de moi. Je ne l'avais pas entendue avancer, mais j'ai tout de suite compris qu'elle était gentille.

— Les gendarmes sont venus tout de suite alors ?

— Non, ce n'étaient pas les gendarmes. Personne n'est venu, mais j'ai bien entendu une sirène de voiture de police. Le monstre aussi l'a entendue. Sinon, pourquoi il serait parti ?

— Bon, revenons à la fée. Tu peux me la décrire ? Elle portait une grande robe et une baguette magique ?

Le visage du jeune garçon s'éclaira d'un coup. Il regarda Énora.

— En fait, elle ressemblait pas vraiment à une fée, mais elle m'a sauvé et a réussi à faire fuir le monstre. Alors elle a sûrement des pouvoirs magiques. Je ne l'ai même pas entendue et soudain elle a surgi près de moi, sans que je la voie venir. J'ai expliqué aux gendarmes à quoi elle ressemblait, mais personne ne me croit.

— Eh bien, explique de nouveau.

— Elle ne portait pas de grande robe, mais des habits tout noirs ; un pantalon, un haut noir et un bonnet qui cachait ses cheveux, sauf une mèche.

— De quelle couleur ?

— Un peu rouge. Elle brillait et ça m'a même étonné qu'une noire ait des cheveux lisses.

— Une noire !

— Oui, je n'ai aperçu que sa figure, mais elle avait la peau très foncée, presque noire.

— Tu as remarqué la couleur de ses yeux ?

— Verts, ils brillaient comme ceux d'un chat.

— Comment êtes-vous revenus ici ?

— Nous avons attendu un peu et puis la dame m'a fait signe de la suivre. Nous avons quitté la plage en passant par les rochers et puis nous sommes revenus au bourg à travers la lande.

— Elle t'a parlé durant votre retour ?

— Pas beaucoup. On faisait attention de rester près des buissons et elle chuchotait pour qu'on ne nous repère pas. Elle m'a juste dit qu'il ne fallait plus sortir de chez moi, la nuit, tout seul. Elle m'a aussi dit que je devais plus avoir peur de l'homme que j'avais vu sur la plage, qu'elle le chasserait et qu'il ne ferait plus de mal à personne.

— Et elle t'a ramené chez toi ?

— Pas tout à fait. Elle est restée à me regarder au coin de la rue, jusqu'à ce que mon père m'ouvre la porte. Quand je me suis retourné, elle avait disparu.

Les deux policiers posèrent encore quelques questions à l'enfant mais voyant qu'ils n'en tireraient plus rien, ils mirent fin à l'entretien.

Énora serra le petit contre elle, ébouriffant ses cheveux.

— Tu es vraiment un petit bonhomme très courageux. N'aie plus peur, ce n'était pas vraiment un démon, mais plutôt un très méchant homme. Et il faut que tu suives le conseil de la dame. Ne sors plus seul le soir.

— Tu crois que je la reverrai un jour ? demanda le gamin plein d'espoir.

— Les êtres magiques apparaissent très rarement, tu sais. Mais que ce soit une fée ou une dame très courageuse, tu pourras la revoir dans tes pensées. Si un jour tu es triste ou découragé, tu repenseras à elle, qui t'a sauvé quand tu étais en danger.

Après avoir rassuré la mère d'Elric et bu une tasse du très bon café qu'elle leur avait versé, les deux policiers prirent congé.

— Au revoir, madame et ne vous tracassez pas, je ne crois pas que le petit coure un danger. Nous pensons qu'il s'agit bien de l'homme que nous recherchons, mais il n'a aucun intérêt à s'en prendre à lui. Il ne l'a même pas vu.

— De plus, poursuivit Kowalski, même s'il apprend sa présence sur les lieux, le fait qu'il ait déjà témoigné rend totalement inutile une éventuelle action sur lui.

— Quant à ces histoires de démon et de fée, n'y attachez pas trop d'importance, poursuivit Énora. Il a vu des choses bien réelles, mais faute de pouvoir les comprendre, il les a fait entrer dans une dimension magique. C'est même préférable pour son équilibre mental. L'intervention d'une femme qu'il considère comme une fée le rassure. Petit à petit, il fera la part des choses. Vous avez un petit garçon formidable et très courageux.

16

— Tiens, voilà la croix de pierre. La mère du gosse nous a dit de prendre le premier chemin sur la gauche.

Énora tourna souplement et engagea la voiture dans la voie étroite. Au bout de cent mètres à peine, les deux commissaires aperçurent le fourgon, stationné à côté de l'inévitable break bleu aux couleurs de la gendarmerie.

En contrebas de la dune, plusieurs militaires s'affairaient. Ils reconnurent le major en grande conversation avec un autre gendarme. Ils ne pouvaient saisir les paroles, mais vu la tête que tirait le gradé et ses gestes brusques, son collaborateur devait recevoir une soufflante.

— Pauvre Fabrice ! Il est grand temps qu'il quitte cette boutique, Leflandre lui mène la vie dure.

— Il doit se douter que notre arrivée matinale n'est peut-être pas sans rapport avec vos bonnes relations.

— Je ne pense pas qu'il soit au courant de notre ancienne liaison, mais il sait qu'il a passé le concours de lieutenant de police. Pour lui, ça doit relever de la haute trahison. Comme en plus Trébeau est bien meilleur enquêteur que lui, il cherche à le coincer par tous les moyens.

— Avant d'y aller, qu'est-ce qu'on décide pour Kermarec ou Trevor, je ne sais jamais comment l'appeler ?

— Attendre. *Wait and see*, comme on dit à Scotland Yard.

— Attendre ! Mais tu es quand même persuadée, comme moi, que la mystérieuse fée et elle ne sont qu'une seule et même personne.

— Oui. Et alors ? On va la mettre en garde à vue sous prétexte qu'elle a tiré un gamin des griffes d'un psychopathe toxico ?

— Vu sous cet angle évidemment... Mais il me semble tout de même indispensable d'avoir une conversation avec un témoin capital du meurtre d'innocentes boules de laine.

— À condition de prouver qu'elle se trouvait bien sur place.

Stéphane Kowalski marqua le pas et se tourna vers sa collègue.

— Je dois avouer que je n'aurais jamais imaginé, lorsque je l'ai vue pour la première fois, que la douce Alys soit capable de se transformer en commando, habillée de noir, le visage passé au maquillage de camouflage.

— Je te l'avais dit. C'est une guerrière et peut-être plus encore.

— Comment ça ?

— Rien de précis, répondit Énora.

Elle n'avait pas envie de raconter à son collègue qu'elle sentait qu'une force étrange était responsable du changement d'Alys. Comme si une autre personne se trouvait aux commandes. Une personne qu'elle avait furieusement envie de connaître.

— Au fait, poursuivit-elle, toi qui aimes tant la logique et qui hésites à me suivre sur le terrain mouvant de l'irrationnel, j'espère que tu savoures le coup du deux-tons qui tombe à pic.

— Une coïncidence, les gendarmes qui passaient au loin sans doute.

— Les gendarmes respectent le sommeil des braves gens, mon cher. Ce qui n'est pas le cas des flics qui rentrent du restau, un petit peu allumés.

— Putain, mais c'est vrai ! On devait passer à proximité à l'heure où le gosse a entendu la sirène.

— Eh oui ! Sans le savoir, avec ses conneries, le rouquin a sans doute sauvé le gamin.

Énora se rappela l'impression étrange qu'elle avait ressentie au moment où ils passaient à proximité. La nuit dernière, le Mal était à l'œuvre, mais elle n'avait pas prêté attention à l'avertissement qui voyageait sur les ailes du vent. Elle sourit à son compagnon, se remémorant la chaleur de son contact, dans la voiture.

Des pensées similaires durent traverser l'esprit de Kowalski.

— Tu es vraiment une drôle de bonne femme. Tu cherches à me dire quoi ? Que c'est la providence ou le destin ou je ne sais quelle force obscure qui a incité ton gars à jouer du *pin-pon* ? J'aurais plutôt imaginé que cette influence mystérieuse s'appelait muscadet.

— Les dieux ont peut-être un grand sens de l'humour, lorsqu'ils choisissent leurs messagers.

Kowalski la regardait, lumineuse et incroyablement juvénile, dans le petit matin gris. Elle serrait contre elle les pans de sa parka pour lutter contre le vent qui s'insinuait sous les vêtements. Sa bouche formait des mots qu'il n'écoutait pas vraiment, fasciné par ses lèvres qu'il aurait voulu clore d'un baiser profond.

— On reprendra cette discussion plus tard. Les gendarmes nous ont vus et si je te regarde deux minutes de plus dans les yeux, je vais t'embrasser.

Les militaires avaient délimité un périmètre à l'aide de ruban blanc et rouge, comme un enclos d'où ne s'échapperaient plus jamais les moutons mutilés.

Du sang et des morceaux de chair souillaient les rochers avoisinants. Les animaux étaient éventrés, leurs entrailles débordant sur le sable ensanglanté. Le corps sans tête du plus petit animal témoignait d'une violence absolue.

Énora, prenant bien soin de ne pas piétiner les débris immondes, s'éloigna en direction d'un amas rocheux.

— Stéph, appela-t-elle. Viens voir par ici.

Son collègue s'approcha, suivi du major Leflandre qui ne voulait pas perdre du terrain dans cette enquête dont il n'avait pas encore été officiellement dessaisi.

Reposant sur les algues, une petite tête couverte de laine noire semblait émerger du rocher. Tout autour, on distinguait un ensemble de traces. Le sable avait été piétiné, quelqu'un s'était trouvé là, récemment.

Les deux policiers échangèrent un regard. Tout concordait avec le récit d'Elric. Énora s'accroupit à l'endroit où avait dû se cacher le jeune garçon. Dans l'alignement du regard, à quelques mètres, elle remarqua deux larges pierres plates. Sans doute l'emplacement sur lequel le tueur avait fait reposer l'épée avant d'y verser la cocaïne ou autre stupéfiant.

Elle se remémorait les paroles de l'enfant, imaginant ce petit bonhomme, perdu dans la nuit noire, terrifié, pétri d'horreur quand la tête ensanglantée avait atterri contre lui. Et soudain une vague d'empathie la submergea, toutes les émotions de l'enfant l'envahirent.

L'immobilité soudaine de sa collègue inquiéta Kowalski.

— Ça va ?

— Juste un petit coup de fatigue.

Elle se reprit très vite, stimulée par le regard méprisant du major.

« Les bonnes femmes veulent faire un métier d'homme, mais elles ne tiennent pas le choc ! » Il pensait tellement fort qu'elle l'entendait aussi clairement que s'il avait prononcé ces mots.

— Vous pourriez demander à un de vos hommes de me recueillir la couche superficielle du sable tout autour des deux pierres que vous voyez là-bas ? lui demanda-t-elle.

— Et dans quel but ?

— Je ne pense pas que ça donnera quelque chose, le vent a peut-être tout emporté. Mais on peut espérer récupérer quelques traces de cocaïne ou quelque chose d'approchant.

Devant l'air interrogateur du gendarme, Énora lança légèrement :

— Le petit nous a donné des informations très précises qui nous laissent penser que l'homme qu'il a rencontré est un *tox* qui a choisi cette plage pour se faire une super sniffette.

— Mais comment avez-vous réussi à le faire parler ?

— Oh, les bonnes femmes ont certains talents, parfois bien utiles à leurs collègues.

Et sur cette flèche, la jeune femme tourna les talons tandis que la sonnerie de son portable résonnait dans sa poche.

— Bonjour, madame le procureur. Effectivement, je suis sur place avec les gendarmes. Nous avons pris la liberté de venir sans tarder. Les premiers éléments donnent à penser que nous avons affaire au même homme. Il s'agirait d'un toxicomane qui apparemment prend des doses qui doivent sérieusement lui dévaster le cerveau. Ce qui pourrait expliquer cette violence absurde.

La jeune femme écouta la réponse de sa correspondante.

— Nous vous ferons un point ce matin. Je prends note de notre saisine, j'en fais part directement au major Leflandre, à moins que vous ne vouliez lui parler. Il est près de moi… D'accord, à plus tard, madame Harcourt.

Énora raccrocha.

— Je viens d'avoir confirmation ; le parquet nous saisit.

Coupant la parole à sa collègue, Kowalski s'adressa à Leflandre. Il sentait que la pilule passerait mieux si c'était lui qui la faisait prendre.

— Si vous n'y voyez pas d'inconvénient, major, j'enverrai deux de mes hommes à la brigade pour récupérer la procédure et les prélèvements. Je vous remercie du travail que vous avez déjà fait, il nous sera très utile.

— Aucun problème, le parquet décide et dans la gendarmerie, nous savons obéir.

Les deux policiers prirent rapidement congé des militaires et se dirigèrent vers leur voiture.

— Quelle plaie, ce major ! Tu as souvent des contacts avec lui ?

— De temps à autre. Ici, nous sommes en zone « gendarmique », à part Brest, tout le reste est sous la coupe de petites brigades qui, d'ailleurs, ont de plus en plus de mal à couvrir le secteur avec la délinquance qui augmente. Pour les affaires importantes, le parquet varie les plaisirs, tantôt il nous confie l'enquête, tantôt il préfère saisir la brigade de recherche. En général, ça se passe plutôt bien. Mais de temps à autre, on tombe sur un abruti pétri de certitudes, comme Leflandre, qui joue à la guéguerre des polices. Mais des cons, malheureusement, on en trouve partout.

— Eh oui ! Même chez nous.

Cette intéressante discussion, d'une incontestable portée philosophique, fut interrompue par la sonnerie du téléphone de Kowalski.

— Paulo ! J'allais justement t'appeler. Notre virée matinale aura été très fructueuse. Je te la fais brève, mais voici les news dans les grandes lignes.

Énora écoutait distraitement son collègue qui informait son adjoint des derniers développements de l'affaire.

— La belle Alys nous réserve de sacrées surprises et je crois qu'une conversation avec elle sera des plus instructives…

— Non, pour l'instant, pas question d'aller la serrer de bon matin, ma collègue préfère agir en douceur.

Trinité hocha vigoureusement la tête.

— D'ailleurs, si tu n'y vois pas d'inconvénient, j'aimerais bien que tu me laisses la rencontrer, seule.

Kowalski lui fit signe qu'il terminait sa conversation.

— Paulo, je rentre au bercail pour me rendre présentable. Je voudrais que tu m'y attendes, mais envoie Mounier et Chancel grappiller tout ce qu'ils peuvent trouver sur Trevor. Je veux que tu me fasses la totale ; ils passent tout son environnement au peigne fin et même la fac où elle a fait ses études. Enfin, tu vois le topo, je ne vais pas t'apprendre le boulot.

— Je te ramène chez les Morvan ? interrogea Énora.

— Oui. Je vais quand même me raser, déclara le jeune homme en se passant une main sur sa joue râpeuse.

— Indispensable. Surtout si tu as l'intention d'embrasser quelqu'un aujourd'hui, ajouta malicieusement sa collègue.

— Ouais, peut-être une grenouille de bénitier, puisque j'ai rendez-vous avec l'évêque cette après-midi.

— Tu peux toujours espérer qu'elle se transforme en *princesse charmante.*

La jeune femme prenait plaisir à ce badinage. Ça lui permettait de maintenir une intimité avec Stéphane, sans avoir l'air de glisser vers des choses plus sérieuses. Elle observait, à la dérobée, le profil ferme, la partie de peau découverte à la base du cou, si tentante pour y déposer un baiser. Elle n'avait pas besoin de le regarder pour se rappeler de sa silhouette tonique, cette allure à la fois décontractée, mais pleine d'assurance qui l'avait immédiatement séduite. Ce grand brun, à la bouche qu'on avait envie de mordiller, avait d'indéniables atouts. Il donnait l'impression de survoler sa vie, parfaitement accordé à son boulot. Son destin roulait, sans complications majeures.

Kowalski avait sans nul doute un petit côté rouleau compresseur. On sentait que son existence s'ancrait sur des bases solides, sans remise en question majeure. Énora était attirée par cet équilibre, elle qui vivait si souvent sur le fil du rasoir. En même temps, c'était si tentant de bouleverser ce bel ordonnancement. Elle avait envie de le déstabiliser, de mettre à bas certaines de ses certitudes, de lui ouvrir la porte d'un autre univers, plus dérangeant, mais plus riche en émotions.

Le jour s'installait, balayant les derniers lambeaux de nuit. La fatigue s'abattit soudain sur la jeune femme. Une fois encore, les dés roulaient, les pions bougeaient sur l'échiquier. Que faisait Kowalski sur son chemin ? Tentation à éviter ou chance à saisir ? Elle savait qu'il était célibataire et elle ? Pouvait-elle appeler sa relation avec Carmelo, un couple ?

Bercé par les mouvements de la voiture, dans la tiédeur

de l'habitacle, Stéphane s'était assoupi. Son blouson avait glissé, laissant entrevoir son arme.

Armé et pourtant si vulnérable dans le sommeil. Énora sentit son ventre se serrer dans une irrépressible bouffée de désir. Elle avait envie de cet homme, envie de le caresser, de goûter sa bouche, d'explorer son corps. Il la considérait sûrement comme une sorte de sorcière et pourtant, dans son abandon, il manifestait sa confiance. Un vertige soudain la prit. Elle tenait sa vie entre ses mains. L'amour, la mort ; plus voisins, plus proches qu'on ne le croit.

Violence et cadavres, tous les flics pataugeaient dedans. On en voyait de toutes sortes ; pendus, noyés, la tête éclatée ayant retapissé les murs de la salle de bains, des frais, des plus faisandés. Et à chaque fois, une seule obligation : tenir, faire le boulot. Elle savait que derrière cette apparente impassibilité, se cachait une angoisse, une désespérance, des « à quoi bon ? », qu'on soignait parfois par une longue virée dans les bars de la ville ou par une heure dans les bras d'une fille ou d'un mec qui vous donnait l'impression que vous étiez vivant et invulnérable.

Une baguette de pain qui brillait sur une enseigne la détourna de ses pensées. Elle freina en douceur et se gara devant une boulangerie.

Réveillé par le changement de rythme, Kowalski se redressa.

— Je crois que j'ai piqué un petit roupillon. On est arrivés ? interrogea-t-il, intrigué par l'environnement qu'il ne reconnaissait pas.

— Pas encore, c'est juste l'arrêt casse-croûte.

Énora ouvrit sa fenêtre.

— Hume la bonne odeur de croissants qui ne demandent qu'à se jeter dans un grand bol de café.

Quelques minutes plus tard, la jeune femme revint chargée d'un gros sac en papier débordant de viennoiseries.

— Des croissants tout chauds, c'est vraiment sympa. Voilà un chef qui se soucie de ses troupes. Madame, si vous avez besoin d'un commandant, je suis votre homme.

Attablés devant un copieux petit-déjeuner, les trois policiers savouraient le moment de répit avant le rush de la journée.

Anne Morvan entra dans la pièce, une cafetière fumante à la main.

— Encore un peu de café ?

— Avec plaisir, madame.

— Appelez donc moi Anne. Ici, il n'y a pas de monsieur ou de madame, sauf pour le curé et la Sainte Vierge. Pas vrai Énora ?

— Je confirme, répliqua cette dernière dans un grand éclat de rire. Et vous avez intérêt à obéir à Anne, sinon elle risque de se fâcher.

— Je vous laisse la cafetière. Tu feras le service, ma belle.

Arrivée sur le seuil de la porte, la femme se retourna et eut un bref échange avec Énora dans une langue que les deux autres ne comprirent pas.

Devant le regard interrogateur de ses compagnons, Énora expliqua.

— C'est du breton.

— Tu parles breton ? s'étonna Kowalski.

— Pas très bien, mais je le comprends. J'ai appris avec Anne.

— Et qu'est-ce qu'elle t'a dit de si confidentiel ?

— Rien d'important. Mais justement, comme tu l'as

dit, il s'agissait d'une confidence, donc pour mes oreilles seules.

Après s'être restaurés, les trois policiers fixèrent le programme de la journée. Riboix attaqua le premier.

— Comme tu l'as demandé, les gars vont gratter dans la vie de la surprenante Alys. Et pour elle, on fait comment ?

— Voilà ce que je vous propose, intervint Énora. Je voudrais aller la voir ce matin, pour avoir une conversation, mais en *off*. On part du principe que je n'acte rien sur PV. Je vais essayer de lui soutirer des infos qu'elle ne lâcherait peut-être pas autrement.

— Tu y vas seule ?

— Je préfère. Mes méthodes ne relèvent pas toujours de l'orthodoxie absolue et je serai plus à l'aise. Elle aussi sans doute.

— Vous pensez faire jouer la complicité féminine ? demanda Riboix.

— Ça et peut-être autre chose. Je pense que nous avons certains points de convergence avec la miss de Kermarec.

Kowalski fixa longuement sa collègue. Il devait convenir que ces deux femmes l'avaient surpris à plus d'un titre. Pourquoi ne pas essayer ? Ça pouvait marcher entre… Il avait failli penser sorcières.

— OK. On te laisse la main. Pour ce qui me concerne, je vais passer deux ou trois coups de fil et puis j'irai voir cet évêque. En espérant qu'il puisse nous éclairer sur la victime.

Énora se leva de table.

— Je vous laisse, les gars, je repasse chez moi et puis j'irai voir Alys.

— Ça m'étonnerait qu'elle te raconte son escapade nocturne.

— Qui sait ? Et puis j'ai besoin d'en avoir le cœur net avec cette épée. Je veux savoir pourquoi elle t'a rigolé au nez lorsque tu lui en as parlé.

Les deux hommes regardèrent la voiture d'Énora disparaître au détour du chemin.

— C'est vrai qu'elle paraît un peu *borderline* votre collègue, mais je l'ai à la bonne. Avec son côté un peu allumé, je ne serais pas surpris qu'elle réussisse à embobiner la mystérieuse Alys.

Kowalski quitta la table à son tour et s'étira dans un grand bâillement.

— Une deuxième douche ne sera pas de trop, mon Paulo.

17

Énora avait arrêté sa voiture devant l'entrée du manoir. Elle contemplait les fenêtres de la bâtisse. Rien ne bougeait et pourtant, elle était presque sûre que son arrivée n'était pas passée inaperçue.

Dans le grand sac qu'elle portait en bandoulière, elle avait placé l'exemplaire du bouquin qu'elle avait montré à Kowalski. Il n'était plus temps de finasser, il fallait abattre quelques cartes pour espérer voir celles de l'adversaire.

À peine arrivée en haut des marches, la porte s'ouvrit devant elle. Surprise, Énora eut un léger mouvement de recul.

— Qu'est-ce qui vous amène de si bon matin, commissaire ?

Alys, ses clefs de voiture à la main, toisait la jeune femme avec une légère impatience.

Énora observa son interlocutrice. Il flottait autour d'elle comme une aura d'énergie presque palpable. Elle ne s'était pas trompée, la guerre avait commencé. Alys se révélerait une adversaire redoutable. Et pourtant, elle hésitait encore sur la stratégie à adopter. Elle restait convaincue que la jeune femme n'était pas la meurtrière, mais elle connaissait le coupable.

— Des aventures nocturnes dont j'aimerais discuter avec vous.

— On ne peut pas reporter cet entretien ? Comme vous le voyez, j'allais sortir.

— Non.

La voix d'Énora se fit plus sèche.

— Et puis je suis certaine que ce que j'ai à vous dire va vous intéresser… à défaut de vous surprendre.

Trevor eut un soupir agacé.

— Eh bien, entrez. Autant en finir.

Énora eut un demi-sourire ironique, amusée par la comédie que lui jouait la propriétaire des lieux.

— Ce matin, les gendarmes ont trouvé deux cadavres de moutons sur la plage.

— Étrange, je le concède. Mais en quoi cela me concerne-t-il ?

— Peut-être parce qu'ils ont été éventrés et qu'une bête a perdu la tête, répliqua la commissaire, en la regardant droit dans les yeux.

— Et vous pensez qu'il s'agit… de l'assassin du père Cordier ?

— Je ne pense pas, je suis sûre… Tout comme vous d'ailleurs.

— Comment ça ? se rebiffa Alys. Je commence à en avoir assez de vos insinuations. Que me reproche-t-on enfin ? D'avoir tué un homme pour qui je n'avais que du respect et de l'affection, puis dans la foulée, d'avoir massacré des moutons et pour finir le cheval du dentiste aussi pendant que vous y êtes ? J'en ai assez, je m'en vais.

— Asseyez-vous et écoutez-moi !

Le son avait jailli, ample et puissant, directement du ventre d'Énora, sourd et sonore à la fois, générant une énergie incroyable, la voix de commandement.

Immobilisée, Alys s'était rassise, dévisageant Énora avec stupéfaction.

— Arrêtons là ce petit jeu. Je sais qui vous êtes ou plus précisément ce que vous êtes.

Les idées se bousculaient dans la tête d'Alys. Passé le premier moment de surprise, elle avait compris qu'Énora avait, elle aussi, des petits talents cachés.

Extirpé du sac, un livre avait atterri sur la table basse devant Alys.

— Ouvrez à l'endroit du marque-page.

Alys s'exécuta. Devant ses yeux apparut une scène représentant une femme, les cheveux dénoués dans le vent violent, tenant à la main une épée. Le titre était éloquent : « La sorcière de Kastell Mor. »

— Vous ne croyez quand même pas que je suis une sorcière ?

— Peu importent les termes. Nous savons vous et moi que vous avez reçu en héritage certains talents et une curieuse arme. Je ne sais pas s'il convient de parler de sorcière, mais avouez qu'au Moyen-Âge, tout ceci vous aurait valu un petit tour sur le bûcher.

— Vous auriez sans doute pu m'y accompagner, persifla Alys.

— Eh bien, nous y sommes. Maintenant que les présentations sont faites, on va pouvoir avancer.

— C'est à ce bouquin que faisait allusion votre collègue lorsqu'il m'a parlé d'épée magique.

La jeune femme examinait l'image avec soin.

— Je comprends pourquoi il m'a parlé d'un nom gravé. Il n'existe pas sur la véritable épée, on ne voit que des entrelacs sur le haut de la lame.

— Néanmoins, il s'agit bien de l'objet qui a disparu de votre bibliothèque ?

Alys ne chercha pas à nier.

— Pourquoi n'avez-vous rien dit lorsque le commissaire Kowalski vous en a parlé ?

Énora eut un bref ricanement.

— Votre collègue ne fait rien pour susciter les confidences. Je figure sûrement en bonne place sur la liste de ses suspects. En admettant d'ailleurs qu'il y en ait d'autres que moi !

— N'exagérons rien. Disons qu'il sait que vous ne jouez pas franc-jeu. Il est peut-être temps de changer d'attitude et de nous faire confiance.

— Lorsqu'il a commencé à me donner des détails précis et que j'ai compris qu'il savait qu'il s'agissait de l'arme du crime, j'ai eu peur qu'il l'ait retrouvée...

Elle marqua un temps d'arrêt, hésitant à continuer. Trinité finit alors sa phrase.

— Avec le meurtrier accroché au bout. C'est bien ça qui vous effrayait ?

Trevor garda le silence, les yeux fixés au-delà de la fenêtre, comme dans l'attente de l'apparition d'une silhouette.

— Curieuse réaction, vous ne trouvez pas ? Vous auriez dû vous réjouir de l'arrestation de ce type. Car il s'agit bien d'un homme, n'est-ce pas, d'un homme que vous protégez.

Énora avait lâché ces derniers mots avec dureté.

— Comment osez-vous dire une chose pareille ? explosa Alys. Protéger ce monstre alors que je voudrais le savoir, non *le voir*, mort.

Elle s'interrompit brusquement, comprenant qu'elle était tombée dans le piège.

— Eh bien, voilà un point d'établi. Vous connaissez le meurtrier du père Cordier.

Alys ne réagit pas.

— Jouons cartes sur table. Je ne pense pas que vous soyez sa complice, mais il existe un lien entre vous. Je veux comprendre pourquoi vous ne le dénoncez pas. Et je veux aussi savoir pourquoi il a pris cette épée, entre toutes les armes possibles.

— Je ne peux pas vous révéler son nom. Sachez juste qu'il s'agit d'un cauchemar ancien qui refait surface, même chose pour l'épée. Ces deux cauchemars se sont unis. Vous n'avez pas affaire à un homme ordinaire, mais à un possédé que la police ne pourra pas arrêter. C'est à moi de le faire.

— Dites m'en plus.

— Une histoire trop longue à raconter... En fait, votre collègue a raison de me traiter en coupable, jeta amèrement la jeune femme. Même si je n'ai pas porté la main sur le père Cordier, j'ai ma part de responsabilité dans ce qui est arrivé. Je dois régler cette histoire moi-même et remettre les choses en ordre.

— Vous délirez ! À moins que vous n'ayez un ego surdimensionné ! Je ne peux pas vous laisser courir un tel danger, ni laisser échapper le meurtrier, si vous le loupez. Vous devez me parler.

Énora avait asséné ces derniers mots avec force, mais cela n'impressionna pas son interlocutrice.

— Non. Et il est inutile d'interroger mes proches. Marie-Louise ne dira rien. Mais ça, vous le savez déjà. Quant aux autres, ils ignorent tout.

— Êtes-vous bien consciente que vous risquez d'emporter votre secret dans la tombe ?

Trevor fixa la commissaire, droit dans les yeux.

— C'est effectivement l'une des hypothèses, peut-être la plus probable.

Elle avait prononcé ces mots terribles d'une voix calme, mais Énora sentait vibrer en arrière-plan l'aura de peur entourant ce secret qui l'étouffait.

Inutile d'insister. Trevor ne lui dirait rien aujourd'hui.

Elle allait néanmoins tenter une dernière fois de la convaincre lorsque, à l'extrême limite de son champ visuel, elle aperçut fugacement une silhouette masculine, appuyée au dossier du fauteuil d'Alys. Elle tourna vivement la tête, mais l'ombre avait disparu, les deux femmes étaient seules dans la pièce. Un voile d'incompréhension passa sur le visage d'Énora. Elle avait reconnu la silhouette, mais s'interrogeait sur le message.

— Changeons de sujet. Vous me direz peut-être où vous étiez cette nuit.

— Dans mon lit. Comme beaucoup de monde, j'imagine.

— Il reste quand même quelques noctambules qui aiment bien se promener au clair de lune. Moi, par exemple. Et hier, j'ai passé une bonne partie de la nuit loin de ma couette.

— Venons-en au fait, déclara impatiemment Trevor. Que me reprochez-vous encore ?

— Mais je ne vous reproche rien du tout, bien au contraire. En fait j'aimerais bien féliciter l'étrange justicière qui arpente les plages et les dunes quand tout le monde, ou presque, est couché.

Devant le mutisme d'Alys, la commissaire poursuivit :

— Je vais vous raconter une belle histoire, bien que je sois persuadée que vous la connaissiez déjà.

Après avoir retracé les évènements de la nuit, elle ajouta :

— On dirait bien que vous avez eu une crise de

somnambulisme. À moins qu'il existe encore une autre mystérieuse femme à la recherche de notre décapiteur ?

— Et quand bien même j'aurais fait ce que vous dites ! Que pouvez-vous contre moi ?

Énora s'impatienta.

— Vous m'agacez. En raison de nos... points communs, je peux vous comprendre et je suis même prête à vous aider, mais il faut y mettre du vôtre. Mes collègues et notamment Kowalski, sont partisans de plus de fermeté. Vous ne semblez pas comprendre qu'il existe de bonnes raisons pour vous faire tester les cellules du commissariat de Brest.

— Et vous comptez me mettre en garde à vue parce que j'aurais sauvé un gosse des griffes d'un psychopathe. Allons, vous plaisantez !

— Pour ça, non. Mais les motifs ne manquent pas : non-dénonciation de crime, complicité d'homicide, entrave à une enquête de police, dissimulation et destruction de preuves. Vous en voulez plus ?

— Arrêtez.

Ignorant l'interruption, la commissaire asséna :

— Alors, je vous la fais brève, soit vous collaborez, soit vous partez pour quarante-huit heures de garde à vue. Et après... au bon vouloir du juge. Ça peut même finir par une détention provisoire.

Vaincue, Alys craqua enfin. Le visage enfermé dans ses mains, la jeune femme se recroquevilla dans son fauteuil.

Énora s'éloigna vers la fenêtre. Elle savait qu'il fallait lui laisser le temps de se reprendre. En contrebas, la rivière reflétait la lumière douce de la matinée. La marée haute avait rempli l'aber. Les branches basses des arbres effleuraient la surface, troublant le courant d'éphémères sillons.

Comme toujours la jeune femme s'émerveilla devant cette formidable et tranquille énergie qui émanait de la nature. Certains voulaient l'asservir. D'autres, comme elle, avaient eu le privilège de sentir ces forces invisibles et de fusionner dans cette trame vibrante. Elle ne doutait pas que l'héritière des Kermarec ait également reçu cette éducation, même si elle ne semblait pas avoir acquis une grande maîtrise dans ce domaine.

Le temps continua de flotter, puis la voix d'Alys s'éleva, redevenue ferme.

— Je vous propose un marché.

Énora continua de regarder au loin, le dos tourné. L'instant était fragile, elle ne voulait pas courir le risque de la voir se refermer de nouveau.

— Allez-y.

— Je vous donne son nom, je vous explique, en partie... En échange, vous me laissez le champ libre pour accomplir ce qui doit être fait.

— Soyez plus claire.

— Je dois le retrouver et récupérer Barr-amzer, cette putain d'épée, dont j'ai accepté un jour d'être la gardienne.

— Ça m'étonnerait qu'il vous la rende sans casse. Et puis en admettant que vous réussissiez, il faudra bien qu'il réponde de ses actes devant la justice.

— Il n'appartient déjà plus à ce monde et c'est à moi de l'affronter et de le stopper.

Énora réfléchit.

— Vous êtes bien consciente que vous me demandez, à moi, commissaire de police, un, de vous laisser exercer une vengeance personnelle en tuant un homme et deux, de prendre le risque de vous voir mourir dans cette action ?

Les deux femmes étaient maintenant debout, face à

face. De la même taille, leurs regards s'accrochaient en direct, intenses.

— Ce n'est pas au flic que je parle, mais à la sœur qui peut voir au-delà des apparences, à celle qui peut comprendre que lorsque certaines forces sont à l'œuvre, il faut plus que des revolvers et des menottes pour arrêter le Mal.

— Je n'ai pas le droit de vous laisser commettre un meurtre.

Les yeux de la jeune femme flamboyèrent de colère.

— Appelez ça comme vous voudrez. Charlie est devenu un monstre. Barr-amzer l'a bouffé. Vous le savez. Vous avez vu ce qu'il laisse dans son sillage, des têtes et du sang. Il ne s'arrêtera pas là. Je vais l'affronter. Croyez-moi, il n'y a pas d'autre solution.

Comme pour donner plus de conviction à ses propos, la jeune femme avait enserré fortement les épaules d'Énora. Cette dernière ne savait quoi répondre, étrangement émue par cette allusion à leur parenté spirituelle. Alys continua :

— Et vous-même ? L'ombre de l'Ankou plane autour de vous. Le ramasseur de mort se tient tout près. Il sait que vous lui assurerez tôt ou tard de la clientèle.

— Il s'agit de mon métier, pas de moi.

— Tant mieux pour vous, si vous pouvez vous retrancher derrière votre profession pour garder les mains propres. Je n'ai pas cet alibi.

Énora se dégagea doucement de l'emprise de la jeune femme.

— Qui êtes-vous ?

— Alys Trevor de Kermarec, héritière…

Trinité la coupa brutalement :

— Pas ça. Je veux savoir qui vous êtes, maintenant.

En parlant, Alys s'était retrouvée devant la baie vitrée,

donnant sur l'aber. Elle songea qu'elle occupait exactement la position de son père, ce jour où il lui avait légué Barr-amzer.

Les souvenirs affluèrent de nouveau.

— Je m'appelle Viviane.

Elle parla longuement, n'omettant rien, pas même son initiation dans le secret des monts d'Arrée et les longs moments passés à apprendre, à parcourir les chemins fugaces des forces invisibles.

— Vous comprenez maintenant que je ne pouvais pas raconter ça à vos collègues. Ils m'auraient prise pour une folle.

Énora avait pris sa décision. Le destin était en marche, Alys s'était déjà engagée très loin.

— OK. Je vous couvre. Je me charge de convaincre Kowalski de vous laisser tranquille. Mais vous devez me promettre de me tenir informée et de m'appeler au moindre problème. Je n'ai bien sûr pas besoin de vous préciser que ce deal n'existe pas. Nous travaillons sans filet, vous comme moi… Alors, ce nom ?

— Charles Devers, mais tout le monde l'appelle Charlie. J'étais très jeune lorsque je l'ai rencontré. Ma mère venait de mourir. J'étais paumée. Et comme souvent en pareil cas, on fait des conneries.

— Vous avez eu une liaison avec lui ?

— J'étais même persuadée que j'avais trouvé l'homme de ma vie. J'avais vingt ans, lui pas tout à fait trente. J'étais raide dingue de ce mec. Je me rends compte maintenant à quel point il m'a manipulée.

— Et votre entourage ne s'est pas opposé à cette aventure ?

— Si, bien évidemment. Mon père et surtout Marie-Louise avaient compris que cet homme m'entraînerait sur des chemins dangereux. Mais on n'arrête pas une fille amoureuse, surtout lorsqu'elle est majeure. J'ai vécu avec lui presque trois ans, avant de trouver le courage de le quitter.

— Vous habitiez où durant tout ce temps ?

Alys marqua un temps, comme si elle pesait le pour et le contre et puis elle lâcha l'info, à contrecœur.

— Peu de temps après notre rencontre, il a voulu partir pour la Guyane. J'ai fait l'immense connerie de le suivre là-bas. Seule et sans appui, je me suis retrouvée complètement à sa merci.

— Et il vivait de quoi le prince charmant ?

— Des boulots par-ci par-là. Des petits trafics en tout genre. Quand j'ai enfin ouvert les yeux, il était trop tard.

— Vous avez tutoyé l'illégalité. Vous pensez qu'il vous tient et vous craigniez qu'il vous balance s'il est arrêté. C'est pour ça que vous ne voulez pas que la police l'arrête ?

— J'ai rempli ma part du marché. Je ne peux rien vous dire de plus.

— Putain ! mais réfléchissez. Il ne peut pas vous nuire, même si vous avez franchi la ligne blanche. Vous étiez sous influence et ça ne nous intéresse pas. Nous enquêtons sur un crime, pas sur de la magouille.

— Vous ne savez pas de quoi vous parlez. Je vous le redis encore une fois, martela-t-elle chaque mot. Je n'ai pas le choix. Je dois réparer les erreurs du passé, quel qu'en soit le prix.

La commissaire comprit qu'elle n'obtiendrait rien de plus. Il existait dans le passé de la jeune femme une zone obscure, liée à ce Charlie Devers. Des évènements qui la terrorisaient encore. Elle ne savait pas quelle était la faute qui obscurcissait la vie d'Alys, mais cette chose constituait un levier puissant dans les mains de l'assassin.

La commissaire extirpa une carte de son sac et y inscrivit un numéro de téléphone.

— Tenez, vous avez toutes mes coordonnées. Joignable à tout moment. Je vous ai même noté le téléphone de mon domicile.

Alys prit la carte sans mot dire.

Les deux jeunes femmes approchaient de la porte, lorsque la sonnerie d'un téléphone creva le silence.

— Excusez-moi, je vais répondre. Vous connaissez le chemin.

Alys disparut au détour du couloir, comme avalée par son destin.

Énora s'apprêtait à franchir le seuil, lorsqu'elle se rappela qu'elle avait oublié de reprendre son livre.

Rebroussant chemin, elle entendit le son étouffé de la voix d'Alys. Elle colla son oreille au lourd battant de chêne. Même si les mots ne lui parvenaient pas clairement, elle percevait la violente émotion de la jeune femme, entre colère et supplique.

Et soudain elle comprit qui se trouvait au bout du fil. Persuadée qu'il s'agissait de Charlie Devers, elle entrouvrit doucement la porte.

— OK, ne t'énerve pas, je serai là... impossible... pas avant mercredi soir.

Un courant d'air claqua une porte intermédiaire. Énora n'entendait plus rien. Elle tenta de s'approcher, mais elle eut à peine le temps de saisir quelques fragments que le combiné fut raccroché. « D'accord... » des mots inaudibles puis « devant le Vercruz, j'y serai. » Légère, elle fit rapidement marche arrière, parvenant dans l'entrée au moment où Alys faisait irruption dans le couloir.

— Vous êtes encore là ?

— J'ai oublié mon bouquin.

Trevor fixa un instant la flic, se demandant ce qu'elle avait pu entendre et puis devant l'air parfaitement neutre d'Énora, elle se rassura.

Un instant plus tard, elle était de retour.

— Tenez. Je ne connaissais même pas l'existence de ce livre. Félicitations pour l'avoir déniché.

— C'est mon métier et d'habitude, je le fais plutôt bien. J'espère que je ne me suis pas trompée aujourd'hui.

Le soleil de septembre éclairait cette journée d'une lumière pâle. Tout semblait serein et pourtant, une ombre menaçante se dissimulait dans ce paysage au calme trompeur. Énora réfléchissait sur le chemin qui la ramenait à Brest.

Le bilan s'avérait plutôt positif. Elle ramenait quand même le nom de l'assassin et peut-être même un rendez-vous si elle arrivait à décrypter les fragments de conversation.

Elle eut un bref sourire en songeant à la tête que ferait le très rationnel Kowalski. Il lui faudrait bien reconnaître que ses méthodes avaient du bon. Le convaincre du bien-fondé de sa décision serait une autre paire de manches. Il allait sauter au plafond quand elle lui expliquerait le marché conclut avec Trevor.

Il restait ce point obscur. Quel secret si puissant ligotait la jeune femme ? Énora sentait qu'elle tenait là une des clefs de l'affaire. Elle songeait aussi à ce qui s'était passé dans la bibliothèque. Cet instant où elle avait aperçu derrière Alys, la silhouette fugace de Kowalski.

Leurs destins s'entremêlaient, au-delà de l'enquête ; Énora en avait la conviction.

18

Trois heures sonnaient au clocher de l'église voisine lorsque Stéphane se présenta à l'entrée du presbytère. Une grande femme avenante lui ouvrit la porte.

— Commissaire Kowalski.

— Entrez, Monseigneur Delgado vous attend dans la bibliothèque.

Un homme mince et sec, habillé d'un costume sombre, avec une simple croix de métal au revers se leva à son entrée.

Après s'être salués, les deux hommes s'installèrent dans des fauteuils encadrant une vaste baie donnant sur un jardin paisible.

— Sans vous demander de trahir le secret professionnel, avez-vous déjà des indices ou des pistes sur le meurtrier de Philippe ?

— L'enquête ne fait que débuter, répondit prudemment le commissaire. En fait, la question qui nous préoccupe est de savoir si le père Cordier était bien la victime visée où s'il a été tué fortuitement.

— Fortuitement ?

— Oui, parce qu'il se trouvait là au mauvais moment, par exemple. J'aimerais que vous m'éclairiez sur sa personnalité. Éventuellement sur des personnes qui auraient des motifs de lui en vouloir.

— Je ne connais pas d'ennemi à Philippe et je n'imagine pas qu'il puisse en avoir.

L'ecclésiastique marqua un temps, perdu dans ses pensées, une infinie tristesse dans le regard.

— Cordier et moi-même appartenions au même ordre, les Jésuites. Nous nous sommes connus dans un monastère en Italie. Nous y faisions tous les deux des études. À l'époque, j'étais assez timide, doutant de mon engagement, perdu parmi ces étrangers. Un peu plus âgé que moi, il m'a en quelque sorte servi de grand frère, de guide. Il possédait un incroyable dynamisme, une capacité à affronter les difficultés et une certaine insouciance que je lui enviais. Nos chemins se sont séparés, mais notre amitié est restée solide.

— Il semble pourtant qu'au bout du compte, vous ayez mieux réussi que lui, si j'en juge par vos... grades respectifs.

— La réussite est une notion profane, monsieur le commissaire. Pour nous, ce qui importe, c'est de servir Dieu là où nous sommes le plus utiles. J'étais plutôt un homme de méditation, de dossiers. Lui préférait l'action. Il a parcouru le monde, il avait la vocation de missionnaire. Chacun d'entre nous a suivi la voie que le Seigneur lui avait assignée.

Stéphane n'avait pas la fibre religieuse. Mal à l'aise dans ce registre et un peu agacé par la présentation idyllique de la situation, il intervint assez sèchement.

— Vous pouvez également dire que vous étiez dans la lumière et lui un homme de l'ombre. Je me suis laissé dire qu'il aurait travaillé pour les services secrets du Vatican.

Le prélat le regarda fixement et Kowalski sentit la force

de ce regard sombre sous des sourcils presque noirs qui contrastaient avec la chevelure poivre et sel.

— Vous parlez sérieusement, monsieur le commissaire ?

— Tout à fait. Et pour ce qui est des services de renseignements du Vatican, chez nous, il se chuchote qu'ils arrivent dans le peloton de tête de la profession et que les Jésuites y occuperaient de nombreuses fonctions.

L'évêque eut un sourire sarcastique.

— On nous tient donc en haute estime. Comme n'importe quel état, le Saint-Siège recherche des informations vitales pour sa sécurité. Il existe sans doute des secrets pesants, voire dangereux. Cependant, je ne veux pas croire que des hommes au service de Dieu puissent ôter la vie, quelle qu'en soit la raison. Et surtout pas celle d'un prêtre. Quant à ses éventuelles activités clandestines, si elles ont existé, je n'en ai jamais eu d'écho. Non, ce meurtre barbare ressemble plutôt à un défi à l'Église et à Dieu. Il faut chercher ailleurs, monsieur le commissaire.

Kowalski dut reconnaître le bien-fondé des arguments de l'évêque, mais il poursuivit :

— Vous connaissiez bien le père Cordier ?

— Qu'entendez-vous exactement par *bien connaître* ?

Légèrement agacé par ses réticences, le policier précisa d'un ton incisif :

— Je parlais de sa vie personnelle, sa manière d'être, son caractère, sa famille, ses qualités, ses défauts, peut-être même ses failles. Ne tournons pas autour du pot.

L'ecclésiastique eut de nouveau cet air sarcastique et ce sourire qui n'atteignait pas les yeux.

— Mais c'est vous qui tournez autour du pot, rétorqua-t-il d'une voix douce. Pourquoi ne pas me poser directement la question qui vous brûle les lèvres : le père Cordier a-t-il été impliqué dans des affaires de pédophilie, par exemple ?

Agacé d'être pris en défaut, Kowalski acquiesça.

Les yeux du prélat se perdirent au-delà du commissaire, comme s'il revoyait une scène ancienne et bouleversante.

— Philippe a parcouru le monde au service de Dieu, c'est ainsi qu'il a séjourné au Sénégal. Ce n'était pas un dogmatique et il affirmait qu'aider les autres constituait le premier devoir d'un prêtre. Un jour il a croisé la route d'une jeune femme que la vie avait tellement abîmée qu'elle avait coulé dans un océan de souffrance. Une histoire malheureusement tellement banale ; un grand amour qui se transforme en cauchemar. D'abord les coups et puis un soir, une soirée un peu trop arrosée avec les copains et puis le viol à plusieurs. Un viol tellement sauvage qu'il a rendu stérile cette femme. Quand elle a rencontré mon ami, elle était au fond du gouffre et ne voyait plus que la mort comme horizon. Il l'a aidée, lui a redonné la petite lueur d'espoir qui l'a fait de nouveau s'accrocher à la vie. Tout cela a pris du temps, du temps qu'ils ont passé ensemble, du temps qui a fait germer des sentiments forts entre eux. Ils ont vécu cet amour pleinement, y compris charnellement.

— Votre ami s'est allégrement affranchi du vœu de chasteté. L'Église s'accommode donc de ce genre de chose ? l'interrompit le policier.

— Ne jugez pas trop vite. Dans votre métier, vous devez bien savoir que la vie n'est jamais ni noire ni blanche. Philippe et Stella, puisque c'était son nom, s'aimaient. La rejeter physiquement l'aurait empêchée de se reconstruire et de se considérer de nouveau comme une femme et non une chose sans valeur. Philippe n'avait pas l'habitude des demi-mesures et il n'a jamais regretté son choix. Le reste se passe entre Dieu et lui, ni vous ni moi n'avons à juger.

— Et qu'est devenue cette Stella ?

— Stella...

Le regard de Monseigneur Delgado se perdit de nouveau dans le lointain.

— Stella s'est éteinte un jour, rupture d'anévrisme, peut-être une conséquence des violences qu'elle avait subies. Ils avaient vécu trois ans ensemble. À sa mort, il a continué sa mission. Alors vous voyez, monsieur le commissaire, je ne pense pas qu'un homme qui a vécu ce genre d'histoire puisse se livrer à des actes dégradants avec de jeunes garçons.

L'atmosphère du bureau était soudain devenue pesante. Comme un écho le ciel s'était brusquement assombri au-dehors. Kowalski posa encore quelques questions, puis prit congé, soudain pressé de quitter les lieux.

Lorsqu'il sortit du presbytère, il avait un goût amer dans la bouche, le goût trop familier des vies gâchées. Brutalement, le père Cordier avait basculé du statut de victime (une de plus dans ce foutu boulot) à celui de personne. L'espace d'une heure, il avait pris vie dans le récit de l'évêque. La mémoire de l'ecclésiastique avait fait revivre un homme hors du commun, dont le destin erratique s'était achevé dans une horreur sublime, comme un martyre. Le mot taraudait l'esprit du jeune commissaire pourtant peu religieux.

Il s'en voulait d'être si atteint par ce qu'il avait entendu et en même temps une rage sourde l'habitait. Sans qu'il en ait vraiment conscience, il marchait les poings serrés et dans sa tête, une certitude s'était ancrée. Il aurait l'assassin !

19

La salle de réunion bruissait des conversations des flics rassemblés. Sur la grande table, les procès-verbaux étaient étalés, comme le produit d'un retour de pêche, d'une pêche aux renseignements. Deux tournées de café avaient déjà été englouties.

Riboix avait constitué les équipes dès le matin et réparti le boulot. Il devenait impératif d'avancer, le temps travaillait contre eux. La presse n'avait pas tardé à réagir dès qu'elle avait eu connaissance de l'épidémie de décapitations. Kowalski avait réussi à les renvoyer sur le juge d'instruction, en se retranchant derrière le sacro-saint secret de l'enquête, mais ils savaient tous qu'ils n'avaient gagné qu'un répit de courte durée. Dès le lendemain, nul doute que les gros titres et les images chocs scotcheraient la population devant la télé. Et s'il prenait l'envie au bourreau de trancher encore une ou deux têtes, on allait assister à la panique générale sous peu, y compris dans les hautes sphères de la maison Poulaga.

Le bourreau, les flics ont toujours la manie de surnommer leurs meilleurs clients, manière de donner une consistance à une ombre que l'on traque.

Le commandant chercha des yeux Trinité, mais elle

ne se trouvait pas dans la pièce. Il nota qu'elle avait été curieusement discrète tout au long de la journée. Elle n'avait reparu au service qu'après le déjeuner et s'était tout de suite enfermée dans son bureau, prétextant de la paperasse en retard.

Elle avait habilement éludé les questions précises sur son entrevue avec Alys, déclarant juste qu'elle avait eu des infos intéressantes et qu'on en parlerait à la réunion.

— Tout le monde en place, on a du boulot. Paulo, tu t'occuperas de la synthèse.

Kowalski venait de faire son entrée dans la pièce. Son adjoint nota son air tendu. Sans faire aucun commentaire, Riboix s'installa près du tableau blanc, tandis que le reste des policiers prenait place autour de la table.

Le commissaire jeta un bref regard sur l'assemblée. S'adressant au lieutenant Mercadier.

— Elle est où votre taulière ?

Légèrement décontenancé, tant par l'expression familière que par le ton sec, il bredouilla.

— Je l'ai vue aux archives. Je peux aller la chercher si vous voulez.

Comme il se levait, Énora fit son entrée.

— On n'attend plus que moi pour ouvrir le bal ?

En s'asseyant sur la chaise libre à la gauche de son collègue, la jeune femme perçut elle aussi la tension.

Apparemment quelque chose lui est resté sur l'estomac, pensa-t-elle. Ça promet quand je vais lui raconter ma petite histoire.

— Paulo, tu nous fais la synthèse des infos ?

Kowalski se tourna vers sa voisine.

— À moins que tu ne préfères parler en premier ?

— Non, non. Ça me convient.

Le commandant Riboix s'appuya contre le mur.

— Comme tu l'avais demandé, je suis retourné avec Chancel au presbytère pour vérifier le timing de la dernière journée du curé et réinterroger son entourage. Anna, la mégère qui lui faisait son ménage, nous a confirmé qu'elle l'avait vu partir à pied vers seize heures pour Kastell Mor. Elle n'a rien remarqué d'inhabituel dans son attitude, il n'avait pas l'air particulièrement stressé.

— Il lui a indiqué le but de sa visite ?

— Non. Il était plutôt discret et la vieille n'attire pas les confidences.

— Rien de neuf donc.

— Si quand même ! Deux fins limiers comme nous n'utilisent pas l'essence et les bagnoles de l'administration pour rien.

Chancel venait d'intervenir, avec sa décontraction habituelle.

Riboix soupira, à la fois amusé et exaspéré par la fougue de son jeune collègue.

— J'allais y venir. À force de la travailler, la bonne s'est souvenue d'un coup de téléphone qui l'avait intriguée.

— En fait, elle craignait qu'on l'accuse d'espionner des secrets du confessionnal, ajouta Chancel.

Sans tenir compte de l'interruption, le commandant reprit :

— Cinq jours avant le meurtre, pendant qu'elle travaillait dans la pièce voisine, Anna a entendu le père Cordier qui enjoignait à un invisible interlocuteur la prudence. Intriguée par le ton alarmé de la voix, elle a écouté, « mais sans penser à mal ». D'après ce qu'elle a pu saisir de la conversation, elle est presque certaine qu'il parlait à une femme. Il était question d'un homme qui l'importunait ou qui pouvait constituer un danger, elle ne sait pas trop. Mais elle se souvient clairement avoir entendu le prêtre conseiller d'alerter la police.

— À cette époque, Alys se trouvait à Paris. Ça colle.

— Elle se sent menacée, en parle au prêtre, mais refuse de suivre ses conseils et de confier ses ennuis aux flics. Pourquoi ? Il n'y a qu'elle qui peut nous le dire, puisque Cordier est mort.

— Ça se tient ! Au manoir, il trouve le mystérieux monsieur X et la rencontre, organisée ou fortuite, lui est fatale. L'aristo arrive quelques heures plus tard et comprend tout de suite la situation, mais continue à se taire. Eh bien, je crois que ce coup-ci, une garde à vue s'impose. Elle nous promène depuis le début.

Intrigué par le mutisme inhabituel de sa collègue, Kowalski interrogea :

— Tu as pu apprendre quelque chose ce matin ?

— Oui, mais je préfère que l'on continue le tour de table initialement prévu.

Kowalski la regarda, intrigué, impatient de savoir ce qu'elle avait bien pu dénicher.

— OK. C'est tout pour vous ? Mounier, Mercadier, ça a donné quoi la fac et le club d'escrime ?

Les deux officiers se consultèrent brièvement du regard, puis Mercadier prit la parole.

— On a eu du pot. Le responsable, qui est également le prof de Trevor, se trouvait sur place. En fait, il ne l'a pas vue depuis presque six mois. Elle a quitté le club, mais il confirme qu'elle a compté parmi ses meilleures élèves. Elle aurait même pu prétendre monter sur des podiums, mais la compétition ne l'a jamais vraiment intéressée. En partie d'ailleurs parce qu'elle préférait l'épée et le sabre et qu'elle ne trouvait pas beaucoup de partenaires chez les femmes.

— Et ce prof, il pense qu'elle est capable de passer aux travaux pratiques ?

Le jeune officier se tourna vers Kowalski.

— Dans l'absolu, oui. Il nous a donné deux détails très intéressants. Si le coup est porté très précisément et avec beaucoup de vitesse, une femme entraînée peut arriver à séparer net une tête du reste du corps. Et pour ce qui concernait la belle Alys, elle mettait du cœur à l'ouvrage. C'était plus un sport de combat qu'un sport tout court. Elle s'engageait toujours à fond, comme si elle savait que sa vie en dépendrait un jour.

— On sait pourquoi elle a quitté le club ? interrogea Énora.

— Elle estimait qu'elle ne progressait plus. Elle avait fait le tour de ce qu'on pouvait lui enseigner. Son prof a pensé qu'elle voulait explorer une autre voie et qu'elle avançait dans une direction plus… spirituelle, même mystique.

— Mystique ?

— Oui, il le ressentait comme ça.

— Quoi qu'il en soit, enchaîna Mounier, elle n'a pas abandonné le maniement des rapières, puisqu'elle s'est inscrite dans un club de kendo. Mais il était fermé. Il nous faudra y retourner ce week-end.

Énora eut un bref sourire qui n'échappa pas à son collègue.

— Qu'y a-t-il de si amusant ? Et puis, c'est quoi ce… kendo d'abord ?

— Un truc que j'ai toujours rêvé de faire. Il s'agit d'un art martial japonais de maniement du sabre. Les pratiquants portent des armures fabuleuses, avec des masques en osier, des plaques de protection sur le buste et un pantalon très large noir. Et je souriais parce que ça colle tout à fait avec ce que disait Mercadier sur la quête spirituelle qui animait Alys.

— Si tu le dis.

Trinité sourit plus franchement.

— Et puis, j'ignorais totalement qu'on pouvait pratiquer cette discipline à Brest. Je vais faire une petite visite à ce club, pour récupérer des infos en échange de mon adhésion.

— Eh bien, dans le cadre de la formation continue et pour élargir mon univers, je t'accompagnerai. Je suis curieux de voir ça.

Kowalski s'était détendu et l'atmosphère de la pièce se réchauffa.

— Et la fac, ça a donné quoi ?

Mounier ouvrit un carnet dont les pages cornées attestaient d'un usage fréquent.

— Il a fallu taper quelques portes et réactiver des mémoires défaillantes, mais on a pu mettre la main sur une fille qui était très liée avec notre cliente, Typhaine Perrin. Elles ont fréquenté le même lycée durant trois ans et passé deux ans à la fac. Elles préparaient un vague diplôme de psycho. Elle nous a confirmé que la mort de sa mère, alors qu'elle avait à peine dix-huit ans, avait profondément perturbé Alys. Petit à petit, elle s'est mise à avoir des comportements à risques : sports extrêmes, attrait pour la conduite rapide de toutes sortes d'engins à moteur, du zodiac à la moto. Elle était également très branchée ésotérisme, elle se passionnait pour tout ce qui avait trait au druidisme et aux traditions celtes.

— Drogue ?

— Eh bien, étrangement non, du moins à la connaissance de Typhaine. Elle-même avait d'ailleurs participé à quelques *shit-parties* dans des soirées étudiantes, mais elle n'avait jamais réussi à convaincre Alys de téter le joint avec elle. Elle se rappelait que sa copine affichait un certain mépris pour les tox, habituels ou occasionnels. Elle s'éclatait autrement.

— Et côté mecs ? interrogea Énora.

— Eh bien justement, c'est là que ça devient intéressant. D'après la copine, il paraît qu'elle n'avait que l'embarras du choix. Elle était plutôt attirée par le style sportif, un peu guerrier. Elle lui a connu quelques amateurs de régates, des pratiquants d'arts martiaux. Mais pas de liaison sérieuse, elle n'arrivait pas à s'attacher.

— Il s'agit là d'une attitude fréquente chez des jeunes, surtout s'ils ont du mal à émerger d'un deuil particulièrement douloureux, intervint Kowalski.

— Celui qui a duré le plus longtemps était élève officier de marine. Et puis il est parti faire son tour du monde sur la *Jeanne d'Arc* laissant Alys au port. Peu de temps après un nouvel homme est entré dans sa vie, mais elle l'a longtemps caché.

Mounier prit le relais.

— Il semble qu'elle a commencé à déraper sérieusement à partir de ce moment. Élève brillante, ses résultats ont décliné au début de la deuxième année de licence. Son caractère s'est modifié. Madame Perrin nous a précisé qu'elle a peu à peu pris du recul face au comportement de sa copine. Réfractaire à toute approche, elle shootait ceux qui voulaient l'aider. Un jour, Alys a quand même craqué. Sa copine ayant remarqué une énorme marque violacée sur son bras, elle lui a avoué qu'elle sortait avec un type qui avait une grosse dizaine d'années de plus qu'elle. Leurs relations étaient houleuses, mais elle l'avait dans la peau. Typhaine a bien essayé de la retenir sur cette pente dangereuse, mais elle a fini par renoncer et elle s'est barrée. Et puis elle a appris qu'Alys avait abandonné ses études pour suivre ce type à l'étranger, quelque part en Amérique du Sud.

— On a des précisions sur l'identité du Don Juan ?

— Seulement un prénom ou un surnom : Charlie.

Énora resta impassible, pas vraiment surprise. Petit à petit la trame s'enrichissait de fils plus épais, plus colorés et elle commençait à discerner les contours de silhouettes qui se dessinaient. Les fantômes anciens prenaient vie et s'ancraient de plus en plus dans la réalité. Elle hésita un instant, sur le point de partager ses infos, puis renonça. Préférant demeurer en retrait, elle laissa Kowalski diriger la réunion.

Riboix continuait d'aligner les éléments recueillis sur le tableau blanc.

— Rien d'autre ?

— Non. Inutile de préciser que la famille n'a pas vu d'un très bon œil, le départ du couple, mais Trevor père avait un peu lâché prise depuis la mort de sa femme.

Kowalski parcourut du regard les policiers rassemblés autour de la table.

— Quelqu'un s'est occupé du cheval du toubib ?

— Du dentiste, rectifia Berthelon. Je suis allé le voir, je le connais bien et comme le bonhomme n'a pas très bon caractère, j'ai préféré y aller seul.

— Toujours la bonne vieille habitude de jouer solo, ironisa Trinité.

Le flic lui jeta un regard presque haineux, mais il ne releva pas le sarcasme.

De tous les hommes qu'elle commandait, Berthelon était le seul qu'elle ne pouvait pas blairer, malgré son talent pour recruter des tontons[1] qui avait permis

1. Terme policier pour désigner un informateur.

l'élucidation d'affaires difficiles. Gardien de la paix, il n'avait jamais fait l'effort de passer aucun concours, mais jalousait ses collègues officiers qui, faisant un travail similaire au sien, avaient une fiche de paye très différente. Aigri et frustré, il avait dérivé peu à peu dans des magouilles de toutes sortes, destinées à doper ses revenus.

Énora était tombée sur une de ses combines foireuses. Au terme d'une sévère engueulade, elle avait décidé de lui laisser une chance et n'avait pas donné de suite à l'affaire. Mais en guise de reconnaissance, le fautif avait gardé une solide rancœur contre sa patronne et il attendait l'occasion de lui faire payer.

— Lorsque je suis arrivé chez le dentiste, l'équarrisseur avait déjà emporté la bête, mais son propriétaire avait pris quelques photos. Plutôt impressionnant.

Tout en parlant, il avait étalé sur la table un jeu de clichés, comme un prestidigitateur fait apparaître un carré d'as.

Au milieu de la bruyère, sur une lande qui bordait le rivage, un petit cheval Appaloosa gisait, sa robe blanche tachetée de marron inondée d'un sang rouge et épais, la tête presque séparée du corps. On voyait que le tueur s'y était repris à plusieurs fois, tranchant d'un côté puis de l'autre. Dans ses derniers instants, l'animal s'était débattu, aspergeant de son sang les rochers environnants.

Une immense tristesse émanait de ces vues.

— Immonde salaud !

Énora avait presque crié et cette épithète s'adressait autant au tueur qu'à Berthelon. Elle détestait cette manie qu'il avait de jouer sur des effets dramatiques pour se mettre en avant. Et puis il la connaissait suffisamment pour savoir qu'elle était particulièrement touchée par l'innocence massacrée. Elle évita soigneusement de le regarder, mais elle perçut la note de satisfaction qui vibrait dans sa voix, tandis qu'il enchaînait.

— On voit bien qu'il s'est acharné. Le dentiste l'avait acheté pour sa fille qui voulait absolument un cheval comme les Indiens. Il paraît que ça coûte un bon paquet d'euros et que c'est plutôt difficile d'en trouver en France. Les faits se sont produits dans la nuit. On ne sait pas exactement quand, mais la gosse est persuadée qu'elle a entendu son animal hennir pour l'appeler au secours. La maison est distante d'environ huit cents mètres et il y a peu de chance qu'elle ait vraiment entendu quelque chose, elle était vraiment secouée, elle se raconte des histoires.

— Avant de conclure aussi vite, il faut prendre en compte que les sons portent loin au bord de mer et puis les liens affectifs génèrent souvent des effets surprenants. J'espère que vous avez quand même noté l'heure à laquelle cette fille a perçu des bruits.

Glaciale, la voix du commissaire Trinité s'était élevée à l'autre bout de la table.

— Ma collègue a raison, on ne peut rien négliger sur cette affaire.

Furieux d'être pris en défaut, Berthelon répondit :

— Non, comme je vous l'ai dit, je n'y crois pas trop. Mais si vous y tenez, je peux téléphoner au père, on aura vite l'info.

Il termina rapidement son exposé, d'où il ressortait que vu le mode opératoire, on avait sûrement affaire au même assassin.

Mais l'enquêteur avait gardé pour lui un détail, qui n'avait sans doute aucun rapport avec l'affaire, mais qui aurait beaucoup intéressé Trinité.

Le propriétaire du cheval, qui en avait marre de manœuvrer comme un fou pour sortir de chez lui, avait pris l'habitude de prendre en photo les véhicules qui stationnaient dans le chemin, malgré le panneau qui interdisait l'accès. Lorsque Berthelon avait appris qu'il avait des clichés datant de la veille de la tuerie, il les avait récupérés à tout hasard, puis avait identifié les immatriculations. Elles appartenaient toutes à des gens du coin, sauf une bagnole immatriculée dans l'Essonne.

Le nom qu'avait craché l'ordinateur avait tout de suite retenu l'attention de l'enquêteur : Martin Vaneck. Un vieil ami de sa charmante patronne à qui il devait un séjour entre les murs de Fleury-Mérogis. Au tribunal, furieux d'avoir été condamné, Vaneck avait proféré des menaces de mort sans équivoque à l'encontre de la commissaire. Cela lui avait d'ailleurs valu d'être incarcéré loin de Brest.

Il avait dû bénéficier d'une remise de peine ou d'une libération conditionnelle, mais apparemment personne n'avait songé à prévenir l'antenne PJ qu'il était dehors.

L'autre salope le prenait de haut, mais elle rabattrait son caquet si elle se faisait défoncer par Vaneck. En attendant, qu'elle se démerde, ce n'est pas lui qui lui donnerait l'info.

Riboix s'avança vers le tableau.

— Qu'en penses-tu, chef ? Plutôt opaque la vie d'Alys Trevor de Kermarec de Trucmuche. Beaucoup de zones d'ombre.

— C'est le moins qu'on puisse dire. Mais ma chère collègue va peut-être en éclairer quelques-unes. Comment a réagi la cachottière lorsque tu lui as parlé de l'expédition nocturne ?

Énora se leva.

— On ne peut pas dire que j'ai été accueillie à bras ouverts, ni qu'elle se soit lancée dans les grandes confidences, mais j'ai quand même pas mal avancé.

— On t'écoute.

— Je vais vous épargner la phase de palabres pour vous dire qu'elle m'a également parlé de ce fameux Charlie.

Elle marqua un léger temps d'arrêt puis jeta négligemment :

— En fait, il s'appelle Charles Devers et de manière annexe, il s'agit de notre coupeur de têtes.

Un silence médusé avait succédé, puis les exclamations fusèrent de partout.

— Eh bien patron ! Quand vous partez à la pêche, vous ramenez du gros.

— Vous êtes sûre de ça ?

Riboix ne pipa mot, mais il comprenait maintenant pourquoi la petite futée s'était dérobée toute la journée. Elle ne voulait pas manquer son petit effet, histoire de leur prouver que sous ses dehors de fofolle, elle les enterrait. Pourtant ça ne lui ressemblait pas de rechercher la gloriole, il devait y avoir un loup quelque part.

— C'est l'aristo qui vous a raconté tout ça ? interrogea-t-il.

— Oui, pourquoi ? Vous doutez de mes capacités à susciter les confidences ?

— Pas du tout, je suis juste surpris qu'elle ait signé un tel PV, alors qu'elle s'est obstinément tue jusqu'ici.

Énora esquissa une petite grimace.

— Patience, Jean-Paul. Je n'ai pas dit que nous avions couché notre petite conversation par écrit. Chaque chose en son temps.

Kowalski la regarda, incrédule.

— Quoi ! Elle te balance le nom de l'assassin, qui se trouve être un ex-petit ami et tu repars sans l'avoir acté ? Mais tu penses à quoi ? Il fallait la ramener ici et si elle se défilait encore une fois, on lui aurait mis la pression.

— Ah bon ? Tu peux me rappeler les résultats obtenus jusqu'à présent, en lui mettant la pression comme tu dis.

Légèrement embarrassé, Kowalski répliqua :

— La donne a changé. On a quand même plus de billes maintenant : le lien avec l'assassin, l'escrime, plus tout le reste… Avec tout ça, on peut l'interroger durant quelques heures, jusqu'à ce qu'elle s'allonge dans les grandes largeurs.

— Si nous avons plus de billes, comme tu dis, ce n'est pas parce qu'Alys a peur. Si tu l'avais collée en GAV, elle n'aurait rien dit et on serait encore en train de ramer.

— Et pour ce qui est de la fée commando, elle a parlé ?

— Elle a fini par reconnaître qu'il s'agissait bien d'elle. En fait, j'ai passé un marché avec elle.

— Eh bien vas-y ! Je serai ravi d'en connaître les termes.

Trinité ne pouvait ignorer la froideur du ton de son collègue, ni lui en vouloir d'ailleurs. Après tout, il était le directeur d'enquête et il devait estimer, à juste titre, qu'elle aurait dû le consulter. Raison de plus pour lui servir la version qu'elle avait mise au point durant la journée.

Elle résuma dans les grandes lignes son entretien avec Trevor, en gommant soigneusement tout élément un peu trop… étrange.

— En bref, je dirais qu'elle se sent coupable de la mort du prêtre et elle estime qu'elle a le devoir de le venger. C'est pour cette raison qu'elle refusait de nous communiquer le nom de son assassin.

— Et tu n'as quand même pas validé ce projet !

— Disons que j'ai fait semblant de rentrer dans son jeu, mais j'avais une autre idée en tête.

— S'en servir comme appât ?

La voix calme de Riboix venait de résonner.

— Pas exactement, répliqua Énora. Plutôt la suivre à la trace. Elle a refusé de me donner une quelconque indication sur l'endroit où se cache Charlie, mais j'ai la conviction qu'elle a les moyens de le retrouver.

— C'est bien ce que je disais, poursuivit le commandant. À la seule différence que votre chèvre galope librement, au lieu de rester attachée à un piquet. Ce qui ne rendra pas notre tâche plus facile, d'ailleurs.

Kowalski coupa net son adjoint.

— Même pas la peine d'en parler. J'exclus totalement cette méthode. Trop risqué et trop d'aléas. Soit Alys nous file dans les pattes et on loupe notre gus, ou pire encore, elle se fait buter. Et là… je ne vous fais pas de dessein.

— Vous devriez quand même étudier la faisabilité. Il s'agit peut-être de notre meilleure chance d'aboutir rapidement.

Soudain, comme libérés, tous les policiers se mirent à discuter en même temps. Énora restait en retrait, il ne fallait rien brusquer, son collègue finirait par se rendre compte qu'ils n'avaient pas vraiment d'autre choix.

— Suffit, le bordel ! Chacun son tour ! tonna Kowalski, reprenant les rênes de la réunion. Paulo, ton avis.

— Bien évidemment risqué, très risqué, mais jouable, si on monte bien notre dispo de surveillance.

Énora eut un élan de reconnaissance envers le commandant. Son opinion pèserait dans la décision de Kowalski.

Le commissaire continua son tour de table. Même si la décision lui revenait, il voulait recueillir tous les points de vue.

La majeure partie des flics balancèrent des commentaires où dominait la prudence, mais on les sentait attirés par la proposition d'Énora.

— Et vous Mercadier ?

— Comme d'habitude, le plus gros problème sera d'aligner un nombre de collègues suffisamment important pour assurer une filoche sans faille de notre chèvre.

— Au fait, demanda abruptement Kowalski, tu ne nous as pas parlé de l'expédition sur la plage.

— Il s'agissait bien d'elle. Mais comme elle me l'a si bien fait remarquer, difficile de lui reprocher d'avoir sauvé un gosse.

— Sauvetage dans un curieux et guerrier accoutrement quand même !

— Certes. Mais qu'on ne connaît que par le témoignage d'un gamin complètement choqué. Un avocat aura vite fait de démontrer qu'il s'agit d'un fantasme mis en place pour chasser une scène trop atroce pour un môme de cet âge.

— Ouais, t'as pas tort.

Énora sentait que le mécontentement initial s'estompait et que sa proposition faisait doucement son chemin.

— Et vous Berthelon, on ne vous a pas entendu ?

— Oh moi, vu mon grade, je ferai ce que mes chefs me commanderont. De toute façon, en cas de problème, vous porterez le chapeau.

Énora regretta de l'avoir inclus dans l'équipe. Si elle pouvait s'en débarrasser, l'atmosphère deviendrait plus respirable. Mais elle choisit d'ignorer la réplique.

Kowalski se leva, marcha de long en large dans la salle, réfléchissant intensément.

— Banco ! On tente le coup. Mais pas de fantaisie, je veux Trevor sous surveillance, H vingt-quatre et qu'elle coopère. Si elle ne nous tient pas au courant de ses déplacements, plus de marché, on la colle à l'abri d'office.

Il fixa Énora.

— Tu en réponds. On se voit tous les deux après pour mettre les choses au point.

La jeune femme reçut le message cinq sur cinq. Elle allait passer sur un gril chauffé à blanc. Bonne occasion pour lui raconter la version non expurgée.

À son tour, le commissaire résuma l'entrevue avec Monseigneur Delgado. Malgré la neutralité professionnelle de ses propos, Énora sentit l'émotion sous-jacente. Le père Cordier avait fait partie de ces hommes qui vous laissent comme l'impression d'être meilleur, lorsqu'on a eu la chance de les côtoyer. Malgré son statut de religieux, Énora devinait qu'il n'avait pas dû reculer souvent. S'il connaissait Charles Devers, il l'avait peut-être volontairement affronté, pour sauver Alys.

L'ombre du prêtre planait dans la pièce, plombant l'atmosphère. Chacun songeait à sa fin de vie, horrible et grandiose à la fois. Elle comprit mieux pourquoi son coéquipier affichait une mine si sombre au début de la réunion. Alys connaissait-elle cet épisode de la vie de Philippe Cordier ? Elle n'en avait pas parlé. Mais les circonstances de sa mort avaient constitué le choc qui avait fait émerger Viviane la combattante, refoulant Alys. Un papillon aux ailes d'acier était sorti de sa jolie chrysalide, un peu trop fragile.

— En résumé, on peut exclure l'hypothèse que le curé était visé personnellement, tout paraît lié à la fille. Le prêtre a sans doute surpris le fameux Charlie et il y a laissé la vie. On a bien avancé. Maintenant il me faut ce salopard et rapidement. Alors, au boulot !

Kowalski avait jeté ces derniers mots avec une sorte de rage froide.

20

Attablés près de la baie vitrée du restaurant, Énora et Stéphane regardaient les lumières des cargos qui faisaient miroiter des flaques de lumière dans les eaux noires et froides des bassins du port de commerce. À intervalles réguliers, dans un lointain impossible à situer, une corne de brume jetait son meuglement sourd et inquiétant,

Un silence apaisant et confortable s'était installé entre eux, contrastant avec le début de soirée orageux. Plutôt que de se lancer dans des explications au bureau, la jeune femme avait suggéré, compte tenu de l'heure tardive, de se trouver un petit restau et de parler en dînant.

Le reste de l'équipe s'était éparpillé. Les Brestois prenant le premier tour de surveillance, les deux lieutenants rennais s'étaient retrouvés chez leur collègue Mercadier. Riboix avait disparu avec le commandant Goulven, non sans avoir précisé à Kowalski qu'il préférait le laisser en tête-à-tête avec Énora, compte tenu de tout ce qu'ils avaient à se dire. Ce dernier n'avait pas trop su comment interpréter le petit sourire en coin de son adjoint.

Il songeait à tout ce que lui avait raconté sa collègue. Il n'en revenait toujours pas. Comment avait-elle pu se lancer dans un pari aussi risqué ? Et surtout comment pouvait-elle croire en de pareilles sornettes ? Il ne parvenait pas à admettre l'émergence de ce personnage que Trinité nommait Viviane et cette histoire d'initiation, de pouvoirs quasi magiques. Et si l'héritière des Kermarec, profondément choquée, avait tout simplement basculé dans une forme de schizophrénie ?

Pourtant, il devait bien admettre qu'il n'avait jamais envisagé que la belle Alys puisse se lancer toute seule à l'assaut d'un redoutable tueur. Il n'avait pu rester aveugle au changement de personnalité entre sa première visite au château et l'interrogatoire au commissariat. L'enquête avançait à grands pas et il avait la désagréable impression de ne rien maîtriser du tout. Lui, le rationnel, le flic méthodique, s'était laissé embarquer dans le sillage étrange et déstabilisant de sa collègue.

Il en était encore agacé et pourtant, il devait avouer qu'il se sentait bien en sa compagnie. Avec elle, pas besoin de truquer. Inutile de se composer un personnage qu'elle aurait immédiatement percé à jour.

Énora regardait au loin, silencieuse et intensément présente. Ses mèches rouges balafraient son visage. Il se prit à regarder ses mains où ne brillait aucun anneau et se demanda si un homme partageait sa vie. Il réfréna difficilement l'envie de lui prendre le poignet et d'y poser un baiser, pour goûter sa peau. Il sentit son ventre durcir.

Sa collègue se retourna, un sourire ambigu sur les lèvres.

Gêné, persuadé qu'elle avait perçu son trouble, il s'empressa de revenir sur le terrain professionnel.

— Il ne reste plus qu'à espérer que nous ayons pris la bonne voie et que lundi matin, on n'aura pas un autre macchabée sur les bras. Alys ou Viviane, peu importe le nom que tu lui donnes, me semble avoir plus d'un tour dans son sac et j'espère qu'elle ne sèmera pas nos petits camarades ce week-end, s'il lui prend la fantaisie de repartir en chasse.

— Je ne pense pas qu'il se passera grand-chose durant les prochains jours, ou du moins pas avec elle.

— Ah bon ! Et tu sais ça comment ? Intuition féminine ou boule de cristal ?

— Rien d'aussi ésotérique pour une fois. Trevor ne doit pas se sentir tout à fait prête pour affronter l'autre et elle m'a confié qu'elle allait faire… une sorte de retraite préparatoire.

— Ce qui signifie en clair ?

— Elle ne m'a pas donné de détails précis, mais j'ai compris qu'elle souhaitait passer quelques jours auprès de ceux qui l'ont initiée par le passé.

— Espérons qu'elle n'entraînera pas notre équipe à l'autre bout de la France.

Énora émit un petit rire de gorge.

— Le centre Bretagne me paraît plus plausible. Et puis, tout à fait entre nous, je pense qu'elle doit déjà y être.

— Impossible, les gars m'ont confirmé sa présence à Kastell Mor, il y a trois quarts d'heure.

Le petit sourire en coin d'Énora fit bondir son collègue.

— Ne me dis pas qu'elle s'est barrée ! Et avec ta complicité en plus. Mais tu déconnes complètement !

— Ne t'emballe pas. Je n'ai jamais imaginé une seule seconde qu'elle n'essaierait pas de nous fausser compagnie, aussi j'ai pris mes précautions. Après avoir quitté Kastell Mor, je suis revenue en catimini et j'ai collé une balise sous sa caisse. J'ai un signal dans les monts d'Arrée, quelque part du côté de Brasparts. Je ne mise pas tout sur la boule de cristal.

La colère de Kowalski fondit devant la mine de sa compagne. On aurait dit une gamine toute contente d'avoir ramené des bonnes notes et fière de son coup.

— Tu as encore d'autres surprises en réserve ?

— Pour ce qui est du pro, non. En revanche, je te propose de découvrir un pub qui te fera aborder directement sur les côtes irlandaises.

Quelques bières plus tard, Kowalski regardait Énora qui circulait dans le pub bondé, abordée joyeusement par les habitués, dans un sympathique brouhaha où l'anglais se mêlait au français.

Les musiciens qui avaient animé la soirée faisaient une pause, des verres emplis de l'incontournable Guinness avaient été déposés sur leur table.

— Tu aimes cet endroit ?

— Génial, je passe une super-soirée. Et pas seulement grâce à la musique ou à la Guinness d'ailleurs.

Joignant le geste à la parole, il entoura les épaules de la jeune femme et l'attira contre lui.

Après la tension de ces dernières heures, le commissaire avait décompressé et il se sentait dans un état de bien-être et de légère euphorie. Énora avait imposé un « couvre-feu professionnel » et ils avaient convenu de bannir toute conversation de boulot pour la soirée.

Il se sentait à la fois troublé par le contact de son corps et profondément détendu, comme s'il se trouvait avec une amie de longue date.

Énora regarda sa montre.

— Nous avons atteint le point de bascule.

— C'est-à-dire ?

— Eh bien, soit on s'embarque pour un autre lieu de perdition et on est partis pour une nuit blanche, soit on prend l'option retour au bercail ?

— Comme la première option s'accompagne souvent d'un lendemain « mal aux cheveux » et que nous avons quand même une enquête criminelle sur les bras, il vaut mieux opter pour maison dodo.

— Dans ce cas, c'est parti.

Elle échappa avec légèreté à l'étreinte de son compagnon et se retournant elle lui tendit la main, pour l'extraire du banc.

Malgré ses efforts pour rester éveillé, Kowalski s'était légèrement assoupi durant le trajet et il n'avait pas remarqué qu'ils avaient dépassé l'embranchement qui menait chez les Morvan. L'arrêt du moteur le surprit, sans l'attendre, sa collègue descendit de la voiture.

Contrairement aux autres soirs, la lune brillait dans un ciel dégagé, éclairant le paysage. Des ombres fantasmagoriques animaient les rochers déchiquetés. On entendait juste un clapotis. La mer inhabituellement calme murmurait sur le sable de la plage en contrebas.

Baignant encore dans une quiétude douillette, le commissaire ne perçut pas immédiatement le changement de décor. Mais lorsqu'une lampe, sans doute déclenchée par l'arrivée d'Énora, éclaira la porte d'entrée d'une longère en pierre, il devina que la jeune femme l'avait conduit chez elle. Ne sachant trop que penser, il la suivit et pénétra à sa suite dans une vaste pièce où une multitude de taches de couleurs égayaient les murs de crépi clair. Les tons chauds du tapis devant la petite cheminée se répétaient sur les tissus négligemment jetés sur des fauteuils en jonc de mer. Les objets les plus hétéroclites décoraient la salle, petits galets, coquillages, verreries multicolores se regroupaient autour d'une statuette de marin sur un large appui de fenêtre. Accrochés aux murs, des masques s'intercalaient avec des tableaux. Des meubles, visiblement chinés à travers le monde, composaient un ensemble harmonieux, comme si chacun avait trouvé sa place au bout d'un long chemin.

La maîtresse des lieux lui désigna un petit canapé de cuir sombre.

— Assieds-toi, je vais nous faire une petite flambée, ces vieilles maisons gardent toujours un peu trop d'humidité. Et puis, j'adore allumer du feu.

— Y a pas que le feu que tu allumes, marmonna Kowalski.

— Tu disais ?

— Rien du tout. Je pensais tout haut.

— Tant mieux, j'ai cru un instant que tu te laissais aller à la vulgarité.

Accroupie près de l'âtre, le dos tourné, elle surveillait le petit bois qui commençait à brûler.

Kowalski se perdait dans la contemplation de son dos fin et puissant et de ses fesses tendues sous le pantalon noir. Il eut envie de les caresser avec douceur et de poursuivre entre ses jambes. Malgré le désir qui commençait à le tenailler, il voulait l'émouvoir, la contempler dans le plaisir.

Au moment où il allait avancer la main, elle se redressa souplement et lui échappa. L'instant de magie venait de se rompre.

— Pour rester dans le ton de la soirée, est-ce que tu poursuivrais sur la route du whiskey irlandais, voire du whisky écossais ?

— Merci, j'arrête là. Par contre si tu as le courage de faire un petit café, j'en prendrai avec plaisir.

Pendant que sa collègue s'activait dans la cuisine, il examina plus attentivement les tableaux, rendus plus étranges par les lueurs dansantes du feu de bois.

Manifestement, ils avaient été peints par la même personne.

— Dis donc tu as dû avoir un sacré coup de cœur pour acheter autant de toiles. On peut savoir si c'est pour le peintre ou pour la peinture ?

La jeune femme fit son entrée portant un plateau. Elle eut un petit sourire.

— Un artiste est-il dissociable de son œuvre ? Disons que j'ai beaucoup aimé les deux.

Énora remplit les tasses et ils burent leur café en silence.

Ils étaient tous les deux isolés dans une bulle au bout du monde, dans cette zone étrange du milieu de la nuit où les lois diurnes n'ont plus cours. Le ressac incessant des vagues les berçait comme un bruit de fond, le crépitement du bois ajoutait des notes plus sonores. Énora s'était lovée dans un fauteuil à haut dossier, les jambes repliées sous elle. Son compagnon la contemplait, elle avait quelque chose de félin, totalement détendue, mais vigilante. Il ressentait intensément sa présence.

Posée sur un meuble en bout de canapé une photo avait attiré l'attention de Kowalski. Une fillette habillée d'une pétillante robe rouge tenait par la main une femme noire d'une cinquantaine d'années.

— Eh oui, c'est bien moi, à la Martinique, avec ma grand-mère. Pas question de louper la messe du dimanche et en plus, il fallait porter les plus beaux vêtements.

Légèrement surpris, le jeune homme la détailla.

— Étonnant ! On ne dirait pas que tu as des grands-parents antillais.

— En fait François et Constance Trinité ont recueilli un bébé, seul survivant d'un naufrage, dont les circonstances n'ont jamais vraiment été éclaircies. N'ayant pas d'enfant, ils l'ont adopté. Il a grandi, parcouru le monde, est tombé amoureux d'une belle Yankee, aux lointaines origines indiennes et je suis née. Voilà l'histoire.

— Pas banal comme arbre généalogique. Et ton père n'a jamais su d'où il venait ?

— Non. D'ailleurs, je crois qu'il n'a jamais cherché.

— Pas banal, un enfant blanc adopté par des Noirs.

— Pas banal et pas toujours facile d'ailleurs. Mes grands-parents ont eu du mérite. Surtout qu'ils ont dû en plus élever leur turbulente petite-fille.

— Tes parents se sont séparés ?

— Pas du tout. Mais mon père travaillait sur les plates-formes pétrolières et ma mère ne concevait pas de le quitter pour plusieurs mois. Au début, ils ont laissé un bébé, trop jeune pour les conditions de vie difficiles de ce boulot et puis après s'est posé le problème des études.

Voyant la mine de son compagnon, Énora ajouta :

— Mais tout ça ne m'a pas empêchée de vivre une enfance heureuse et il faut bien l'avouer, propice à la liberté. Lorsque mes parents rentraient, c'était la fête et mes grands-parents étaient indulgents avec moi, surtout qu'ils ne savaient pas le dixième des bêtises que je pouvais commettre !

Le temps s'estompait, les confidences coulaient naturellement.

— Je comprends mieux ton goût pour l'indépendance. Et tu n'as jamais eu envie de voyager, toi aussi ?

— Si, j'ai eu mes années routarde. J'ai arpenté les routes perdues au milieu de nulle part, sac au dos, à la recherche d'on ne sait trop quoi.

— Et tu as trouvé quelque chose ?

— Disons que j'ai beaucoup appris. Pour être claire,

j'ai mené une vie aventureuse, quelque peu désordonnée, goûtant toutes les expériences qui s'offraient à moi.

— Par exemple ?

— Vivre dans des tribus paumées. Apprendre les secrets du chaman, tester quelques substances sacrées qui devaient ressembler à des hallucinogènes. Bref une jeunesse d'apprentissage et de découvertes qui m'a permis de comprendre qu'il existait des réalités et des pouvoirs dans le monde qu'on ne percevait qu'avec un esprit éveillé.

— Surprenant qu'après ça, tu aies choisi la police.

— Et pourquoi pas ? Je n'ai jamais supporté l'injustice et le droit du plus fort. Et crois-moi, durant mes années de voyage, j'ai appris à me défendre. J'ai pu observer une belle collection de salauds. De quoi générer une vocation de redresseuse de torts en béton. Et j'ai acquis certains petits talents, dont tu as eu un aperçu.

Kowalski se rapprocha d'Énora et lui saisit la main gauche.

— Je suppose qu'éprise de liberté, tu n'as jamais sacrifié aux liens du mariage ?

La jeune femme retira doucement sa main et parla d'une voix étouffée.

— J'ai été mariée. C'était un type bien, trop bien pour moi. C'est d'ailleurs ce que pensait sa famille.

— Et ça n'a pas marché ?

— Si, mais c'était un artiste sur le fil du rasoir, un violoniste au talent immense. La vie était difficile pour lui. Alors, un jour il a choisi de la quitter.

— Pas d'enfants ?

— Non, pas d'enfants. Une banale infection quelque part du côté de Kourou, quand j'étais jeune, de mauvais soins ou pas de chance et au bout la stérilité. Je suis un puits sec, Stéph. C'est peut-être pour ça que rien n'accrochait mon mari à la vie.

Embarrassé par ces confidences, Kowalski jeta un coup d'œil à sa montre.

— Dis donc, tu as vu l'heure ! Je crois qu'il est temps d'y aller.

— Tu as tout à fait raison.

Et soudain alors qu'il amorçait un mouvement pour se lever du canapé, elle lui appuya les épaules contre le dossier, posa ses genoux de part et d'autre de ses cuisses et s'assit sur lui. Elle trouva sa bouche et y posa un baiser long et onctueux qui l'enflamma immédiatement.

Il l'attira plus près, il sentit ses seins s'écraser contre son torse, sa position lui ouvrait largement les jambes et son sexe durci trouva immédiatement sa place au milieu de l'axe magique de la jeune femme.

Le désir qui avait grandi tout au long de ces jours déferlait sans retenue, se communiquant à sa partenaire.

Kowalski saisit Énora à la taille et la bascula sur le divan. Sa main s'était collée entre ses jambes, à travers le tissu il sentait les contours de son sexe. L'envie de la pénétrer s'imposait impérieuse, il dégrafa fébrilement la fermeture du pantalon. Énora tout aussi impatiente l'aidait se tortillant sous lui, ce qui augmentait son ardeur. Lorsque son ventre lui apparut, dégagé des vêtements, il marqua un temps d'arrêt pour la contempler. Sa main glissa facilement au milieu de la jeune femme remontant jusqu'au point dur du bouton magique. Énora eut un mouvement violent du bassin et les doigts de son compagnon entrèrent en elle.

Une vague de plaisir immense les emporta en même temps.

— Viens, dépêche-toi.

La voix rauque et méconnaissable d'Énora le stimula. Lorsque leurs ventres nus entrèrent en contact, il crut qu'il n'arriverait pas à se maîtriser, tant son désir était intense.

Au moment où il s'apprêtait à entrer en elle, elle le retint.

— Regarde-moi, ce moment est unique.

Sa voix chaude l'enveloppait, elle avait ancré son regard dans le sien. Son sexe entra doucement, il sentait la chaleur et l'élasticité de son fourreau de chair qui l'enserrait.

Il se perdait dans ses yeux sombres. Lorsqu'il eut atteint le bout du chemin, il resta un court moment, abuté au fond d'elle. Il sentit alors les muscles de son vagin bouger doucement dans une caresse immensément intime et perdit toute retenue. Il allait et venait en elle, avec une violence à peine retenue, il la possédait de tout son corps, de toute son âme, tendu vers leur jouissance. Il la voulait soumise et comblée.

Le corps arc-bouté sous lui, Énora criait son plaisir. Une fraction de seconde plus tard, il la rejoignait.

Kowalski rêvait, perdu dans cette zone étrange au bord de l'éveil. Les bruits lui parvenaient confus. Dans le lointain la sonnerie d'un téléphone retentit, il fallait répondre. Un sentiment d'urgence le ramena à la surface. Le bruit avait cessé, il n'entendait plus que le murmure d'une voix. Dérouté par l'étrangeté des lieux, il cherchait la lumière, quand la porte s'entrouvrit.

— Allez, va réveiller ce paresseux.

Un seul bond et le félin noir atterrit sur sa poitrine. Surpris, le jeune homme eut un mouvement de protection, provoquant un rire moqueur.

— Ne t'inquiète pas, Lilith ne te griffera pas, même si tu l'as privée de ma compagnie cette nuit.

Tout en parlant, la jeune femme avait ouvert les volets et un courant d'air chargé d'iode pénétra dans la pièce en même temps que la lumière du jour.

— Debout, ouvre grand tes narines et si tu suis l'odeur de café, le petit-déjeuner tu trouveras.

Kowalski nota qu'elle portait une tenue de sport. Avec sa queue-de-cheval, son visage sans maquillage, encore brillant de sueur, elle avait l'air incroyablement juvénile. Il la contempla longuement.

— Puis-je connaître les pensées matinales qui te donnent ce regard ?

— Tu as l'air d'une ado et de plus dans une forme éblouissante.

Énora s'assit au bord du lit, le chat vint immédiatement se lover contre elle.

— Vil flatteur. Aurais-tu oublié que tu as déjà conclu avec moi et que tu n'as plus besoin de sortir l'artillerie lourde pour me séduire ?

— Mais je le pense vraiment ! Quelle alliance abominable as-tu conclue pour le prix de la jeunesse éternelle ? Quand je te vois en pleine forme et moi complètement dans les vapes, je me dis qu'on se trompe sur ta nature. Tu n'es pas une sorcière, mais plutôt un vampire.

— Il y a du vrai là-dedans. Reste à savoir de quoi je me nourris…

Émoustillé par le sous-entendu coquin, le jeune homme la fit basculer sur le lit et la renversa sous lui.

— Tu vas voir, je vais reprendre l'énergie que tu m'as volée.

Énora éclata de rire et d'un mouvement souple se dégagea et échappa à son étreinte.

— Je suis étonnée de constater qu'un brillant péjiste comme toi balance de pareilles âneries. Aurais-tu déjà oublié qu'il ne peut y avoir vol dès lors qu'il y a remise volontaire de la chose ? Enfin du moment que tu ne m'accuses pas de viol !

— Sois tranquille, je crois me rappeler que j'étais relativement consentant. Mais il me semble que tu avais parlé de petit-déjeuner.

La lumière matinale pénétrait par la généreuse surface vitrée de la véranda. Kowalski eut le souffle coupé par le spectacle qui s'offrait à lui. La pièce s'intégrait tellement à l'environnement qu'on avait l'impression de se trouver en pleine nature. Tout un côté prenait appui sur une énorme roche qui débordait à l'intérieur de la pièce. La structure de soutien était habilement dissimulée par de la végétation, à l'extérieur comme à l'intérieur. Sur une terrasse, des plantes en pot avaient été disposées dans un apparent fouillis qui donnait à cette petite surface l'allure d'un monde miniature. En arrière-plan, on apercevait une petite partie de la côte et l'étendue de la lande.

Sur une table ronde recouverte d'une nappe lavande, Énora avait installé le petit-déjeuner. Des croissants et du pain débordaient d'une adorable corbeille. Elle avait également mis de la confiture et du beurre dans des petites coupelles en poterie.

Il fut étrangement ému par le soin qu'elle avait mis dans la préparation de ce repas. Il prit soudain la mesure de la pauvreté de sa vie affective depuis sa rupture avec sa compagne. Trois ans s'étaient écoulés, trois ans de rencontres plus ou moins brèves, trois ans bouffés par son boulot.

— Alors ?

— Superbe ! Tu es vraiment adorable.

Tout en parlant il avait attiré la jeune femme contre lui et lui avait très doucement effleuré les lèvres.

— Je parlais juste du paysage.

— Et moi, je parlais de toi. Je suis très touché de tout ce mal que tu t'es donné pour moi.

— Rien d'extraordinaire. J'aime ce qui est beau et harmonieux. Je ne fais qu'ajouter ma petite touche à ce que nous offre la nature. Assieds-toi, je vais chercher le café.

Énora revint, portant une cafetière assortie aux tasses.

— Je ne te voyais pas aussi femme d'intérieur.

La jeune femme eut un bref ricanement.

— Tu croyais quoi ? Que j'étais seulement un bon plan cul ?

— Tu mériterais une claque pour sortir de pareilles conneries. Mais je ne voudrais pas gâcher ce moment. Je ne t'ai jamais considérée comme un simple « plan cul ». En général, j'évite dans la zone police. Mais je dois admettre que tu m'as rapidement attirée, presque autant que tu m'exaspérais d'ailleurs.

— C'est ce qui fait mon charme.

— On doit pouvoir si facilement tomber amoureux de toi que je ne comprends pas que tu puisses vivre seule.

— Mais je ne vis pas seule.

Un peu décontenancé, Stéphane regarda machinalement autour de lui.

— N'aie crainte. Personne ne surgira d'un placard, il est absent.

— Il travaille dans la boîte ?

— Pas vraiment. Avant de me rencontrer, il préférait mettre de la distance entre lui et les flics. Les artistes font rarement bon ménage avec les argousins.

Kowalski réfléchit un instant.

— Le peintre ?

— Oui, le peintre. Il semble que je sois abonnée aux artistes, sans doute ma vocation de mère refoulée.

Le commissaire ne répondit pas, attendant qu'elle poursuive.

— Ils sont attachants, mais le quotidien, quelle chose banale et vulgaire ! Alors je gère la logistique et il se consacre à sa peinture. Mais pour l'instant, il existe dans une autre sphère et nous sommes là.

Il reçut le message dans tous les sens du terme et comprit mieux l'impression de solitude que dégageait sa collègue par moments.

Tout là-haut, dans le ciel, une rafale de vent écarta les nuages qui venaient sur la terre avec la marée montante et la lumière les baigna de nouveau.

Ils mangeaient en silence, savourant ce moment de paix, dont ils connaissaient la valeur et la rareté.

Il n'avait pas le souvenir d'avoir connu cette complicité avec une femme, même pas au début de sa liaison avec Iris. Il se prit à rêver d'une vie avec Énora. Il avait peut-être atteint le bout du chemin et trouvé la femme de sa vie sur cette terre bretonne.

Les pensées de son compagnon lui parvenaient comme le murmure doux des vagues sur la plage. Elle aussi était tentée. Il l'attirait. Ce serait si facile de se laisser aller à l'aimer, si facile de le retenir. Mais elle savait que sa destinée était écrite ailleurs. Il n'était que de passage dans sa vie.

Elle se rappela la vision de cette petite fille qui courait sur la plage et se jetait dans les bras de Kowalski. Ce ne pourrait pas être son enfant ; cet avenir lui était interdit. Intuition ou vision, elle pressentait que des liens se nouaient dans la trame du destin entre le commissaire et sa si troublante suspecte. Kowalski et Trevor...

Improbable *a priori* et sûrement difficile ; mais pourquoi pas ?

Elle hésita avant de lui confier ce qu'elle avait entrevu, puis renonça. Elle ne savait pas si Alys sortirait vivante de l'affrontement. Et il y avait ce secret qui noircissait sa mémoire. Pour l'instant, tous les possibles dansaient sur les fils de son futur. Inutile de susciter des interrogations dans l'esprit de son compagnon. Pour le moment, il était avec elle. Elle avait appris à vivre intensément tous les instants de bonheur, même les plus fugitifs, même les plus désespérés.

— Encore un peu de café ?

— Merci, je suis comblé dans tous les sens du terme.

— Waouh ! Quel compliment, tu peux me l'écrire ? Ça me fera des références si je me retrouve sur le marché du cœur.

Kowalski emprisonna la main de sa compagne et déposa un léger baiser dans le creux de son poignet.

— Je suis bien avec toi. Un bail que ça ne m'était pas arrivé.

Comme il allait poursuivre, la jeune femme posa sa main sur sa bouche.

— Moi aussi. Mais il ne faut pas confondre le port d'attache avec une escale agréable, même si ce qu'on y a vécu reste blotti dans un coin de la mémoire.

La jeune femme se leva et détacha ses cheveux qui formèrent une vague sombre autour de son visage.

— Je vais prendre la douche que j'ai bien méritée en allant te chercher du pain frais.

— Tu ne veux pas que je vienne avec toi ? La planète a besoin qu'on économise l'eau.

— Pas question ! Je te vois venir. D'abord tu débarrasses

la table, ensuite douche et rasage, seul et après, on organise notre journée.

Le jeune homme s'exécuta de bonne grâce, tandis qu'elle disparaissait dans la maison.

Kowalski avait emprunté la voiture de sa collègue pour récupérer quelques affaires dans sa chambre chez les Morvan. Avant de partir, il avait eu un bref remords.

— Dis, je suis un peu gêné, il aurait fallu prévenir madame Morvan. Elle a dû se demander où j'étais passé.

Trinité eut un petit sourire en coin.

— Parce que tu crois qu'elle ne se doute pas de l'endroit où tu as passé la nuit ?

— Tu lui as fait des confidences ?

— Pas besoin, avec elle.

Comme son compagnon haussait les épaules, dubitatif.

— L'autre jour, tu m'as demandé ce qu'elle m'avait raconté quand nous avons parlé breton. Elle m'a dit : « Celui-ci serait bien pour toi, mieux que l'autre. Il est déjà accroché, tu n'as plus qu'à le ramener et le garder. »

— Bravo ! Elle pourrait s'établir comme mère maquerelle, ta copine, mais pourquoi cette allusion à l'autre ?

— Elle n'aime pas Carmelo, mon compagnon. Elle estime qu'il me prend plus qu'il me donne. Et puis tu sais, Anne, c'est la Bretonne solide qui croit aux valeurs sûres, alors un peintre… Elle doit déjà tirer des plans sur la comète pour nous et réfléchir au cadeau de mariage.

Le jeune homme songeait à ces propos lorsqu'à peine descendu de voiture, il croisa son hôtesse qui, manifestement, guettait son retour. À son grand sourire et son accueil particulièrement chaleureux, il comprit qu'Énora avait vu juste.

Ne voulant pas fournir d'explications, il la salua brièvement et se dirigea vers sa chambre. Il ne croisa aucun de ses subordonnés. Riboix avait projeté de prendre le train de dix heures pour passer le week-end chez lui et les jeunes officiers devaient surveiller le manoir de Kastell Mor. Il se changea rapidement et entassa quelques vêtements chauds dans un petit sac. Énora voulait lui faire découvrir une île, mais ils avaient jugé plus prudent de ne pas s'éloigner en cas de coup dur. Persistant dans son idée de balade en mer, sa collègue lui avait proposé une visite de la rade de Brest.

S'il avait pu échapper à la curieuse Anne Morvan à l'arrivée, il ne put se dérober au moment du départ.

— Vous nous quittez déjà ? lui demanda-t-elle. Et Énora, elle ne vous accompagne pas, vous êtes bien venu avec sa voiture ?

— Une question à la fois, madame Morvan, répliqua le jeune commissaire.

— Anne, je vous ai déjà dit.

— D'accord Anne. Je ne vous quitte pas. Je vais juste faire un tour en bateau avec Énora et je rentrerai peut-être tard ce soir.

— Très bonne idée. Vous verrez, elle connaît le pays aussi bien que nous maintenant. Et puis pour le retour, ne vous inquiétez pas, vous n'êtes pas à la pension, ici. Vous pouvez bien rester chez Énora, je suis sûre que cela lui fera plaisir. La pauvre, elle est si souvent seule.

— Tu ferais mieux de te mêler de tes affaires, tu vois pas que tu l'empêches de partir.

Morvan était intervenu pour tirer le jeune homme des griffes de son épouse. Tout en parlant, il lui avait fermement pris le bras et l'avait entraîné vers la porte d'entrée.

— Partez, sinon elle va continuer à vous embobiner

et si elles s'y mettent toutes les deux, Énora et elle, vous pouvez vous considérer comme perdu, mon gars.

Il ajouta sur le ton de la confidence :

— Ici, les femmes sont redoutables.

— Vous n'avez pas l'air trop malheureux quand même.

— Y a des bons côtés... Allez file la rejoindre et prends pas pour argent comptant tout ce que je t'ai dit. On l'aime beaucoup Énora, c'est presque comme une fille pour nous, alors fais bien attention. Elle n'est pas aussi dure qu'elle veut bien nous le faire croire.

— Je sais, Fanch.

***

À quelques kilomètres de là, dans le minuscule taudis loué par son pote Vaneck, l'homme se retourna sur son lit au matelas défoncé, réveillé par l'envie qui le tenaillait. Le jour s'infiltrait par les volets disjoints, il se sentait faible, la veille il avait vomi l'infect repas que Vaneck avait préparé. Des soûlots avaient gueulé sous ses fenêtres au milieu de la nuit, le chassant d'un sommeil si difficile à trouver. Il se sentait mal, affreusement fatigué et pourtant, une énergie sombre le consumait. Il lui fallait un bon remontant. Il se leva et extirpa de sous le matelas un objet long enveloppé dans un morceau de tissu qu'il ôta fébrilement. Elle apparut, luisant d'un éclat mauvais qui paraissait sourdre de la lame elle-même. Une curieuse excroissance formait comme un kyste à la base du pommeau. L'homme la défit maladroitement, un petit sachet rempli d'une poudre blanchâtre tomba. Dans sa précipitation, il se coupa et un filet de sang glissa le long de l'épée.

— Patience, ma belle, je sais ce que tu veux, je te le donnerai, mais ce n'est pas mon sang qui t'est destiné. Laisse-moi prendre maintenant ce dont j'ai besoin.

En parlant, il accomplit ce qui était devenu un rituel, il disposa un filet de poudre dans la fine rainure au milieu et il snifa sa dope avec une sorte de dévotion.

Un flot d'énergie brutale lui explosa derrière les yeux, un goût de sang imprégna sa bouche. Envahi par un sentiment de puissance, convaincu que l'épée le rendait invincible, il se coucha sur elle, envahit par un désir brutal. Une érection presque douloureuse germa entre ses cuisses. Il voulait Alys, il la reprendrait, il la baiserait jusqu'à ce qu'elle n'en puisse plus. Il se rappelait qu'elle aimait ça dans le temps. Cette salope lui appartenait, il s'était emparé du symbole de sa famille, il avait pris la vie de celui qui voulait la protéger. Il avançait de plus en plus près. Elle ne lui échapperait pas.

Dire qu'il s'était foutu de sa gueule, quand poussée par le mal du pays, elle lui avait raconté l'histoire de Barr-amzer et ses obscurs pouvoirs. Elle avait raison. Jamais il ne s'était senti aussi fort, aussi invulnérable. Il était le maître de cet objet terrifiant.

Il se rappelait qu'Alys avait parlé de la fin brutale de beaucoup de ses ancêtres, mais cela ne l'effrayait pas. Il était d'une autre trempe que ces nobliaux attardés. Sa vie de fugitif allait finir. Il s'installerait dans ce manoir dont il avait su forcer l'entrée. Il changerait, ils pourraient former un vrai couple. Elle l'aimait autrefois, il ferait plus attention à elle. Le cauchemar allait prendre fin, ses poursuivants ne pourraient plus l'atteindre.

Soudain des ricanements emplirent la pièce, résonnant dans sa tête, crevant l'illusion d'avenir qu'il croyait entrevoir. Il se leva, empli de fureur, se heurta aux meubles, battant des bras pour frapper ces esprits qui se moquaient de lui.

Dans son agitation, il heurta un volet qui s'ouvrit brutalement, provoquant l'envol d'oiseaux de mer dans un concert de criaillement.

Ils piaillaient, entrecroisaient leur vol devant sa fenêtre. Aveuglé par la lumière du jour, il ne les distinguait pas bien, mais il lui sembla que les volatiles n'avaient pas de tête.

Affolé, le cœur battant la chamade, il referma le battant. Il reprit son souffle.

— Putain, je perds la boule. Il faut que je bouffe, que je sorte d'ici, que j'aille baiser.

Il ramassa le petit sachet dans lequel il ne restait qu'une infime quantité de produit.

— Il faut que j'en retrouve.

Aucune trace de son copain dans le studio. Il avait dû partir en repérage. Les deux hommes s'étaient connus en taule, des objectifs similaires les avaient rapprochés. Vaneck aussi voulait reprendre ce qui lui appartenait. Sa bonne femme avait cru s'en débarrasser en l'envoyant au trou, mais il était bien décidé à la coincer et à lui présenter la note. Il en voulait également à cette femme commissaire qui l'avait arrêté et si bien habillé auprès des magistrats qu'il avait plongé pour trois ans.

Pour sa part, Charlie préférait se tenir à l'écart des poulets, trop dangereux. Il lui avait conseillé de se contenter de son ex et d'oublier la fliquette, mais l'autre avait la rancune tenace.

Après tout, il s'en foutait. Pour l'instant Vaneck l'hébergeait, mais dès qu'il aurait réglé ses affaires, il s'en débarrasserait.

Il était tenaillé par l'envie de retourner au manoir, mais ça devait encore grouiller de flics et puis il avait conclu un accord avec Alys. Il se tenait à l'écart de Kastell Mor et en échange, elle avait accepté de le rencontrer sur le port, mercredi soir. Elle avait prétexté qu'il fallait laisser le temps aux flics de relâcher leur surveillance, mais en fait il la soupçonnait de vouloir gagner du temps. Un instant, il se demanda si elle préparait un coup fourré. Mais bien vite il chassa cette pensée. Après tout, quel mal pouvait-elle lui faire ? Elle n'était pas de taille à lutter avec lui. Et puis il possédait une carte secrète. Jamais elle n'oserait le balancer ni demander de l'aide à quiconque. Elle connaissait trop bien le prix qu'elle devrait alors payer.

L'homme regarda sa montre.

Même pas deux heures ! Avec un peu de chance, il trouverait Sara au Saïgon. Elle avait ses habitudes dans ce rade tenu par un ancien marin qui avait encore la nostalgie de l'Indochine. D'habitude, elle ne commençait à ramasser le client qu'en soirée, mais il arriverait à la convaincre de tirer un petit coup en dehors de ses heures de travail habituelles. Il avait remarqué qu'elle en pinçait pour lui. Et surtout il espérait qu'elle le conduirait chez elle. Plus que les charmes flétrissants de la nommée Sara, c'était son autre commerce qui l'intéressait. Elle vendait un assortiment très varié de came. La réserve de Devers était presque réduite à néant, il savait que la pute cachait du produit dans sa piaule. Dangereux, mais pratique.

***

Dans les marais du Yeun Elez, quatre silhouettes fantomatiques avancent dans une brume épaisse. Deux hommes et une femme habillés de blanc encadrent une silhouette féminine, dont le visage disparaît sous un bandeau couleur de nuit, formant un triangle autour d'elle.

Aucun mot n'est échangé. L'aveugle avance d'un pas lent, mais assuré. Elle paraît plutôt jeune si l'on en croit la sveltesse du corps vêtu d'un pantalon et d'un pull noirs ajustés. Elle écoute avec tout son corps et semble se diriger en se repérant sur ses compagnons qui marchent pourtant sans troubler le silence des lieux.

À un moment, elle dévie de sa route, s'écartant de l'homme devant elle. Au bout de sa trajectoire, un étang dont l'eau immobile et sombre semble attendre sa proie. La femme a un mouvement pour arrêter la jeune fille aux yeux bandés, mais un de ses compagnons la stoppe d'un geste. Les trois accompagnants s'arrêtent et regardent l'ombre noire qui marche vers sa perte.

Viviane ne perçoit plus le frôlement des pas, les imperceptibles déplacements d'air qui la guidaient. Elle est seule, perdue. Une angoisse soudaine l'étreint, lui bloquant le souffle, la panique la gagne, l'envie d'arracher le bandeau qui la prive de la vue la traverse.

Puis elle se reprend, stoppe sa progression et se met à l'écoute. Un faible relent saumâtre s'infiltre dans ses narines, elle perçoit un imperceptible changement dans la trame du paysage qu'elle ne peut qu'imaginer. Quelque chose de différent, de froid se trouve là, juste devant elle. Elle parcourt mentalement la cartographie des lieux et elle comprend où elle se trouve : l'étang de Bleiz Ru, le loup rouge. Comme pour la récompenser d'avoir trouvé la solution, un coassement retentit, venu d'une touffe d'herbe proche.

Viviane revient prudemment sur ses pas et retrouve le chemin où l'attendaient ses trois guides silencieux. Elle se replace au centre du triangle et ils repartent.

Personne n'a prononcé un mot, mais la femme paraît visiblement soulagée. Viviane progresse. Sa personnalité imprègne chaque jour un peu plus la jeune femme, augmentant ses faibles chances de détruire le monstre et celle encore plus infime d'y survivre.

21

Ils s'approchaient du goulet, laissant derrière eux la rade de Brest et le vent de la haute mer les cinglait. Serrés l'un contre l'autre, ils savouraient ce moment de liberté. Kowalski connaissait la Méditerranée, mais il fut saisi par la force poignante de l'océan. Les embruns imprégnés de cette odeur fortement iodée laissaient sur ses lèvres une envie d'aventure, de départ. Le haut-parleur nasillait rendant quasi inaudible le pilote, mais il n'écoutait que la voix d'Énora qui commentait pour lui tout seul la visite.

— Tu vois ce grand voilier, il appartient à un vieil Anglais richissime qui consacre ses millions de livres et sa fin de vie à sauver les traditions de la marine à voile. Je l'ai rencontré lors d'un dîner. Nous avons sympathisé et il m'a fait visiter son navire. Dès que tu as posé le pied sur le pont, tu dégringoles dans le temps. Tout a été rénové dans la tradition.

— Et je suppose qu'ils envoient leurs messages à l'aide des drapeaux, qu'ils naviguent à la boussole et au sextant et qu'en cas de difficulté, ils jettent des bouteilles à la mer !

— Tu persifles, mon ami ! Mais tu dis vrai, pour l'essentiel. Le capitaine et ses officiers savent trouver leur route à l'aide des instruments traditionnels, échangent volontiers quelques salutations au moyen des drapeaux, lorsqu'ils rencontrent un interlocuteur et toute la manœuvre se fait à l'huile de coude en hissant leurs mètres carrés de voilure.

Ils s'étaient maintenant suffisamment rapprochés pour que Kowalski puisse détailler le vieux navire, avec son pont impeccable, ses voiles soigneusement ferlées, attachées aux mâts. Le jeune homme laissait son imagination dériver sur les traces de ces hommes qui partaient sur des océans inconnus, minuscules êtres dont la survie reposait sur si peu de chose, quand son regard accrocha un objet étrange, incongru. Un sourire étira sa bouche.

— Dis-moi, cette chose sphérique juste au-dessus de l'espèce de plate-forme à mi-mât ; si tu ne m'avais pas parlé de l'intransigeance de ton vieux pirate pour la tradition, j'aurais pu croire qu'il s'agissait d'un radar. Et puis il me semble bien apercevoir quelques antennes. Ton vieux filou a dû dissimuler une radio dans son rafiot.

— Ouais et alors ? Je n'ai jamais prétendu qu'il n'y avait pas le nec plus ultra de la technologie sur le bateau, il s'agit là d'une obligation, j'ai juste dit qu'il ne s'en servait pas. La cale renferme également un moteur, mais il n'est utilisé qu'en cas de nécessité.

— Précise.

— Uniquement si le navire se trouve en difficulté par gros temps. Le vieux refuse même qu'on l'utilise en cas de calme plat. Et pour s'assurer que ses consignes sont respectées quand il n'est pas à bord, il a fait poser des scellés sur le dispositif de mise en marche.

— J'espère que l'équipage embarque des jeux de société pour passer le temps lorsqu'ils sont encalminés pendant plusieurs jours.

— Ils ont fait mieux que ça. Ils ont à bord un officier radio qui a longtemps travaillé pour le service de renseignement de la Navy et dont la spécialité était l'ouverture des valises diplomatiques, sans bien sûr que le destinataire s'en rende compte. Faire et défaire les scellés du moteur lui permet de garder la main et l'estime de ses coéquipiers.

Stéphane éclata de rire.

— La technologie qui soutient la tradition ! Exactement comme toi ; balise de repérage et divination. Tiens au fait, où en sommes-nous ? Je vais appeler l'équipe sur le terrain.

— Rien ne presse. J'ai eu la confirmation que sa voiture n'avait pas bougé depuis hier.

— Elle a pu poser la caisse et se tirer avec une autre.

— Pourquoi ? Elle s'imagine que nous la croyons toujours à Kastell Mor. Tu penses bien qu'elle a laissé des instructions. La gouvernante a dû lui signaler que nos gars surveillaient la taule.

— Je ne vois pas comment elle aurait pu les repérer.

— Tu veux parier ? Les postes d'observation ne sont pas si nombreux. Un observateur un peu futé détecte tout de suite les modifications du paysage. Et dame Marie-Louise doit rester sur le qui-vive, surtout si, comme je le pense, elle détient une bonne partie des pièces du puzzle.

— Dans ce cas-là, on fonce. On retourne la baraque et ne trouvant pas Trevor, on embarque l'autre.

— Et puis, arrivés au poste, on remplit la baignoire, on sort les pinces et on branche les électrodes pour la faire parler. Mais crois-tu que cette petite entorse au code de déontologie nous permettra d'obtenir les infos cachées dans sa tête blanche ?

— Un peu excessif, mais bien résumé ! Elle se laissera découper vive plutôt que de trahir Alys. Il faut gagner sa confiance et la persuader qu'en se taisant elle met la vie de sa protégée en danger.

— OK. Donc on abandonne l'assaut du château.

Le commissaire avait beau retourner le problème dans sa tête, il ne voyait pas d'autre solution dans l'immédiat. Il fallait attendre en croisant les doigts pour ne pas avoir à se pencher sur le cadavre de Trevor dans les prochains jours.

À cette pensée, un frisson désagréable parcourut sa colonne vertébrale. Brusquement il s'aperçut que l'idée de la voir disparaître lui était difficilement supportable.

— Arrête de cogiter et profite du moment présent. On a fait ce qu'il fallait.

Ils venaient de franchir le goulet. Privée de la protection de la rade, la vedette tanguait sur la forte houle. Énora offrait son visage aux embruns et ses cheveux dansaient la sarabande. Il fut une nouvelle fois frappé par l'air juvénile de son visage dépourvu de maquillage.

— Rentrons dans la cabine, nous allons être trempés.

— Oh non ! J'adore rester dehors, c'est plus amusant.

— Je n'en doute pas. Mais tu joueras les loups de mer une autre fois. Je ne tiens pas à attraper la crève en ce moment et puis je voudrais te parler sans hurler.

Résignée, la jeune femme le suivit à l'abri.

Les touristes ne se bousculaient pas à cette époque de l'année. Une dizaine de personnes s'étaient éparpillées dans les rangées de sièges. Kowalski avait passé son bras autour des épaules de sa compagne. Ils profitaient de cette balade en mer, remettant à plus tard toutes les discussions. Quand le commissaire avait voulu évoquer leur enquête, Énora lui avait fermé la bouche de la manière la plus efficace qui soit.

Ils demeuraient silencieux, mais l'ombre d'Alys planait entre eux.

« Nous espérons que vous avez apprécié cette visite et nous vous souhaitons une agréable journée. »

La voix du capitaine sortit Énora de la bienheureuse torpeur où elle avait glissé durant le retour au port. Elle se détacha à contrecœur de son compagnon. De retour à terre, la réalité reprenait ses droits.

— Tu as l'air frigorifié. On va s'enfiler un petit remontant dans un bistrot.

Outre l'envie d'une boisson chaude, Énora avait autre chose en tête. Elle n'avait pas rapporté à Kowalski les bribes de conversation qu'elle avait surprises avant son départ de Kastell Mor, mais elle y avait songé, persuadée qu'il s'agissait bien d'un rendez-vous entre Trevor et le tueur.

Ce matin, pendant que Kowalski dormait encore, elle avait accompli un petit rituel qui très souvent lui clarifiait les idées. Laissant son esprit s'ouvrir, elle avait cherché des réponses dans le tarot. Le message lui avait paru clair. Les cartes parlaient d'une rencontre entre une femme de pouvoir qui agissait secrètement et un homme sombre, ils étaient entourés d'eau. D'autres éléments surgissaient qui suggéraient un grand danger pour la femme et puis il y avait cette notion de voyage, d'errance. Elle avait longuement essayé de décrypter ce que lui disaient les arcanes du jeu et puis le sens lui était apparu clairement. Elle avait la confirmation d'un rendez-vous entre Trevor et Charlie et quoi de plus discret qu'un port, où se croise toute une faune interlope, pour soustraire cette entrevue à la curiosité des flics. Quant au danger, nul besoin de se creuser la tête longtemps pour comprendre que la relation avec un assassin complètement déjanté présentait un certain risque, voire un risque certain… dont elle avait assumé les conséquences. Les deux autres avaient dû convenir de se retrouver devant un bar, quelque part dans le port de Brest. Elle avait vaguement regardé dans l'annuaire, à la recherche d'un établissement dont le nom correspondrait à ce qu'elle avait entendu, mais en vain. Elle ne désespérait pas. Beaucoup de bars avaient une enseigne différente de la raison sociale inscrite dans l'annuaire, quand ils y figuraient. Elle comptait profiter de sa petite balade pour faire des repérages.

Le jour déclinait vite, les deux policiers devisaient devant un grand café.

— Si Trevor a passé plusieurs années avec ce Charlie Devers, elle doit avoir conservé quelques photos. Même s'il a changé d'aspect, ça nous faciliterait la tâche d'avoir le portrait du gus. On pourrait lancer un avis de recherche.

— Je lui ai posé la question, mais elle n'a rien. D'après elle, Devers refusait systématiquement de laisser sa bobine sur papier glacé. J'ai cru comprendre qu'il n'avait rien d'un romantique. Même au temps de leurs amours, ils n'ont jamais immortalisé leur couple.

— De toute façon, on n'a pas les moyens de vérifier. Tu as une description du bonhomme ?

— Ouais, mais elle correspond à pas mal de clients : un mètre quatre-vingt, très brun, corpulence plutôt mince et cheveux raides noirs, portés assez longs. Mais ça m'étonnerait qu'il ait conservé le même look.

— Espérons que Jean-Paul aura réussi à gratter quelque chose de solide dans les fichiers.

— Il ne ressort pas aux antécédents, mais peut-être que les collègues de Guyane auront du biscuit à nous donner sur le personnage. S'ils arrivent à se bouger un week-end !

Kowalski chercha dans ses poches un paquet de cigarettes avant de se rappeler qu'il avait cessé de fumer depuis six mois déjà. Il ressentit l'envie de s'en griller une, pour alléger la nervosité qui s'était de nouveau emparée de lui.

— Tu as beau dire ! La façon dont nous menons cette affaire ne me plaît pas du tout. On ne dirige rien. J'ai le sentiment d'être toujours à la remorque, de me laisser manipuler par les uns et les autres.

— Tu m'inclus dans l'équipe des manipulateurs ? lança Énora d'une voix douce que démentait un regard qui s'était assombri.

— Non, je ne t'incrimine pas, mais j'ai l'impression de marcher sur un fil, sans même avoir pris de stabilisateur. Nous ne jouons même pas franc-jeu avec nos collaborateurs. On les laisse en planque pour rien, sans leur dire que leur cliente s'est déjà tirée. On devrait les prévenir. Si ça se sait, ils ne vont sûrement pas apprécier.

— Ben oui ! Susciter la grogne de ses mecs fait partie du package de chef. J'assumerai, si ça te gêne et puis je ne suis pas d'accord lorsque tu dis que leur présence est inutile. Trevor est absente, mais rien ne dit que ça ne bougera pas du côté de Charlie. S'il se pointe, il sera accueilli.

Le flic fixa longuement la jeune femme.

— Décidément, tu as réponse à tout.

— Figure-toi que j'avais déjà réfléchi à toutes tes objections et puis j'ai une autre raison de limiter la diffusion de certains éléments.

— Tes petits micmacs ésotériques, j'imagine.

— Pas seulement, ça aussi j'assume. Mais je me méfie de Berthelon. C'est un aigri, un jaloux. Il tient absolument à ce que l'on sache qu'il est un super-enquêteur et il a tendance à bosser perso, pour se faire mousser.

— J'avais remarqué. Il n'a pas l'air de t'apprécier beaucoup.

— Sentiment partagé et qu'il connaît. Je ne sais pas

ce dont il serait capable pour me nuire, mais j'imagine que saboter une affaire ne lui poserait aucun cas de conscience. En revanche, je ne vois aucun inconvénient à mettre ton adjoint dans la confidence.

— D'autant plus qu'il te pardonnera sûrement tes cachotteries, j'ai cru remarquer qu'il t'avait plutôt à la bonne.

Avant que la jeune femme puisse répondre, la sonnerie du téléphone jaillit de la poche de Kowalski.

L'échange fut bref.

— Quand on parle du loup… Paulo nous attend au service, il a quelques trucs intéressants sur notre bourreau.

— Eh bien, allons-y, nous irons manger tous les trois ensuite.

— Hélas, je crains que tu ne doives te contenter de ma modeste personne. Jean-Paul file sur Rennes après notre réunion. Sa légitime rentre d'une mission à l'étranger et il préfère éviter la soupe à la grimace, s'il n'est pas là pour l'accueillir.

— Eh bien, ne le retardons pas. Évitons d'accroître le nombre de divorcés dans la police nationale.

La nuit était presque tombée, un brouillard humide fit frissonner les deux flics au sortir du bar. Les lampadaires jetaient des flaques de lumière sur l'asphalte luisant et les marins de veille avaient allumé les lampes à bord des navires. Marchant d'un pas rapide, ils regagnaient leur voiture stationnée à l'autre bout du quai, quand Énora trébucha sur un câble métallique, invisible dans l'obscurité. Jurant, elle parvint à retrouver son équilibre, elle vit que le filin provenait d'un vieux cargo, à moitié dissimulé par un autre bateau. Et elle tomba en arrêt. C'était là.

Faiblement éclairé par la lumière du poste de pilotage, elle lut le nom inscrit sur la coque : Vera Cruz.

22

Au même moment, une femme rampe centimètre par centimètre vers un téléphone, une main crispée sur ses intestins qui s'échappent de la plaie béante de son ventre. Sur sa poitrine de grandes balafres laissent échapper du sang à flot continu. Dans ses yeux la lumière faiblit déjà. Elle se maudit d'avoir enfreint la règle d'or : jamais de clients chez elle.

Les flics, elle a jamais pu les blairer. Quand elle était une petite bourge pleine aux as, elle les méprisait et puis quand elle avait sombré dans la débine, elle avait appris à les redouter. Mais elle a quand même pris soin de programmer une touche d'appel direct du 17 sur son portable. Elle mobilise tout ce qui lui reste de forces vers cet ultime espoir. À quelques centimètres de sa main, le petit appareil brille, proche et inaccessible. Dans un dernier sursaut elle le saisit de sa main gluante de sang et jette son dernier souffle de vie dans cet ultime effort. La sonnerie retentit, une fois, deux fois, trois fois.

— Décroche, putain, décroche…

— Police secours bonjour, je vous écoute.

À l'autre bout du fil, elle ouvre la bouche, mais aucun son ne sort.

— Je vous écoute.

La voix masculine s'impatiente, mais la fille ne répondra plus jamais. *Too late*, ma belle… Le gardien de la paix Thomas Bojin soupire, agacé. Il est rentré dans la police dans un grand élan scout, pour sauver la veuve et l'orphelin. Et il ne supporte pas que l'on puisse utiliser la ligne d'appel d'urgence pour s'amuser, alors que des vies en dépendent. Aussi avant de raccrocher, il prend bien soin de noter le numéro du petit plaisantin qui s'amuse à ses dépens.

Quelques minutes plus tard, l'ordinateur crache le nom associé au numéro : Sara Mancelle, 34 rue de l'Amirauté. Le jeune gardien sourit. L'adresse est située dans le quartier de Recouvrance, pas très loin de son domicile. Quand il aura fini sa vacation, il ira lui-même déposer une petite convocation dans la boîte aux lettres. Une après-midi de perdue pour venir s'expliquer au commissariat lui remettra les idées en place à cette Sara Mancelle.

23

Pour la cinquième fois en moins d'une demi-heure, Berthelon jeta un coup d'œil sur sa montre et souffla bruyamment, jetant une liasse de feuillets sur le bureau. Riboix, qui inscrivait des données sur un tableau de papier, avait feint de ne pas voir le manège, mais là, l'autre commençait à l'agacer prodigieusement.

— Tu as des vapeurs ?

— Fait chier ! J'en ai marre de ces week-ends plombés, coincé au boulot pour que d'autres se fassent mousser avec ton travail.

— Précise ta pensée, mon vieux.

— Tu vois très bien ce que je veux dire. On est là à faire des vérifs depuis le début de l'après-midi, les autres se gèlent les couilles sur le terrain à guetter l'autre gonzesse et nos tauliers, eux, se la coulent douce. Et en plus il faut qu'on attende qu'ils veuillent bien se pointer.

— Si le boulot ne te plaît pas et que tu trouves à redire sur ta patronne, tu peux toujours changer de crémerie. Maintenant que les civils et la tenue forment un même corps, je ne vois pas ce qui t'empêche de descendre deux étages plus bas pour voir si tes potes du commissariat ont la vie plus belle.

— Ce n'est pas ce que je voulais dire…

— Alors, ne dis rien ! Si tu as fini, tu peux te casser, je reste les attendre.

— Pour me faire descendre en flèche, merci bien. Déjà que l'autre est en permanence sur mon dos, je ne vais pas lui donner une occasion de m'engueuler une fois de plus. J'espère juste qu'elle ne se pointera pas dans deux plombes !

— Calmez vos angoisses, Berthelon ; *l'autre* s'en voudrait de vous faire attendre !

Tout à leur discussion, les deux hommes n'avaient pas entendu arriver Énora. Ignorant, son collaborateur, elle se dirigea vers le commandant Riboix.

— Vous avez récupéré des infos intéressantes ?

— Disons que le personnage de notre tueur commence à sortir de l'ombre. J'ai reçu un fax de Guyane.

— Parfait ! Le temps de régler une petite formalité et je suis de retour. Commencez sans moi, ajouta-t-elle en se tournant vers Kowalski qui venait de faire son entrée dans la pièce.

— Quant à vous, Berthelon, je m'en voudrais de vous retenir outre mesure, mais il me paraît nécessaire d'avoir une petite conversation.

Trinité tourna les talons et se dirigea vers son bureau, sans même se donner la peine de vérifier que le brigadier la suivait. La porte s'était refermée sur leur huis clos orageux.

Trinité se tenait droite au milieu de la pièce, faisant face à son subordonné. Elle avait volontairement refusé de s'abriter derrière la barrière de son bureau. Ce dernier avait compris qu'ils avaient atteint le point de non-retour et il n'avait même pas essayé de s'expliquer.

— Que vous ne m'appréciez pas, passons, mais que vous renâcliez à travailler sur une enquête pareille est inadmissible. Dans un premier temps, je vous retire de l'affaire. On se passera de vos talents, même si je sais que vous êtes capable de très bien bosser. Vous donnerez vos PV et les résultats de vos recherches au commandant Riboix. Ensuite, vous terminerez les dossiers en cours et je mettrai un avis très favorable à toute demande de mutation que vous me présenterez.

La commissaire parlait d'une voix contenue, mais la colère vibrait comme un bruit de fond. Berthelon l'affronta du regard. Il ne tenta pas de se justifier ou de se défendre, mais ses yeux luisaient d'un éclat mauvais lorsqu'il parla.

Dans la pièce voisine, Kowalski et son adjoint tendaient l'oreille mais aucun éclat de voix ne franchissait la barrière des murs.

— S'ils s'étripent, au moins, ils le font en silence.

Riboix eut un sourire en coin.

— J'ai quand même dans l'idée qu'il doit se prendre une sacrée raclée, elle avait la voix plus froide que la banquise quand elle lui a parlé.

Au même moment, ils entendirent une porte s'ouvrir avec violence et Berthelon passa devant eux, le visage fermé, en direction de son bureau.

Rassemblant rapidement les éléments qu'il avait recueillis sur le meurtre du père Cordier, il prit la fiche de la voiture de Vaneck dans la liasse d'identification de voitures. Avec un ricanement bref, il la fourra dans sa poche.

— Toi, tu iras à la broyeuse et j'espère que l'autre salope aura l'occasion de se repentir de m'avoir éjecté.

Énora avait rejoint ses collègues quand il fit irruption dans la pièce, déposa les documents sur le bureau et repartit sans dire un mot, le visage fermé.

— Je l'ai dégagé de l'équipe, déclara sobrement la jeune femme, en réponse à l'interrogation muette des deux hommes. L'incident étant clos, j'aimerais que vous me mettiez au courant des dernières trouvailles.

— Si vous n'y voyez pas d'inconvénient, je vais laisser Stéphane le faire. J'ai un train qui ne m'attendra pas et une femme qui, elle, m'attend. Goulven assure la permanence chez lui, s'il y avait une urgence.

— Mais vous devriez déjà être parti, monsieur Paulo.

Le sourire était revenu sur le visage d'Énora. Elle se laissa tomber sur une chaise.

— Alors ?

— Comme tu le sais, Devers ne sortait pas au TAJ,[1] mais le fichier du commissariat de Cayenne a craché son nom. Curieux profil pour le petit ami d'une aristo !

— Connu pour quoi ?

— Un peu de tout : violences, conduites en état d'ivresse, gros consommateur de coke et autres cames.

— Du deal ?

— D'après les collègues, il était même considéré comme un intermédiaire de bon niveau, mais on n'a jamais pu le coincer. Paulo a eu un mec des stups au fil. D'après lui, notre homme aurait été impliqué dans une embrouille il y a cinq ou six mois. Une histoire de chargement de came qui a disparu. Selon lui, les gros bonnets du réseau le tenaient pour responsable et ils le recherchaient. Depuis cette époque, Devers semblait s'être évanoui dans la nature. Ils pensaient même que les autres lui avaient fait la peau.

— Et notre justicière, elle apparaît quelque part ?

Kowalski marqua un temps avant de reprendre.

1. Fichier des antécédents judiciaires.

— Oui et d'une manière assez étrange. En fait, notre amie Alys est, d'une certaine manière, une miraculée.

Intriguée, Énora se redressa, soudain très intéressée.

— Tu excites ma curiosité.

— Ça n'a sans doute aucun rapport avec l'affaire, mais il y a un peu plus de quatre ans, un avion s'est abîmé dans l'Atlantique, peu après avoir décollé de Cayenne.

— Effectivement, je m'en souviens. Si mes souvenirs sont bons, on n'a jamais rien retrouvé, ni avion, ni boîte noire, mais il a été question d'attentat.

— Exact. Les soupçons ont pesé sur un tas de groupuscules sud-américains. On a même parlé d'une action des cartels, en représailles des coups portés à leur organisation par la police et la douane française, mais à ma connaissance, rien n'a jamais été établi. Et à la thèse de l'attentat, d'autres ont opposé l'idée d'un mauvais fonctionnement de l'appareil.

— Quel rapport avec Alys ?

— Juste le fait qu'elle aurait dû se trouver dans l'appareil au moment du crash… Si elle n'avait pas été bloquée au sol par une fracture providentielle du péroné, quelques minutes avant l'embarquement.

Énora tressaillit, comme si un souffle puissant venait de balayer la pièce. Elle se rappela les mots qu'Alys Trevor avait prononcés durant leur entrevue. « Un cauchemar ancien qui refait surface. » Il y avait forcément un lien entre cette catastrophe, les deux anciens amants et le meurtre du père Cordier. Rien n'arrive par hasard. Un jour très loin, une force destructrice avait été mise en mouvement, elle n'avait pas terminé sa poussée et continuait son chemin de mort.

— Comment sait-on que notre amie figurait parmi la liste des passagers embarqués pour le grand saut ? Je n'ai pas souvenir d'avoir entendu parler de cette passagère sauvée *in extremis*.

— Pour la bonne raison qu'elle a tout d'abord été emmenée à l'hosto et puis interrogée discrètement pendant deux jours par la PJ, mais aussi par l'antenne locale de la DGSI. J'imagine que par la suite, elle n'a pas voulu être jetée en pâture à la presse.

— Tu as les détails de ce petit miracle ?

— Coup de pot ! Paulo a eu au bout du fil un collègue qui était de permanence ce jour-là. D'après ce qu'il en sait, la belle Alys s'apprêtait à embarquer quand un autre passager lui a percuté les jambes avec son chariot à bagages. Elle s'est écroulée et devant la douleur, le personnel de la compagnie a compris qu'elle devait impérativement consulter un médecin. L'avion ne pouvant attendre, il lui a été proposé une réservation sur le prochain vol ; prochain vol qu'elle n'a pas pris non plus, la radio ayant révélé une fracture qui a nécessité une petite hospitalisation.

— Et entre-temps, grand plongeon pour tous les infortunés qui n'ont pas pris un chariot dans les guiboles.

— J'imagine qu'elle a été sacrément secouée.

— Mais pourquoi des interrogatoires aussi longs ? Il était évident qu'elle était restée au sol de manière tout à fait fortuite.

— Encore a-t-il fallu l'établir avec certitude. Mais le problème résidait dans le fait que la compagnie avait fait une petite entorse à la procédure habituelle. Comme Trevor devait prendre le vol suivant, pour ne pas retarder le décollage, ils n'ont pas déchargé ses bagages. Elle devait les récupérer directement à Roissy.

Énora regarda par la fenêtre, pensive. Quelque chose pointait à l'arrière-plan de son cerveau, mais elle n'arrivait pas à mettre le doigt dessus. Elle avait le sentiment de brûler, d'être sur le point de découvrir un élément capital dans cette sanglante chasse au trésor.

— Évidemment, un passager qui reste au sol, un avion qui explose avec ses bagages à l'intérieur, ça met en émoi le petit peuple policier. Et Charlie Devers, il apparaît quelque part ?

— À l'époque, ils vivaient bien ensemble, mais notre présumé tueur n'était fiché que pour des bagarres dans les bars. La police locale le connaissait seulement comme un tox particulièrement hargneux, mais elle le soupçonnait déjà de fricoter avec des grosses pointures de la came. Quoi qu'il en soit, Alys Trevor a été mise hors de cause et les causes du crash jamais élucidées.

Tandis que son collègue parlait, Énora réfléchissait intensément.

— Stéph, j'ai la conviction que nous tenons quelque chose. Alys porte un secret pesant, quelque chose qui l'a empêchée de prévenir la police quand elle a compris qui avait exécuté le curé.

— Et avec quelle arme…

— Là, nous tenons l'autre volet du mystère. Elle pouvait difficilement parler de cette épée sans évoquer le lien spécial avec sa famille et le fait qu'elle lui a été léguée, avec tout ce que ça comporte comme obligations.

— Je sais, tu me l'as dit. Mais malgré les délicieuses plongées dans l'irrationnel que je fais en ta compagnie, j'ai toujours du mal à admettre cette idée d'objet qui prend possession de celui qui en use. Et plus encore le coup de la gardienne du monstre qui doit le récupérer à tout prix. Difficile à avaler.

— On n'a que les obligations que l'on s'impose, répondit sobrement Énora. Et quand elles perdurent depuis plusieurs générations, elles acquièrent une certaine force de conviction. Il te manque encore quelques heures de plongée pour avoir une bonne perception du phénomène. Qu'en dis-tu ?

Elle le regardait avec ce sourire ambigu qui le faisait frissonner. Il songeait que l'obscurité lui donnait un charme un peu vénéneux, terriblement excitant. Les bureaux étaient déserts à cette heure-ci. Il l'attira dans ses bras et la plaqua contre la cloison. Sa main remonta le long de son corps en une lente caresse. Elle l'embrassait longuement et le désir s'allumait de plus en plus vif. Ils avaient commencé à glisser vers le point de non-retour quand l'oreille fine d'Énora capta le claquement sec de la porte du bout du couloir.

Instantanément, la jeune femme s'échappa souplement de l'étreinte de son compagnon, juste avant que le lieutenant Chancel ne fasse son entrée dans la pièce, immédiatement suivi par la grande carcasse de Le Rouzic. Les deux hommes avaient l'air frigorifiés.

— Dites, patron, sur le prochain budget, vous devriez nous acheter des petites chaufferettes pour les longues planques d'hiver.

— N'exagérez pas, nous ne sommes qu'au début de l'automne, répliqua Énora.

— Peut-être, surenchérit le jeune Chancel, mais au bout de quatre plombes, dissimulés dans les buissons, on a le temps de se cailler.

— Surtout que c'était plutôt le calme plat dans la baraque.

— Rien n'a bougé ? interrogea Kowalski, avec un léger sentiment de malaise.

Même s'il comprenait les raisons de sa collègue, il avait l'impression de tricher avec les policiers et s'en voulait de les laisser en planque pour rien.

— La belette est restée planquée toute la journée. Seul le fils est sorti pour faire des courses. Et à part le facteur, nous n'avons pas vu de visiteurs.

— En fait, je me demande si l'oiseau est au nid, intervint Le Rouzic. La lumière s'est allumée dans sa chambre en fin d'après-midi, mais je ne l'ai pas vue sortir de la journée.

— Nous n'avons pas vu non plus de silhouette sans tête passer derrière les fenêtres, ce qui serait plutôt rassurant sur son état de santé.

— Je vois que le froid n'a pas entamé votre sens de l'humour, Chancel.

— On ne se refait pas, patron.

— Pour ma part, je me demande si elle ne s'est pas tirée. Chancel et moi, on a même songé à faire une petite visite dans le bâtiment qui sert de garage pour voir si la caisse y était toujours.

— Mais pas moyen de forcer délicatement une porte en chêne datant du Moyen-Âge. Quant aux fenêtres, trop hautes pour y accéder discrètement.

— En fait, on aurait dû coller une balise sur sa voiture dès le début. Au moins, on saurait où se trouve notre gibier.

Un peu gênée, Énora fit habilement diversion.

— Dites donc tous les deux, vous enchaînez vos répliques comme au théâtre, vous nous faites un véritable numéro de duettistes. On dirait que vous vous êtes bien trouvés.

Dissemblables en apparence, les deux hommes avaient beaucoup de points communs. Énora regardait Erwan Le Rouzic, superbe produit d'un métissage tant physique que culturel. Elle avait souvent été tentée de lancer ses filets sur ce beau poisson, mais jusqu'à présent du moins, la raison avait toujours triomphé. Elle ne pouvait se permettre de prendre le risque de semer la zizanie dans son service. Comme disaient les anciens : « Jamais dans la paroisse, à éviter dans le diocèse, éventuellement possible dans l'évêché. »

Elle était ravie de constater que sous son apparence joviale et décontractée, il possédait la fibre qui fait les vrais flics, ceux qui fouinent, ont les bonnes intuitions. Chancel, le blondinet déconneur, avait lui aussi plus de profondeur que son comportement ne le laissait présumer. Il possédait ce côté teigneux et accrocheur qui distingue les bons enquêteurs des simples fonctionnaires qui travaillent pour l'alimentaire. Riboix avait bien constitué les équipes. Les deux hommes fonctionnaient parfaitement ensemble.

Chancel fouilla ses poches à la recherche de quelques pièces.

— Vous devez bien avoir un distributeur de sucreries dans la taule. Je crève de faim, j'ai loupé le goûter.

Énora jeta un bref coup d'œil à sa montre.

— Il est plutôt l'heure du dîner, maintenant.

— Et comme nous remettons ça demain matin, si vous n'avez pas besoin de nous, je propose qu'on file manger un morceau maintenant et après dodo, intervint Le Rouzic.

— Sage résolution. Et comme nous avons également faim, je vous propose de vous joindre à nous. Et je vais même vous dire, c'est moi qui régale.

Alors qu'elle refermait la porte du bureau derrière eux, Kowalski eut un petit sourire en coin. Il n'était pas dupe. Une façon comme une autre de se donner bonne conscience…

24

Debout dans un coin de la pièce, silencieuse, elle se diluait dans l'ambiance particulière de la scène de crime. Les voitures de police au bas de l'immeuble, leurs gyrophares ponctuant la nuit d'éclats bleus, les allées et venues de tous les acteurs de cette pièce macabre ; les indispensables et les autres, ceux qui viennent voir, ceux qui viennent se montrer. Et au milieu, le personnage principal, l'objet de toutes les attentions : le cadavre.

Un peu plus tôt alors qu'ils s'apprêtaient à rentrer, le téléphone d'Énora avait sonné. À l'autre bout du fil, elle avait immédiatement reconnu le débit saccadé de son collègue, chef du commissariat. Comme d'habitude, il était entré immédiatement dans le vif du sujet.

— Salut, c'est Galli. J'ai un *macchab* sur les bras, une fille qui a été salement amochée. D'après les premiers éléments, il n'est pas impossible qu'elle ait été tuée avec un instrument, type grand couteau, sabre ou épée, si tu vois où je veux en venir.

— Elle a été décapitée ?

— Non. Elle a gardé sa tête sur les épaules, mais elle a répandu ses tripes sur la moquette et elle a de grandes blessures sur le corps. Je préférerais que tu viennes sur place, tu jugeras toi-même. Le proc se déplace. Je ne sais pas encore comment ça va se danser, mais s'il s'agit du type que vous recherchez, autant que vous soyez saisis tout de suite.

— OK, on arrive, donne-moi l'adresse.

À peine un quart d'heure plus tard, ils débarquaient dans l'appartement miteux où les flics du commissariat avaient déjà commencé leurs constatations. Ils virevoltaient autour du corps dans un étrange ballet macabre, essayant de ne pas patauger dans les fluides répandus sur la moquette. L'odeur du corps ouvert saturait l'atmosphère de la pièce.

Le patron du commissariat parlait au téléphone, visiblement agacé.

— Putain, ces magistrats, ils nous prennent vraiment pour des chauffeurs de taxi. Il faut que je bloque un de mes véhicules pour récupérer la proc de permanence. Comme si on avait des mecs en trop sur la VP[1].

— Salut, ma belle. Je te fais le topo pour te mettre dans la boucle.

Puis s'avisant de la présence de Kowalski, il s'interrompit, interrogatif.

— Pas de problème. Je te présente Stéphane Kowalski, le collègue de Rennes qui a pris l'affaire.

— OK, on ne sait jamais. Le sang attire les vampires et les journaleux ont plus d'un tour dans leur sac pour s'infiltrer sur une enquête. Souvent ils sont sur place avant nous.

— En parlant de rapidité, j'ai l'impression que le carnage est tout frais. Comment avez-vous été alertés ?

Galli se pencha vers elle et se tapota le nez, goguenard.

1. Voie publique.

— Le flair policier…

— Précise, je suis dans la boîte depuis trop longtemps pour croire aux miracles.

— Ouais, je triche un peu, mais la vérité est encore plus troublante ; conscience professionnelle aiguë qui a conduit le jeune flicard que tu vois à passer faire une petite vérif, après un appel téléphonique qu'il a pris pour un canular.

Le patron du commissariat relata les évènements qui avaient conduit le gardien Bojin jusqu'à l'immeuble de la victime.

— La nuit, l'entrée est fermée par un digicode, mais la voisine du dessous revenait de faire pisser Médor, il en a profité pour entrer dans le hall et déposer une convoc dans la boîte à lettres. Mais avant, il a fallu rassurer la vieille, il lui a donc montré sa belle carte bleu blanc rouge. Bonne occase pour balancer tout le mal qu'elle pensait de sa voisine et de ses fréquentations masculines.

La soirée avait été particulièrement agitée, ce qui avait fort énervé l'ancêtre, elle a donc été ravie de trouver une oreille policière pour déverser son mécontentement.

— On connaît la victime ? coupa Kowalski.

— On la connaît bien même. Elle s'appelle Sara Mancelle et ses diverses activités l'ont conduite quelquefois en GAV, mais ça faisait un bout de temps qu'on n'avait plus entendu parler d'elle.

Les flashs des appareils des techniciens de la scientifique avaient fini de déverser leurs salves d'éclairs lumineux et les trois policiers s'étaient rapprochés du corps mutilé.

Trinité regardait le visage figé dans la mort, étrangement serein, comme si elle avait accepté l'inéluctable et avait enfin trouvé la paix. La main s'était ouverte et avait libéré le petit combiné téléphonique, rouge sang.

— Je ne connais pas l'étendue de ses péchés, mais elle a connu une fin terrible.

— D'autant plus qu'elle était partie pour une autre destinée. Elle vient d'une famille plutôt *chicos*, à Paris. Élevée dans le luxe, elle a fait de vagues études qui l'ont conduite, grâce au copinage, à faire quelques piges pour la télé. Puis son père a connu des revers de fortune, il travaillait dans l'immobilier et à force de faire des coups tordus, il a fini par boire le bouillon. La fille, pas trop farouche, qui devait négocier pas mal de contrats sur le dos, a décidé d'en faire sa profession à plein temps. D'autant qu'avec ce qu'elle se mettait dans le nez, il fallait faire rentrer du blé par tous les moyens.

— Comment sais-tu tout ça ? intervint Kowalski. Vous l'avez eu sur des procédures de stups ?

— Pas la première fois. En fait, elle s'est réfugiée à Brest pour fuir quelques mecs qu'elle avait bien arnaqués, du temps où elle bossait dans la téloche. Elle en a même lessivé complètement un. À coups de faux témoignages et d'effets de manches des baveux du papa, elle a obtenu des indemnités royales qui ont conduit son ex-employeur à mettre la clef sous la porte. Il a déposé plainte. L'affaire était bien ficelée. Lors de son audition, elle est restée imperturbable et l'affaire a été classée sans suite.

— Il s'agit peut-être d'une vengeance.

Galli se balança, les mains dans les poches.

— Possible... Mais dans cette hypothèse, à mon avis, il ne faut pas chercher de ce côté. L'affaire date de trois ou quatre ans et depuis ce temps, il paraît que le gus est devenu l'un des photographes de mode les plus demandés. En revanche, côté came, la souris avait commencé à occuper le terrain. On la soupçonnait de servir de nourrice à un dealer de la région parisienne.

— Patron.

Le chef du commissariat se tourna vers le brigadier qui venait de l'interrompre.

— Oui, Landrieux.

— Je voudrais savoir si on peut libérer le témoin. Elle voudrait rentrer chez elle.

— OK, vous lui dites de regagner son appart, mais qu'elle évite de se fourrer tout de suite entre les draps, mes collègues voudront peut-être lui parler.

Kowalski se tourna vers le policier.

— Elle raconte quoi la voisine ?

— Vers dix-huit heures trente, elle a entendu du barouf dans l'appartement. Elle a aussitôt flairé l'embrouille parce qu'elle a bien compris de quoi vivait Mancelle et elle cherchait à l'épingler, même si habituellement celle-ci ne causait pas de nuisances et ne ramenait personne chez elle. Comme le bruit devenait trop important, elle s'apprêtait à monter quand elle a entendu la porte claquer. Aussitôt, elle s'est collée à l'œilleton et a vu un mec de grande taille descendre l'escalier. Quand il est passé sur son palier, son apparence l'a dissuadée de sortir. Elle nous a décrit un type à l'air complètement barge et qui portait quelque chose de long caché sous son manteau. Quand il a empoigné la rampe, elle a brièvement aperçu un objet brillant, cruciforme.

Trinité et Kowalski échangèrent un regard.

— Tu penses comme moi ?

— Oui, le mode opératoire ne colle pas avec le reste, mais je pense quand même qu'il s'agit de notre homme. Elle a sans doute entrevu la poignée de l'épée.

Puis se tournant vers Galli :

— Bien vu, je pense que nous allons récupérer l'affaire. Qui assure la permanence au parquet cette nuit ?

— Moi.

D'un même élan, ils se tournèrent tous les trois vers la porte où Florence Harcourt venait de faire son entrée.

— Toujours sur le pont. Je vais finir par croire que vous êtes la seule à assurer la permanence au parquet.

La magistrate eut un sourire un peu désabusé à l'adresse de Galli.

— Disons que j'ai l'habitude de répondre quand mon téléphone sonne.

Le commissaire plia sa longue silhouette dégingandée et s'approchant, lui murmura à l'oreille :

— Eh bien, disons que ça nous arrange. On préfère avoir affaire à vous…

— Je vous stoppe avant que nous commencions le petit jeu de massacre contre mes collègues. Expliquez-moi plutôt le topo.

Elle laissa le commissaire lui relater les évènements sans jamais l'interrompre.

Quand il eut terminé, elle se tourna vers Kowalski et Trinité qui s'étaient approchés.

— Je suppose que votre présence sur les lieux signifie que vous pensez que cette affaire est liée au meurtre du père Cordier.

— Disons qu'il existe trop de coïncidences pour ne pas y songer.

— Même si la fille n'a pas été décapitée, le légiste vient de nous confirmer que les blessures ont été provoquées par une longue lame, renchérit Énora.

— Je le vois bien comme ça, moi aussi. Considérez que vous êtes saisis. Je verrai avec le juge en charge du dossier pour qu'il prenne également cette affaire en compte.

Énora était allée à l'extérieur pour appeler son équipe

de permanence. Elle venait de raccrocher quand elle vit Florence Harcourt sortir de l'immeuble.

La magistrate sembla hésiter un instant puis elle se dirigea vers elle.

— Décidément, Brest devient le coin le plus agité de toute la zone de la DIPJ. Qu'en pense votre patron ? Vous l'avez contacté ?

Le ton était léger, comme si elle évoquait une chose sans grande importance, mais un petit signal clignota immédiatement dans le subconscient d'Énora. Cela faisait deux fois qu'Harcourt mentionnait le contrôleur général.

Sans répondre à sa question, elle interrogea :

— Vous connaissez Éric Marchand ?

— Cela commence à dater maintenant. J'ai eu l'occasion de travailler avec lui sur mon premier poste, quelque part dans le nord de la France. Je ne sais même pas s'il s'en souvient, les années ont passé.

Toujours cet air faussement indifférent. Énora fixait la zone derrière Florence. Dans la pénombre, une image floue apparaissait par instants, celle d'une femme plus jeune, moins sûre d'elle. Derrière le calme apparent, elle sentait comme une faim, un parfum de souffrance, de regrets, un goût d'inachevé.

Dans le creux de ses paumes, la jeune femme sentait comme un fourmillement, deux fils qu'elle avait le pouvoir de renouer. Son esprit s'envola vers son chef, fit rapidement le bilan du peu qu'elle savait sur sa vie personnelle. Divorcé, mais encore ?

Les mots s'envolèrent de sa bouche, sans qu'elle en ait vraiment conscience.

— Il était en congé cette semaine, mais je comptais l'appeler dès lundi matin. Il avait évoqué l'idée de se déplacer à Brest. Je pense que nous le verrons dans les prochains jours. Il ne manquera pas de venir vous saluer.

— Très bien. Je vous laisse, tenez-moi au courant de ce que vous trouverez.

Énora la regarda s'éloigner avec un demi-sourire, elle nota le joyeux bruit des talons qui attaquaient le sol, la silhouette qui s'était redressée.

Il ne lui restait plus qu'à convaincre Marchand de venir leur rendre une petite visite. Fastoche !

— Peut-on savoir ce que signifie cet air de comploteur. Qu'as-tu encore imaginé ?

Kowalski était arrivé dans son dos sans qu'elle l'entende.

— Je réunis ce qui a été séparé.

— Je renonce à jouer aux devinettes à cette heure-ci. Dis-moi seulement si tu envisages également de réunir ce soir ce qui a été séparé ce matin, ou dois-je songer à regagner mon lit douillet chez la terrible Anne Morvan ?

Elle lui effleura brièvement la main.

— Non, ce soir, je te garde. Le temps de passer les consignes aux gars de permanence et nous partons.

— Au fait, tu comptes la jouer comment avec Trevor ? On était déjà sur le fil du rasoir, mais là, on est assis sur une mèche allumée.

— Elle est capable de se défendre.

— Ça, c'est toi qui le dis. En ce qui me concerne, je ne joue plus. Il faut prévenir les mecs en planque à Kastel machin chose. On a un fou dangereux en liberté, il peut s'en prendre à ceux qui sont restés. Ils demandent à voir Alys et on découvrira officiellement qu'elle s'est barrée. Elle sera bien obligée de revenir, on ne peut pas continuer comme ça. Même toi, tu dois l'admettre.

Sa collègue ne répondit pas immédiatement, réfléchissant intensément.

— Tu as raison, la tuerie de ce soir change la donne.

Kowalski se pencha vers elle, faussement interloqué.

— Incroyable, mais vrai ! Ce soir, je vais faire l'amour à une femme raisonnable. Tu me dérouteras toujours.

L'arrivée de son équipe de permanence stoppa la réplique cinglante qu'elle lui destinait et elle se contenta de lui flanquer un discret, mais efficace coup de coude dans les côtes.

25

Les policiers tambourinaient à la porte depuis un bon moment sans obtenir la moindre réponse.

— C'est à croire que tout le monde s'est barré de la baraque.

— Ou qu'ils ont tous été passés par le fil de l'épée, renchérit son collègue.

— Arrête de déconner, je téléphone au patron. S'il le faut, on casse la porte.

Comme s'ils avaient évoqué une puissance surnaturelle, la voiture de Kowalski se matérialisa au bas des marches. Presque simultanément la voix glaciale de la gouvernante s'éleva derrière la porte.

— J'espère que vous avez une bonne raison pour réveiller les gens en pleine nuit.

— Quand même, ce n'est pas trop tôt ! Eh bien, ouvrez-nous et nous vous la dirons cette bonne raison. Nous devons absolument parler à mademoiselle Trevor.

— Je n'ai aucune envie de vous faire entrer et au milieu de la nuit, je ne crois pas que vous puissiez m'y obliger.

— Madame, ouvrez-nous, il y va de la sécurité des habitants de cette maison.

Les deux policiers commençaient à s'énerver sérieusement quand le commissaire leur imposa le silence par geste.

Il attendit quelques longues minutes, rien ne bougea de l'autre côté. Toujours aussi coriace la vieille. Quand il parla, sa voix mesurée et volontairement détachée s'éleva dans la nuit.

— Bonsoir madame L'Hostis. Vous m'avez reconnu, je suppose.

— Tout à fait, monsieur le commissaire, mais ça ne change rien à ma décision.

— Je n'en attendais pas moins de vous. Je n'ai pas encore les photos d'une jeune femme retrouvée morte, le corps horriblement mutilé par une épée, mais dès qu'elles sortiront de l'imprimante, je vous les ferai porter. Ne vous inquiétez pas, ajouta-t-il aussitôt, nous les glisserons sous la porte pour ne pas enfreindre la loi. Vous aurez ainsi tout le loisir de les regarder et de les montrer à votre protégée.

Il y eut un léger blanc et quand Marie-Louise parla, le jeune homme discerna la touche d'anxiété qui s'était glissée dans sa voix.

— Vous n'oseriez quand même pas mentir avec une chose pareille.

— Non, madame, un meurtre a bien été commis et sans aucun doute par celui qui a déjà agi ici. Mais, ajouta-t-il rapidement, vous et mademoiselle Trevor ne craignez rien à l'abri de vos murs solides avec vos serrures toutes neuves.

Pour toute réponse, il entendit le claquement des verrous et le battant s'ouvrit, tranche de pénombre à peine plus claire que la nuit.

Marie-Louise L'hostis se tenait dans l'entrée, silhouette

noire, vaguement éclairée par une lumière lointaine dans un couloir.

— Je veux immédiatement parler à Alys, il en va de sa vie, croyez-moi.

— Elle s'est absentée.

— Comment cela ? Notre marché était pourtant très clair, elle évitait la garde à vue, mais à la seule condition de rester ici, à notre disposition.

Kowalski avait volontairement durci le ton.

— Je suis désolée, mais elle a dû partir en urgence, une amie à elle, très dépressive... Alys est partie la réconforter, mais je ne connais pas l'adresse exacte.

— Noble cause, persifla le commissaire. Mais il doit être facile de la rappeler dans ce cas.

— Les portables ne passent pas là où elle se trouve, mais je vais lui laisser un message. De toute façon, elle devait rentrer mardi.

— Je veux la voir demain au plus tard. Bonsoir madame.

— Attendez.

Dans un geste inattendu, la femme avait retenu le jeune homme par le poignet. Il sentait la chaleur de la main et la force surprenante qui en émanait. Elle avait perdu cette assurance tranquille qui confinait à l'arrogance et il comprit, sans vraiment en éprouver de satisfaction, qu'elle s'avouait enfin vaincue.

— Je vous promets de tout faire pour vous aider, mais il faut absolument l'arrêter. Faites cesser ces massacres. Je ne veux pas perdre Alys.

La gouvernante avait prononcé les dernières paroles dans un souffle.

Kowalski se radoucit.

— Nous n'avons pas d'autre but, mais arrêtez de nous

mettre des bâtons dans les roues. Faites-nous un peu confiance et dites bien à Alys que nous représentons sa seule chance de rester en vie. Appelez-la… très vite.

Énora se tenait dans l'obscurité, à l'abri du gros rocher qui formait le bout de sa terrasse. Elle contemplait, pensive, son téléphone portable. Elle venait de raccrocher avec le délicieux colonel Rhine qui commandait la gendarmerie sur le département. Elle avait obtenu qu'il assure la surveillance des abords de Kastell Mor. Comme à son habitude, il avait tout de suite appréhendé tous les paramètres de la situation.

« Pas de problème, je vais mettre en alerte mes troupes et ils vont nous faire ça aux petits oignons. »

Elle s'était servie de ce prétexte pour s'éloigner de son collègue, préférant passer d'autres coups de fil en toute tranquillité.

À Marie-Louise L'Hostis en premier. L'échange avait été bref. Sérieusement ébranlée par l'annonce du nouveau meurtre, la gouvernante n'avait pas cherché à se dérober. Elle avait communiqué à Trinité un numéro de téléphone, en précisant qu'il était peu vraisemblable qu'elle puisse joindre directement Alys.

Un bruit de moteur lui parvint faiblement au loin, porté par le vent. Rares étaient les automobilistes qui empruntaient cette route à cette heure, il devait s'agir de Kowalski. Rapidement elle pianota sur les touches et quelque part dans une ancienne ferme isolée des monts d'Arrée, la sonnerie d'un téléphone résonna.

À l'autre bout du fil, la voix masculine ne s'était pas présentée, l'homme écoutait Énora sans l'interrompre, circonspect. Manifestement, la gouvernante ne l'avait pas encore appelé.

La jeune femme ne chercha pas à finasser.

— Vous savez qui je suis et je sais qu'Alys Trevor est près de vous, ou plutôt devrais-je dire Viviane Trevor.

Un bref silence, puis l'inconnu parla.

— Je vois que vous connaissez l'autre côté du décor, ou du moins une partie. Alors vous devez également savoir qu'il est vital qu'Alys reste encore avec nous quelques jours. Elle n'est pas prête.

— Prête à quoi ? Poursuivre un assassin, commettre un meurtre ? Ne la poussez pas dans cette voie, si vous avez de l'influence sur elle, ne l'encouragez pas dans ce projet.

La voix s'éleva, tranquille mais glaciale.

— Je ne la pousse sur aucune voie, madame le commissaire, elle s'y est engagée depuis des années déjà. Je la prépare du mieux que je peux pour qu'elle affronte l'épreuve qui lui incombe. D'ailleurs, si elle se trouve ici, elle le doit à votre… compréhension, non ?

— Comme je vous l'ai dit, les derniers évènements ont changé la donne. Notre enquête a avancé, nous savons qui est le meurtrier et dans peu de temps, nous saurons où il se cache. Trevor doit rentrer.

— Si je comprends bien, vous n'avez plus besoin d'elle pour appâter le tueur.

La réplique claqua cinglante.

— Tout comme vous, je n'ai fait que l'aider dans la voie qu'elle s'est choisie. Alors arrêtez vos conneries. Si elle n'est pas de retour demain, le juge délivrera un mandat de recherche et je ne pourrai plus rien faire. Dites-le-lui.

— Bien, alors faites votre métier et arrêtez-le très vite, parce que le sang continuera à couler. Vous n'avez plus un homme comme adversaire, mais un possédé, l'esclave d'un objet maléfique. Et rappelez-vous, l'homme est à vous, mais Viviane doit reprendre l'épée et la détruire.

Les phares d'une voiture balayèrent la façade de la maison. Au moment où Kowalski coupait le contact, Énora raccrocha.

26

Kowalski rêvassait, à demi hypnotisé par le faisceau lumineux du phare qui balayait la chambre à intervalles réguliers. Lové tout contre lui, il sentait le corps d'Énora tiède et complètement détendu dans la pénombre. Encore une fois, il s'émerveillait de la complicité et de la confiance que la jeune femme avait installées dans leurs relations, alors qu'ils se connaissaient depuis si peu de temps. Habitués tous deux à la confrontation avec la mort, ils connaissaient la brièveté de la vie et l'impératif besoin de saisir l'instant.

Quelle étrange femme, songeait-il en se remémorant ses confidences après qu'ils eurent fait l'amour avec une intensité et une plénitude qui l'avaient laissé dans un état de quasi béatitude. Il avait l'impression de flotter, de se trouver au creux d'une bulle de bien-être.

En attendant son retour de la salle de bains, il avait remarqué une série complète de bandes dessinées : « Les passagers du vent ». Séduit par le nom, il avait commencé à feuilleter le premier tome. Il avait tout de suite aimé le graphisme et les personnages de ce récit d'exil, d'amours et de batailles, des landes celtiques aux océans lointains.

Il nota que les deux reproductions qui encadraient la fenêtre étaient extraites de ces histoires.

— *Les passagers du vent*; le titre m'a séduite au premier coup d'œil.

Il releva la tête. La silhouette mince d'Énora se dressait au pied du lit. Stéphane eut un léger sourire.

— En tout cas, ça te ressemble. *Passagère du vent*, c'est une formule qui pourrait s'appliquer à toi. On ne t'imagine pas fixée ni à un endroit ni à une personne.

— Tu veux dire à toi par exemple.

Il repéra la fugace touche d'amertume dans la voix.

— Tu crois que je dors auprès de toi pour la deuxième nuit, uniquement parce que je te considère comme un bon plan cul pour agrémenter une enquête au bout du monde ?

— Pas uniquement. Mais nous savons toi et moi que nous sommes à un croisement et que nos routes se sépareront inéluctablement à brève échéance.

Soudainement le commissaire saisit sa collègue par le bras et la fit basculer sur le lit, l'attirant contre lui.

— Tu sais toujours tout, toi ! Eh bien, même les plus grandes voyantes se fourrent parfois le doigt de la prédiction dans l'œil. Et pour toi, c'est pareil. Je ne sais pas ce que tu m'as fait, mais je ne me suis pas senti aussi bien avec une femme depuis très longtemps. Je me demande même si tu n'es pas celle qui me convient le mieux...

— Arrête !

Énora avait plaqué sa main sur la bouche de son compagnon pour l'empêcher de continuer. Il se dégagea doucement.

— Pourquoi ? Je sais bien, ça semble complètement fou, mais il faut croire que les coups de foudre existent.

Une horrible tentation s'empara d'Énora. Elle aurait voulu croire à ce futur auprès de cet homme qui l'attirait terriblement, mais trop d'obstacles se dressaient pour que leur amour s'inscrive dans la durée. Il était jeune, un jour il ressentirait le besoin d'avoir des enfants. Il ne lui était pas destiné.

Ravalant sa tristesse, elle prit un ton léger.

— Moi aussi, j'aime ta présence. Malgré les apparences, je n'ai rien d'une croqueuse de mâles et notre rencontre restera un des plus jolis souvenirs de ma vie, mais je sais que ton destin t'attend ailleurs. Hélas, mille fois hélas, même si je suis nominée, je ne crois pas que j'emporte l'Oscar. Je crois aussi que tu t'emballes. Aurais-tu oublié comme je t'agaçais au début ?

— Mais tu m'agaces toujours… de moins en moins souvent. Je n'ai jamais rencontré une femme aussi étrange et peu conformiste que toi. J'aime aussi faire…

— L'intérêt disparaît avec l'habitude et puis tu ne me connais pas.

— J'en connais suffisamment. Tu t'appelles Énora Trinité et…

— Faux !

— Comment faux ? Ne me dis pas que tu travailles sous pseudo. On est à la PJ, ma belle, pas dans les services secrets.

Elle sourit.

— Rien d'aussi mystérieux. Mais si tu consultes notre bible, l'annuaire des commissaires, tu ne trouveras pas d'Énora Trinité, mais une Julie Trinité.

— Tu t'appelles Julie ! Mais c'est mignon tout plein et puis ça te va bien. Pourquoi te faire appeler différemment ?

— Longue histoire.

— J'ai tout mon temps, répliqua son compagnon en picorant des baisers sur ses lèvres.

— Disons que j'ai cru pouvoir vivre la vie tranquille d'une femme ordinaire avec la panoplie complète : mari, enfants, maison et *tutti quanti*. Eh oui tu vois, moi, l'aventurière, la passagère, j'avais trouvé un port d'attache. Quand mon mari s'est suicidé, mon château s'est écroulé, mais d'autres évènements ont également contribué à chambouler ma vie et à me faire éclater en mille morceaux.

Elle avait enfoui son visage contre l'épaule de Stéphane et sa voix lui parvenait, assourdie, lointaine. Il l'écoutait sans l'interrompre.

— À cette époque, je travaillais à Paris dans un commissariat de quartier, j'ai été mêlée à une affaire que je n'aurais jamais dû conserver. Une série de meurtres. Sept, pour être exacte. Je me suis lancée à corps perdu dans cette enquête, tellement fière qu'on me la laisse, moi, un petit inspecteur de commissariat. J'aurais dû comprendre qu'il y avait un loup.

— En effet, déjà un homicide, c'est duraille de garder, mais sept. Et la raison ?

— La raison ; toutes les victimes étaient *francs-macs*.

— Waouh, sept petits frères d'un coup !

— Pas vraiment d'un coup, mais en moins de cinq mois. Et le plus rigolo, dès le début, je me suis rendu compte qu'il y avait un mode opératoire très étrange, mais je n'arrivais pas à mettre le doigt sur ce qui me titillait.

— Ça n'explique pas pourquoi tu n'as pas passé la main.

— Eh bien, d'autres avant moi ont établi des liens, des connexions, ils ont tiré des conclusions. Le meurtrier tuait ses victimes avec des armes en relation avec leur grade maçonnique. Conclusion…

— Conclusion, il faisait partie de la confrérie lui aussi.

— Touché. Et personne, surtout pas parmi des flics

frangins, ne voulait se mouiller dans une affaire qui sentait de plus en plus mauvais.

— J'imagine. Alors on a laissé la petite jeunette qui en voulait, aller toute seule au combat.

Énora poursuivit les yeux dans le vague, perdue dans ses souvenirs.

— De fil en aiguille, j'ai réussi à remonter la piste et je suis tombée sur un groupe de fanatiques. Une loge qui avait non seulement fait dissidence, mais qui était entrée dans la clandestinité la plus compète. Écœurés par les pratiques de certains membres de la famille qui, selon eux, déshonoraient la bande FM, ils avaient décidé de faire personnellement le ménage. Et de la manière la plus radicale qui soit.

— En éliminant physiquement les brebis galeuses.

— Exactement et de manière à servir d'avertissement aux autres, sans que la signature ne soit trop apparente aux profanes.

Kowalski réfléchit un moment.

— C'est étrange, je n'arrive pas à me remémorer une affaire de ce type. Tu n'as pas réussi à élucider l'affaire ?

Énora se laissa glisser dans ses souvenirs.

— Si. Je suis remontée jusqu'aux meurtriers et surtout jusqu'à la tête. Tout avait soigneusement été planifié par le grand maître de la loge, un homme étrange, moitié mage, moitié psychopathe. Il m'a avertie de ce qui arriverait si je lui passais les menottes et si je tentais de révéler une vérité trop dérangeante. En creusant dans le passé des victimes, je m'étais aperçue qu'il s'agissait de beaux salauds qui avaient écrasé sans scrupule d'innocentes victimes et pour le plus haut gradé d'entre eux qui avait du sang sur les mains. Leur chemin était pavé de magouilles, corruption, collusion avec des élus, des voyous, des flics et même des magistrats. On ne me laisserait pas déballer tout ce linge sale, on ne prendrait pas le risque d'un procès qui mettrait au grand jour d'autres malversations. Des hommes et des femmes mourraient encore, mais sans qu'ils interviennent ce coup-ci. Il me fit savoir que ma propre vie était menacée dès lors que j'avais approché de trop près des secrets dérangeants.

— Tu ne les as quand même pas laissé partir ?

— Bien sûr que non. D'ailleurs à ce moment, je n'attachais que peu d'importance à ma vie, encore sous le choc du suicide de mon mari. Mais il m'a fait une proposition, une proposition que je n'ai pas refusée.

Énora s'arracha à l'étreinte de Kowalski. Elle se leva, alluma une cigarette et se dirigea vers la fenêtre, fuyant son regard.

— Mon mari est parti pour de multiples raisons sans doute, peut-être un mal de vivre que je n'ai pas su guérir, mais l'élément déclencheur fut sans conteste la méchanceté de son ex qui n'avait jamais digéré leur rupture. Pour se venger, elle lui avait fracturé les doigts de la main droite. Terminée la musique ! Envolée sa passion, il savait que même si les fractures se ressoudaient bien, il ne retrouverait jamais son agilité. Il ne se remit jamais de cette blessure. Il s'est ouvert les veines. Je n'étais qu'une boule de haine à l'égard de cette femme, hors d'atteinte parce que mon mari n'avait jamais voulu déposer plainte contre elle. Alors le grand maître m'a proposé ce marché. Je le laissai terminer son œuvre et il me promettait que toutes les personnes impliquées dans ces meurtres mourraient, de par leur volonté et collectivement. Pour ce qui me concernait, il paierait le prix du sang. Au moment de leur mort, ils feraient une chaîne d'union et projetteraient leur esprit pour frapper celle qui avait détruit mon mari.

Se retournant, elle regarda un Kowalski effaré par ces révélations.

— Tu n'as quand même pas cru à ces sornettes ? Le type voulait juste se tirer d'affaire.

— Non, je savais qu'il disait la vérité, du moins pour la mort de tous les conjurés. Pour le reste, comme je te l'ai dit, j'étais obnubilée par la haine et l'envie de détruire. J'ai accepté le deal. Peu de temps après, la dernière de leurs cibles est passée de vie à trépas et on a retrouvé dans une maison abandonnée les corps de trois personnes et une lettre avec des aveux détaillés. Fin de l'enquête et clôture de l'affaire avec bien évidemment les félicitations officieuses pour le petit inspecteur qui avait si bien résolu l'énigme et surtout si bien tenu sa langue.

— Et l'ex ?

— Le jour de la mort des trois frères, elle s'engagea sur un passage à niveau au moment où un train arrivait. On ne retrouva qu'un corps fracassé. Fin de l'histoire.

— Pure coïncidence.

— Peut-être. Mais j'avais souhaité sa mort, passé un marché pour ça. Ce jour-là, j'ai décidé qu'il fallait tourner la page. J'ai obtenu sans difficulté une mutation à la Martinique, j'ai passé le concours de commissaire. Et pour cette nouvelle vie, il me fallait un nouveau nom. J'ai choisi celui de ce personnage des *Passagers du vent*. Et j'ai continué mon apprentissage pour ne plus jamais me laisser dicter ma conduite par la peur ou la haine.

Kowalski se taisait, perdu dans ses pensées, plein de fascination et aussi d'une certaine répulsion pour cette collègue aussi étrange. Il commençait à comprendre qu'il ne serait pas facile d'être le compagnon d'une telle femme.

27

Des lampadaires projetaient des flaques de lumière sur le béton gris des quais. La nuit enveloppait les superstructures des cargos, présences massives et inquiétantes, mais le port ne dormait pas. La nuit bruissait du clapotis contre la coque des bateaux, les éclats de rire du bar voisin semblaient ricocher sur l'eau noire des bassins et de temps en temps, une corne de brume résonnait comme un étrange appel.

Ombre parmi les ombres, Énora attendait. Elle réfléchissait aux pièces du puzzle qui commençaient à s'assembler.

Alys était rentrée précipitamment. Elle n'avait eu qu'un bref contact téléphonique avec elle. Malgré l'horreur de ce nouveau crime, la jeune femme n'avait rien dit à la commissaire. Mais Énora avait senti sa détermination. Si elle ne se trompait pas, les deux anciens amants se rencontreraient ce soir, là tout près de ce cargo, le Vera Cruz.

Les deux premiers jours de la semaine n'avaient rien apporté de significatif. Charlie Devers ne s'était pas manifesté. Le signalement diffusé à toutes les unités de la région n'avait encore rien donné. Berthelon avait opportunément tiré un ticket de maladie. C'était de bonne guerre. Pendant ce temps, il réfléchirait à une solution de repli. Énora avait jeté un rapide coup d'œil sur les documents remis par le policier. Elle n'avait rien noté d'intéressant à première vue et avait confié à son adjoint le soin d'examiner tout ça en détail et de l'intégrer dans la procédure. Pourtant, elle était un peu surprise que Berthelon ait si rapidement lâché prise. Elle avait la vague intuition qu'il lui avait réservé une mauvaise surprise, mais elle n'arrivait pas à imaginer ce que ça pouvait être. Elle chassa ces idées parasites de son esprit et se concentra sur l'observation des lieux. La nuit était tombée, elle bougea légèrement pour chasser le froid et l'ankylose qui s'installaient.

Elle vérifia qu'elle avait bien programmé le numéro d'urgence du commissariat pour appeler des renforts le cas échéant. Un instant, elle se reprocha de ne pas avoir averti son collègue, mais il lui demanderait l'origine de ses renseignements et la jeune femme ne pouvait se résoudre à lui avouer qu'elle lui avait caché une information de cette importance, parce qu'elle ne reposait que sur des bribes de conversation saisies entre deux portes et surtout sur une confirmation lue dans des morceaux de cartons décorés. Ce n'était après tout qu'une intuition, une interprétation, mais elle savait au plus profond d'elle-même qu'elle avait reçu un message aussi clair que s'il lui avait été déclaré par procès-verbal. Elle se rappelait l'expression d'Alys lorsqu'elle avait raccroché brusquement le téléphone.

De toute façon, Kowalski était retourné à Rennes pour deux jours, appelé à témoigner aux Assises dans le cadre d'une affaire qu'il avait traitée. Il ne reviendrait que demain dans la journée. Et puis, si rien ne se passait, elle éviterait quelques commentaires sarcastiques.

Le froid commençait à l'engourdir, la jeune femme décida de marcher un peu. Les rues étaient quasiment désertes à cette heure-ci. Un couple sortait d'un restaurant, quelques marins naviguaient entre leur bateau et les rades qui bordaient les quais. Énora marchait la tête baissée, les mains dans les poches de son blouson, un homme s'avançait vers elle sur le trottoir désert. Au moment où ils se croisèrent, elle eut comme le vague sentiment qu'elle le connaissait. Les pas de l'homme s'arrêtèrent un instant. La jeune femme se raidit, prête à l'affrontement. Les mecs ont souvent tendance à penser qu'une femme seule constitue un plat de premier choix offert à leur voracité. Mais le promeneur continua son chemin, rapidement chassé des pensées du commissaire.

Les rares voitures qui descendaient le long des deux rampes menant au port poursuivaient leur chemin vers la sortie de la ville. Trinité commençait à penser qu'elle s'était trompée quand des phares trouèrent la nuit sur sa gauche. Une voiture avançait au ralenti. Immédiatement sur le qui-vive, Trinité se dissimula derrière un panneau publicitaire. Elle vit le véhicule stopper à proximité du cargo. Une silhouette féminine en descendit, fit quelques pas vers la proue du navire. Un bref coup d'œil sur le nom, puis un regard panoramique sur les environs. Trevor était à pied d'œuvre, fidèle à son dangereux rendez-vous.

Un frisson d'excitation parcourut Énora. Elle avait tapé juste. Il ne restait plus qu'à voir si le loup sortirait du bois.

À peine avait-elle formulé cette pensée qu'une ombre massive surgit de l'abri d'un hangar désaffecté. La commissaire se tendit, tous les sens en alerte, elle remonta le bord de son blouson par-dessus l'étui de son arme, prête à dégainer.

Là-bas, l'homme et la femme s'étaient rejoints. Ils se faisaient face, comme deux lutteurs qui gardent une distance de sécurité. L'homme prit l'initiative. Il avança la main, mais la jeune femme esquiva habilement le contact. De son poste d'observation, Énora ne pouvait entendre la conversation. Elle décida de se rapprocher du couple.

Alors qu'elle se glissait furtivement le long des voitures en stationnement, elle fut brutalement saisie par le col de son blouson et tirée derrière un transformateur électrique. Surprise, elle n'offrit aucune résistance. Dans le mouvement sa tête heurta violemment le mur de béton. Étourdie, elle chuta lourdement et immédiatement l'homme fut sur elle, l'écrasant de son poids.

— Alors salope, on se retrouve !

Immédiatement, elle comprit qu'il s'agissait du passant croisé un peu plus tôt et elle sut pourquoi son aspect lui avait paru familier.

La prison l'avait vieilli, mais elle reconnut Martin Vaneck, un fumier qui aimait bien transformer sa femme en punching-ball. Devant la mâchoire fracturée et le beau visage à jamais déformé par les coups, Énora s'était juré qu'elle l'enverrait au trou. Elle avait tout particulièrement soigné la procédure, retrouvé d'anciennes petites amies qui avaient elles aussi subi la violence de Vaneck. Il avait écopé de cinq ans fermes et il était là, l'écrasant de son poids, lui bloquant la bouche pour l'empêcher de crier, moins de trois ans plus tard.

L'homme ricanait.

— Alors, on fouine ! Comme toujours, on épie. Ce n'est pas bien ça, dit-il en ôtant sa main qui la bâillonnait pour lui pincer cruellement la poitrine.

— Salaud, cracha-t-elle, en essayant de ruer et de le frapper.

Mais il ricana de plus belle devant ses efforts inutiles.

— Ça ne sert à rien, tu ne fais pas le poids. Sans tes mecs, t'es rien. Tu penses que tu peux jouer les guerriers, mais t'es qu'une gonzesse comme les autres et je vais te le prouver. J'y croyais pas lorsque je t'ai croisée tout à l'heure, marchant toute seule dans les rues sombres. Tu vas payer tout ce que j'ai subi à cause de toi.

Tout en parlant, l'homme s'énervait, se nourrissait de sa rage accumulée depuis tout ce temps où il avait quitté son bureau menotté, en route pour son placement en détention provisoire.

Il avait déchiré son blouson. Il lui écrasait la gorge d'une main, de l'autre il tentait de dégager sa ceinture et d'ouvrir son pantalon. Elle résistait avec l'énergie du désespoir, essayant d'atteindre son entrejambe. Mais il se méfiait et sous la pression de sa main, elle étouffait. Elle entendit vaguement des cris, le démarrage en trombe d'une voiture et puis tout se brouilla. Un brouillard rouge l'enveloppait, un goût de sang avait envahi sa bouche.

Soudain la seizième carte du tarot, la plus maléfique, la Maison Dieu apparut dans sa tête. Elle sut alors qu'elle avait commis une énorme erreur dans l'interprétation du tirage. Elle n'avait pas compris que la femme qui courait un grave danger, c'était elle et non Alys. Elle avait vu sa mort, mais avait couru au-devant de son destin ; sans s'en douter. L'ironie de la situation généra en elle un ultime sursaut, elle n'allait pas crever là.

Suffoquant, sur le point de perdre connaissance, elle se rappela les conseils d'un vieux brigadier qui avait connu la rue et ses combats impitoyables.

« Vise pas les couilles, ma poule, tous les mecs s'y

attendent. Les yeux, c'est ça qu'il faut frapper. Tu enfonces tes pouces et ça se dénoyaute tout seul. »

Dans un dernier sursaut, Énora plaqua les mains sur le visage de son agresseur enfonçant ses pouces dans les orbites dans un irrésistible mouvement tournant.

Ce fut presque trop facile. Elle sentit un liquide chaud et écœurant glisser le long de ses doigts. Un beuglement jaillit au-dessus d'elle, la pression sur son larynx se relâcha immédiatement. Les deux globes oculaires pendaient sur les joues de Vaneck, un filet de sang coulait d'une orbite. Ivre de rage, reprenant difficilement son souffle, la gorge douloureuse, la commissaire lui décocha un coup de genou dans le bas-ventre qui le fit se plier en hurlant de nouveau.

— Les couilles aussi, cadeau de la maison, coassa-t-elle d'une voix éraillée.

L'homme se releva, essaya de fuir dans une course maladroite. Aveuglé, il ne vit pas le bord du quai et chuta dans l'eau noire et glacée.

Des sirènes retentirent. La cavalerie, songea-t-elle. Quelqu'un avait quand même appelé la police.

Encore hébétée, elle vit deux voitures arriver. Trois flics en civil et deux en uniforme en descendirent.

— Vous êtes blessée, madame ?

Reprenant difficilement son souffle, Énora tenta de rajuster ses vêtements déchirés, une douleur fulgurante lui traversa le torse. Du sang coulait le long de sa joue et s'infiltrait dans son cou. Sans doute le choc avec le mur du transformateur. Elle voudrait expliquer qui elle est, mais le quai tangue autant que le pont d'un bateau, les voix des policiers semblaient lui parvenir de très loin.

— Putain, c'est la patronne de la PJ.

C'est le chef de la BAC qui vient de parler.

— Qu'est-ce qui s'est passé ? Où est votre agresseur ?

Énora sentit qu'elle glissait tout doucement contre le mur quand elle perçut que des mains la saisissaient sous les bras.

— Elle va tomber dans les pommes, ouvre la bagnole. On va l'installer à l'intérieur et appelle les pompiers.

Un des policiers est déjà en train de passer le message quand ses collègues entendent des cris en provenance du bassin voisin.

Énora se tenait en retrait, enveloppée dans une couverture de survie, soutenue par un des *bacqueux*. Elle regardait, sans vraiment le voir, le corps qui reposait sur la large sangle qui avait servi à le hisser hors de l'eau noire. Alertés par des plaisanciers, les pompiers aidés par les policiers avaient repêché Vaneck, mais ils n'étaient pas parvenus à le réanimer.

Lorsqu'ils avaient retourné le corps, les flics avaient eu un mouvement de recul devant le visage rendu monstrueux par les globes oculaires qui pendaient. Ils regardèrent la commissaire avec un mélange d'admiration et de dégoût.

— C'est vous qui avez fait ça, patron ?

Énora attendait qu'on vienne la récupérer. Elle avait reçu des soins aux urgences de l'hôpital militaire mais avait refusé de passer la nuit sur place. Ces lieux lui foutaient le cafard et elle devait savoir ce qui était arrivé à Alys.

Demain elle aurait quelques beaux hématomes, les côtes douloureuses et une certaine difficulté à faire sortir de sa gorge martyrisée le grand air de *Carmen*, mais à part ça, elle s'en tirait plutôt bien.

En voyant la silhouette imposante de son adjoint

s'encadrer dans la porte des urgences, elle ressentit un réconfort immédiat et sourit pitoyablement. Mais le commandant Goulven garda un visage fermé.

— La voiture est garée devant. Je suppose que vous pouvez marcher toute seule, s'ils vous laissent partir.

Désarçonnée par cet accueil, la commissaire maugréa.

— Ça fait plaisir de voir que des gens sont heureux de vous savoir en vie, dit-elle en se logeant avec précaution dans l'habitacle de la voiture.

— Ouais, c'est sûr, tu as bien fait de pas caner. Ça m'aurait fait chier de filer de la thune pour ta couronne. Je n'aime pas les gens qui meurent par connerie, surtout quand ils se disent flics.

Suffoquée autant par le tutoiement inhabituel que par la violence du ton, Énora s'apprêtait à répliquer de manière cinglante quand elle remarqua les mâchoires serrées et l'émotion qui figeait le visage de son collaborateur.

Puis elle comprit que sa réaction n'était que la manifestation de la peur qu'il avait ressentie lorsqu'on lui avait appris qu'elle avait failli y passer. Elle ravala ses mots et baissa la tête.

Et tout d'un coup, la douleur, une peur rétrospective et la honte d'avoir commis une faute professionnelle la submergèrent. À cause d'elle, non seulement le meurtrier s'était échappé, mais il avait peut-être enlevé Alys qui n'avait pas donné signe de vie depuis ce lamentable épisode.

Sans qu'elle puisse se contrôler, les larmes jaillirent, rage et peur mêlées. Elle se mit à jurer.

— Putain, je sais, j'ai merdé. J'ai tout fait foirer, mais tout s'est passé si vite.

— On joue pas solo dans notre métier, répondit

Goulven, légèrement radouci. C'est ce qu'on apprend à l'école, celle des officiers du moins, chez les commissaires, je ne sais pas !

— Fais pas chier avec la lutte des classes, c'est dépassé depuis longtemps et puis on a autre chose à faire qu'à se bouffer le nez entre nous.

— OK. Mais j'aimerais bien savoir comment vous vous êtes retrouvée dans ce merdier et surtout comment vous avez pu savoir que les deux se rencontreraient ce soir et sur le port ?

En quelques phrases, Trinité retraça les évènements de la soirée jusqu'à la rencontre inopinée avec Vaneck.

— Ça ne me dit toujours pas comment vous avez su pour le rencard et pourquoi vous n'en avez parlé à personne. J'ai toujours pensé que la gloriole personnelle, c'était pas votre truc.

Énora hésita un instant puis elle lâcha :

— J'ai surpris une conversation au téléphone. Alys acceptait une rencontre. J'ai eu le sentiment que ça n'avait rien d'une partie de plaisir, j'ai entendu l'heure et j'ai cru comprendre le mot port et puis un vague nom. Au début je pensais qu'il s'agissait d'un rade et puis je suis tombée par hasard sur le bateau.

— Mais encore ? interrogea le commandant qui sentait que sa patronne n'avait pas tout dit.

— Ça me trottait dans la tête, alors j'ai utilisé un super moyen de police scientifique pour avoir confirmation. J'ai interrogé les tarots et j'ai eu ma réponse. En fait, je me suis sacrément plantée sur certains aspects, mais Devers et Trevor étaient bien au rendez-vous.

La jeune femme avait jeté ces derniers mots sur un ton agressif, regardant Goulven droit dans les yeux, comme pour le mettre au défi de se moquer d'elle.

— Maintenant tu comprends pourquoi, j'ai quand même préféré vérifier par moi-même avant d'alerter l'équipe ?

Richard Goulven garda un moment le silence, fixant la route puis il éclata d'un grand rire.

Vexée, Trinité cracha :

— Eh bien au moins, je sais que j'ai bien fait de la fermer avant d'avoir des certitudes.

— Vous n'y êtes pas du tout, patron. Je vous adore. En fait, j'ai même envie de te dire : je t'adore.

— Au point où on en est, on peut continuer à se tutoyer.

— Que vous n'ayez rien dit à votre collègue, je le conçois, mais à moi ? Vous pouviez tenter le coup, non ? Nous avons l'habitude de vos manières... euh, non conventionnelles.

— Si tu le dis.

— Et puis, vous semblez oublier que je suis Breton, toujours prêt à croire des histoires merveilleuses.

— Oui, mais le résultat est là. J'ai gardé l'info pour moi et Trevor a été enlevée, je ne me le pardonnerai jamais.

Emportée par une immense vague de frustration, Énora cracha une nouvelle bordée de jurons.

Son adjoint lui jeta un bref coup d'œil, détaillant son pansement sur le front, ses vêtements déchirés et souillés de sang.

— Je suis quand même impressionné.

Énora renifla, essuyant les traces de larmes sur son visage.

— Pour l'autre type ? Il n'y a pas de quoi, l'instinct de survie fait des miracles.

— Non. Je ne parlais pas de ça. J'ai rarement entendu un répertoire de grossièretés aussi varié, surtout dans la bouche d'une femme. Vous avez fait des études spécifiques ?

— Je lis beaucoup, dit-elle en se mouchant. *Le dictionnaire des gros mots.*

Malgré l'heure tardive ils avaient tous rappliqué, entourant la commissaire. Énora avait fait un bref compte rendu des derniers évènements sans chercher à minimiser ses responsabilités. Elle avait fait une connerie, elle assumait... Le commandant Goulven avait pris le relais.

Trevor n'était pas rentré chez elle, son portable ne répondait pas, Devers s'était envolé ; perte de la piste. Ils avaient diffusé l'immatriculation de la voiture d'Alys, mais elle n'avait pas encore été repérée.

En revanche, du côté du défunt Vaneck, la pêche avait été fructueuse. En examinant les papiers trouvés sur le corps, les policiers avaient réussi à trouver sa voiture et son domicile. Ils avaient eu la confirmation qu'un deuxième individu partageait le deux-pièces minable à proximité du port. Ils avaient aussi relevé des traces de cocaïne sur un lit. Ça donnait un nouvel éclairage à sa présence sur le port.

Mis au courant des derniers éléments, la commissaire et son adjoint avaient compris que Vaneck avait couvert les arrières du tueur. Charlie Devers devait se méfier d'Alys et craindre un piège. Chose qu'Énora avait négligée.

Abattue, elle n'aspirait plus qu'à une chose, se retrouver chez elle, prendre une douche et avaler les antidouleurs qu'on lui avait remis à l'hôpital. Elle s'apprêtait à partir quand son adjoint entra dans le bureau, tenant une liasse de feuillets à la main. Énora remarqua immédiatement son visage fermé.

— Y a un problème ?

— Jette un coup d'œil là-dessus.

Elle vit qu'il s'agissait de la liste des véhicules identifiés par Berthelon, une immatriculation était entourée au stylo.

— L'enfoiré !

Parmi les voitures repérées à proximité de la lande où avait été retrouvé le cheval décapité, se trouvait celle de Vaneck. Berthelon s'était bien gardé de lui faire part de cette information, alors qu'il n'ignorait pas les menaces dont elle avait fait l'objet de la part de ce sinistre individu. Petite vengeance qui avait bien failli lui coûter la peau.

— Tu vas déposer plainte contre lui ?

— Et pourquoi ?

— Mais enfin ! s'exclama le commandant, il a quand même volontairement dissimulé une information qui non seulement aurait fait avancer l'enquête, mais qui, en plus, t'a mise en danger.

— Ça reste à prouver. Il peut toujours chiquer en prétendant qu'il n'a pas fait le rapprochement. Non, je vais régler ça à ma façon. De plus, c'est la deuxième fois que je commets l'erreur de sous-estimer mon adversaire et il y a toujours un prix à payer quand on fait ce genre de connerie.

— Pour le rendez-vous, OK, tu as eu tort de ne pas partager l'info, mais pour la bagnole, tu ne pouvais pas savoir.

— J'aurais dû me méfier. Un grand marin m'a dit un jour que lorsqu'on se faisait avoir, c'était toujours le même mécanisme : par arrogance, avec la certitude qu'on est le plus fort et qu'on maîtrise la situation. On s'occupera de Berthelon plus tard, j'ai un levier de plus pour exiger sa demande de mutation. Il comprendra très vite où se situe son intérêt.

Le commandant garda le silence quelques instants, puis comme si la chose avait peu d'intérêt, il lâcha du bout des lèvres :

— Comme tu voudras.

28

Un bruit à la fois strident et puissant lui déchiquetait la tête. Énora gémit faiblement et se retourna sur son oreiller, mais la torture continua. Elle avait l'impression que son cerveau allait imploser sous l'effet de la pulsation monstrueuse qui enflait sous son crâne. Vaincue, elle ouvrit les yeux, une gêne du côté gauche lui rappela immédiatement sa mésaventure de la nuit. Sur la table de chevet, le téléphone continuait à sonner sans relâche.

À l'autre bout du fil la voix de Kowalski s'imposa. L'inquiétude se mêlait à la colère.

— Qu'est-ce qui t'a pris de t'embarquer seule dans cette affaire ? Et tes blessures, ça va ?

Énora inspira profondément, essayant de contrôler la douleur qui martelait sa tête.

— Ne crie pas, je t'en supplie. J'ai l'impression d'avoir été passée à la broyeuse. Je ne suis pas fière de moi, mais je ne vais pas passer mon temps à m'excuser. C'est fait, on ne revient plus là-dessus. Et on a de nouveaux éléments.

— Tu parles ! Un cadavre, un meurtrier en fuite et pour couronner le tout, Trevor enlevée.

Trinité sentit la moutarde lui monter au nez d'un coup.

— J'ai passé l'âge de me prendre des engueulades. J'ai

autre chose qu'un pois chiche dans la tête et je ne t'ai pas attendu pour faire le bilan. Sauf sur un point. Rien ne dit que Trevor ait été enlevée.

— Comment...

La jeune femme le coupa.

— Pour ce que j'en ai vu, elle est venue de son plein gré et en omettant bien évidemment de nous prévenir. Elle n'est pas suicidaire et elle avait sûrement une petite idée de manœuvre dans la tête.

— Pure hypothèse.

— On en rediscutera plus tard. Tu reviens quand ?

— En fin d'après-midi. J'ai deux ou trois choses à régler ici et je reprends la route pour Brest.

— OK.

Un peu gêné par la froideur d'Énora, Kowalski se radoucit.

— L'important, c'est que tu en aies réchappé. Soigne-toi bien et ne prends plus de risques jusqu'à mon retour.

D'une humeur de chien, la jeune femme marmonna quelques mots que Kowalski entendit à peine, mais dont il saisit parfaitement le sens.

— Eh bien dis donc, les raclées ne t'incitent pas à la soumission, toi.

Et il raccrocha avant de recevoir la bordée d'injures qui aurait saturé la ligne téléphonique.

À quelques kilomètres de là, enfermé dans l'opacité verte d'un bois, un couple discutait. La jeune femme se tenait appuyée contre une voiture tandis que l'homme se tenait un peu à l'écart. On aurait pu croire un couple d'amants cherchant la discrétion d'un coin tranquille. Amants, ils l'avaient été, mais aujourd'hui ils étaient devenus deux ennemis implacables, sous le masque que chacun arborait.

Une tension palpable épaississait l'air entre eux, comme un *no man's land*, une distance de sécurité.

Gagner du temps. Trevor s'y ingéniait par tous les moyens. Il fallait gagner du temps et aussi le mettre en confiance, du moins suffisamment pour qu'il abaisse sa garde.

Elle avait dissimulé le choc de se retrouver face à face avec Charlie. Les derniers temps de leur cohabitation, elle vivait dans la peur. Aujourd'hui elle n'était plus la jeune femme paumée et immensément amoureuse, elle avait d'autres armes. Et pourtant elle avait difficilement maîtrisé un mouvement de recul quand elle l'avait vu sortir de l'ombre, amaigri, le visage mangé par la barbe. Mais c'était l'éclat fiévreux du regard qui l'avait glacée, une lueur de folie dansait dans ses prunelles, dangereuse, explosive.

Pendant qu'Énora se débattait sous la poigne de Vaneck, la jeune femme avait engagé un dialogue surréaliste avec son ancien amant. Elle avait tout de suite compris qu'il était parti dans une zone d'où il ne reviendrait pas. Son esprit avait sombré dans des ténèbres ensanglantées et pleines de fureur. En tuant le prêtre, il avait basculé.

Ses exigences tenaient en peu de mots. Il la voulait *elle*. Elle lui appartenait, comme lui appartenait l'épée. Ils s'en iraient loin dans des pays sans lois, sans règles, où tout était possible. Il lui promettait la fortune, l'exaltation de la conquête. Ça où la mort, la destruction de ceux qu'elle aimait, avant d'en finir avec elle. Tout le sang que boirait l'épée retomberait sur ses mains. Le choix était simple. Au fur et à mesure que les mots terribles sortaient de sa gorge, un calme profond glaçait son cœur. Viviane s'était installée aux commandes.

Elle était entrée dans son jeu, mais avec prudence. Derrière la folie qui allumait ses prunelles, il restait vigilant, méfiant. Elle avait joué la peur et la fascination, mimant l'ancienne Alys. Puis elle avait revendiqué Barramzer. La lueur de cupidité qu'il avait lue dans ses yeux l'avait un peu rassuré. Elle avait ses failles. L'épée l'avait possédée, elle aussi. Elle avait fini par acquiescer à ses projets insensés.

Il serrait son bras avec tant de force qu'elle avait l'impression que ses doigts s'étaient incrustés dans sa chair.

Il se fit encore plus menaçant.

— N'oublie pas, j'ai tué, mais toi aussi. Nous sommes liés maintenant. Je te tuerai, mais je te salirai avant. Ton nom se collera au chagrin de centaines de personnes quand l'avion s'est écrasé. Ceux qui ont crié pendant, ceux qui ont pleuré après.

Elle s'était dégagée avec violence.

— Je ne peux pas partir avec toi maintenant.

Une crispation parcourut son visage comme une onde sous la peau, le défigurant brièvement.

— N'essaie pas de m'embrouiller, je…

Elle ne le laissa pas finir, répliquant brutalement.

— Qu'est-ce que tu veux ? Qu'on parte en cavale tous les deux, sans un rond, pour se retourner sans arrêt et finir par se faire prendre ? C'est ça, ton plan ?

— Tu en as un meilleur ?

— Laisse les choses se tasser, planque-toi en attendant. De mon côté, je vais réfléchir et voir comment je peux transférer de l'argent à l'étranger et trouver un endroit où nous pourrons nous réfugier.

Il hésita brièvement. Elle ne lui laissa pas le temps de réfléchir.

— Tirons-nous d'ici. Tu as une voiture ?

Il la regarda toujours méfiant.

— Je prends celle d'un pote quand j'ai besoin. On part avec la tienne, on va discuter au calme.

L'air sembla se raréfier dans l'habitacle de la voiture quand Devers s'installa à ses côtés. Alys était consciente de sa dangereuse proximité, mais elle s'efforçait de ne rien laisser transparaître du dégoût et de la fureur qu'il lui inspirait. Il fallait jouer serré. Récupérer l'épée et puis... le neutraliser. Elle n'arrivait pas encore à formuler ce qu'elle savait devoir accomplir. Il n'y avait pas d'autre issue.

— Où tu m'emmènes ?

Il la regardait l'air mauvais comme si les pensées de la jeune femme avaient pénétré son esprit. Elle fut tentée de lui demander de retourner chez lui, mais le risque était trop grand. Rien ne prouvait qu'il avait caché l'arme redoutable dans sa piaule et elle ne voulait pas jouer sur son terrain.

— Allons sur la côte, près de chez moi, nous serons tranquilles.

Au moment où ils remontaient la rampe qui menait vers le centre-ville, ils croisèrent un camion de pompiers qui se dirigeait vers le port, toutes sirènes hurlantes. Arrivés à la hauteur de la place de la Liberté, deux voitures de police faisaient route rapidement dans la même direction.

Devers perdit son sang-froid.

— Salope, tu as essayé de me doubler ! hurla-t-il.

Alys le regarda froidement.

— Tu crois que tu serais assis près de moi, si j'avais essayé de te faire coffrer ? Reprends-toi. On n'ira pas bien loin si tu perds les pédales à chaque fois qu'on croise une bagnole de police.

Le ton glacial et uni de la voix le désarçonna. Il se calma instantanément et regarda la jeune femme pensivement. Elle avait changé, se dit-il. Il ne la manipulerait plus aussi facilement qu'avant. Mais d'un autre côté, elle lui serait sans aucun doute plus utile comme ça.

La jeune femme respira. Elle avait marqué des points. La situation n'était peut-être pas aussi désespérée. Elle avait du pouvoir sur lui.

Ils avaient passé la nuit à discuter âprement, négociant chaque avancée, chaque recul. Charlie avait refusé de montrer l'épée. Il passait par des phases d'exaltation et de noirceur. Le manque de drogue secouait son corps et son esprit dévasté.

Au petit matin, il avait fini par lui indiquer sa planque, une piaule miteuse chez son copain Vaneck. Il avait lâché le morceau, il avait trop besoin de sa poudre. Mais quand ils étaient arrivés à proximité de la rue, ils avaient tout de suite remarqué les véhicules de police en bas de l'immeuble. Avant que Devers ait eu le temps de dire ou faire quoi que ce soit, Alys avait pris la première route à droite.

La rapidité de sa manœuvre avait convaincu l'homme qu'elle ne désirait pas plus rencontrer les flics que lui.

— On va où maintenant ?

— J'en sais rien. Laisse-moi réfléchir.

Alys était ressortie de Brest, silencieuse. Les rives de la Penfeld, le petit parking, rendez-vous des amateurs de jogging chic. La jeune femme vira sèchement et se gara à l'abri des regards.

Devers devenait de plus en plus fébrile, manque et panique tout à la fois.

— On va chez toi. C'est la meilleure solution.

— Tu déconnes. Tu as déjà oublié que toute la police du coin et sans doute de la France entière te recherche. Et moi, je les ai sur le dos en permanence.

— Justement, ta baraque est suffisamment grande pour me cacher et puis ils n'iront pas me chercher sous leur nez.

— Hors de question.

La réponse avait fusé, nette, sans appel.

— Je vais te trouver une planque, sûre, quelque part dans les monts d'Arrée.

Son cerveau travaillait à plein régime. Elle allait enfermer Charlie dans un réseau puissant. Il ne reviendrait jamais du Yeun Elez. L'entrée de l'Enfer. Il allait y pourrir au fond d'un lac sombre.

La jeune femme sentit une onde glacée la parcourir. Comment avait-elle pu en arriver là ? Est-ce qu'elle était encore aux commandes ? Viviane s'imposait, forte, impitoyable. Le Mal devait disparaître. L'homme devait être détruit. Pour Barr-amzer, elle verrait plus tard. Le lien étrange qui l'unissait à l'arme finirait bien par la mener à l'endroit où le fer maléfique avait été dissimulé. L'urgence consistait à neutraliser Devers.

Dans son égarement Charlie rencontra son regard, un regard inconnu, une femme inconnue. Décidément, elle avait changé. La méfiance se déversa à flots dans son cerveau.

— Je me débrouille.

— Laisse-moi…

— Je t'ai dit que je me débrouillais !

La voix claqua, haineuse, la violence à fleur de peau. Alys fit machine arrière.

— D'accord. Dis-moi où tu as l'intention d'aller.

— T'occupe. File-moi un peu de thunes. Et méfie-toi, je te tiens à l'œil ? Si tu me doubles, je te jure qu'il ne restera plus rien de tous ceux que tu aimes.

Son regard injecté de sang, la lueur de folie qui brillait dans ses yeux confirmait ses menaces. Alys ne répondit pas. Elle sortit quelques billets de son sac. Il lui arracha des mains, les froissa rageusement.

— C'est tout ! Qu'est-ce que tu crois ? Que je vais m'en tirer avec ta monnaie ? Remonte vers la côte, tu t'arrêteras dans un patelin et tu tireras un max au distributeur.

Elle avait laissé Charlie dans le bois où ils avaient réglé les derniers détails, plutôt les dernières menaces. Il avait refusé de dévoiler ses plans, mais elle sentait qu'il avait quelque chose en tête. La matinée était déjà bien avancée quand elle franchit le portail de Kastell Mor. Quand elle arriva dans la cour du manoir, la jeune femme comprit tout de suite qu'il se passait quelque chose.

Deux bagnoles inconnues étaient stationnées devant les escaliers de l'entrée principale, vides, banales, mais puant le flic à plein nez.

La jeune femme inspira profondément et avança résolument. Au même moment, la porte s'ouvrit sur le commandant Goulven suivi de Marie-Louise.

La vieille dame ne prononça pas un mot, mais bousculant presque l'officier, elle serra la jeune femme avec une violence contenue.

— Tu m'as fait peur.

Les mots s'étaient échappés des lèvres serrées, à peine audibles.

— Il n'y avait aucune raison de t'inquiéter, commença la jeune femme.

— Ben voyons ! intervint durement Goulven. Un cadavre, la patronne qui a failli y passer, à moitié étranglée par le coloc de votre copain. Vous avez raison, pas de quoi paniquer.

Alys revit l'éclat bleu des gyrophares devant la planque de Charlie. Il s'était passé quelque chose de plus grave qu'une simple arrestation.

— Je ne comprends rien à ce que vous me racontez.

— Ne vous en faites pas, on va vous l'expliquer en détail au service.

La jeune femme ouvrit la bouche sur une protestation qu'elle ravala immédiatement. Inutile de finasser. Elle comprit qu'il ne s'agissait pas d'une invitation mais d'un ordre.

En silence, elle suivit l'officier jusqu'à sa voiture. Au passage, elle reconnut une jeune femme et un homme qu'elle avait croisés au commissariat. Pas la peine de se demander ce qu'ils faisaient là, le peu qu'avait lâché son interlocuteur attestait de la gravité de la situation.

Il avait parlé d'un cadavre, encore une victime de Charlie ? Pourtant, elle ne l'avait pas quitté de la nuit. Elle n'osait pas demander ce qui était arrivé à Énora. Le remords de l'avoir trahie la mettait mal à l'aise. Mais elle chassa ses sentiments, il n'y avait pas de place pour la faiblesse dans le combat qu'elle avait engagé.

Le trajet jusqu'à Brest s'était déroulé dans un silence hostile, brièvement interrompu par le commandant pour annoncer qu'il l'avait récupérée. Il avait rapidement mis fin à la conversation avec son interlocuteur invisible.

— Non, elle a plutôt l'air en forme… Écoute, on verra ça au service, mais là, ça s'impose.

Alys avait compris qu'elle était l'objet de la conversation volontairement laconique. Elle ne lui donna pas le plaisir de solliciter une quelconque explication.

L'hostilité ouverte du policier n'augurait rien de bon.

Pourtant il était vital qu'Alys garde sa liberté de mouvement.

La voiture entra directement dans la cour du commissariat, derrière un fourgon sérigraphié. Deux policiers en descendirent, encadrant un homme menotté. Alys s'effaça pour les laisser passer et elle se rendit compte qu'elle ne portait aucune entrave, mais elle aussi était serrée de près par les flics qui l'avaient emmenée.

Finie la courtoisie, elle entrait par la porte arrière. En passant elle entrevit un banc de pierre auquel était attachée une femme, manifestement ivre et un peu plus loin une rangée de cellules. Elle sentit un froid glacial la parcourir. Pour l'instant on ne lui reprochait que de couvrir Charlie. La belle affaire ! Elle savait bien que personne ne la soupçonnait vraiment d'avoir trempé dans le meurtre du père Cordier, mais après. Si les flics mettaient la main sur Charlie, il parlerait. Et pour elle il y aurait bien pire, peut-être la perspective de longues années en prison, pour cette faute terrible qu'elle avait commise bien malgré elle.

Aucune lueur du jour, mais une rangée de néons qui éclairait sa cellule d'une lumière faiblarde. Elle avait repoussé avec dégoût la couverture douteuse qui recouvrait le simple banc de béton scellé au mur. Elle ressassait ses pensées, dans cet espace de six mètres carrés imprégné d'une âcre odeur de désinfectant.

Sans lui laisser le temps de défendre sa cause, le commandant lui avait annoncé froidement son placement en garde à vue. Seule la discipline qu'elle s'imposait lui avait permis de sauver la face à l'énoncé de la litanie de ses « droits ».

Elle avait droit de garder le silence. Pour le flic qui lui lisait d'un ton blasé les dispositions légales, les mots n'étaient plus que des sons, cent fois répétés. Mais pour elle ? Garder le silence était sa seule chance. Ils n'avaient rien contre elle. Ils finiraient bien par la relâcher. Elle tiendrait bon, elle avait besoin de sa liberté de mouvement. La prochaine rencontre avec Charlie sonnerait l'heure de vérité. Elle tuerait ce monstre, pour venger les innocents qui avaient nourri sa folie et la soif de sang de Barr-amzer. Elle l'empêcherait de parler à tout jamais. Elle avait payé assez cher cette faute involontaire. Il ne ruinerait pas le reste de sa vie.

Dans une étrange schizophrénie, une partie de son esprit était horrifiée par cette détermination. Qu'était-elle devenue ? Prête à tuer. Valait-elle mieux que Charlie ?

Trois longues heures s'étaient écoulées depuis qu'elle s'était assise sur la chaise miteuse dans ce bureau encombré. Aussitôt après lui avoir fait signer son procès-verbal de garde à vue, l'officier de police était entré dans le vif du sujet.

Les questions, brèves, brutales, ricochaient sur les murs ; ses réponses se baladaient, inexistantes ou évasives.

Le commandant n'avait pas insisté.

— Eh bien, on va retranscrire tout ça dans un beau PV de chique[1]. Nom, prénom...

Moins de dix minutes plus tard, elle signait une page où à part son état civil, tout était bidon. Goulven n'avait fait aucun commentaire en lui tendant le stylo pour signer en bas de la page. C'est elle qui avait interrogé :

— C'est bon, maintenant, je peux partir ?

L'officier lui avait jeté un long regard et sans répondre, il avait décroché son téléphone.

1. Procès-verbal où la personne interrogée raconte n'importe quoi, ou se tait.

— Bonjour, vous pouvez m'envoyer quelqu'un prendre livraison d'une pensionnaire.

Il écouta la réponse, puis raccrocha. À ce moment seulement il sembla prendre conscience de sa question.

— Repartir, peut-être, mais sûrement pas maintenant. Notre hôtel ne peut rivaliser avec votre château, je vais néanmoins avoir l'audace de vous garder à dormir cette nuit.

Avant qu'Alys n'ait pu répliquer, la porte s'ouvrit sur un gardien de la paix, entre deux âges et plutôt entre deux vins qu'entre deux eaux.

Goulven eut un geste de la main en direction de la jeune femme.

— Vous emmenez mademoiselle. Attention, elle est du genre à prendre la poudre d'escampette, alors il vaut mieux la pincer.

Le policier avait sorti une paire de menottes et sans se soucier des protestations de Trevor, il lui avait immobilisé les poignets dans le dos.

Dans l'escalier qui la ramenait vers les cellules, elle croisa une femme qui montait les marches avec une certaine raideur. Elle se tenait presque voûtée et quand elle releva la tête, Alys prit de plein fouet le visage contusionné d'Énora. Elle ouvrit la bouche, mais la commissaire ne lui laissa pas le temps de parler. Elle continua son chemin, sans même accrocher son regard.

Le temps s'écoulait, avec une infinie lenteur, accentuant encore le sentiment d'urgence d'Alys. Les minutes s'agglutinaient, scandées par les hurlements des ivrognes dans les chambres de dégrisement à l'autre bout du couloir et par les coups frappés contre la vitre d'une autre cellule, dont elle ne pouvait apercevoir l'occupant.

La jeune femme était sur des charbons ardents, elle

redoutait par-dessus tout que Charlie, mécontent de ne pas avoir de ses nouvelles, pense qu'elle l'avait trahi et s'en prenne à ses proches. Elle avait essayé de se retirer au fond d'elle-même pour se déconnecter du monde et réfléchir. Mais la peur d'un nouveau carnage la ramenait toujours à la surface. Elle avait laissé de côté la barquette contenant une peu appétissante bouillie qu'on lui avait servie pour le déjeuner. Elle réfléchissait à ce qu'elle dirait lors de sa prochaine audition.

Étrange qu'elle n'ait pas rencontré Énora ou son collègue de Rennes. Le peu qu'elle avait aperçu dans l'escalier lui avait fait comprendre que la commissaire avait passé un mauvais quart d'heure. Elle aurait bien voulu connaître les circonstances exactes, même si elle se doutait que la bagarre devait être liée au type qui avait hébergé Charlie. Qu'était-il devenu ? À moins qu'il ne s'agisse du cadavre dont avait parlé l'officier ?

Quoi qu'elle fasse, Trevor butait sur une impasse. Elle allait devoir jeter du lest. Elle comprit que le temps était venu de payer la facture.

Elle frappa plusieurs minutes sur la vitre de sa cellule avant qu'un gardien se déplace.

— Qu'est-ce que vous voulez ? Vous n'allez pas vous y mettre aussi. Vous trouvez peut-être qu'il n'y a pas assez de bruit dans la taule ?

— Je veux parler au commissaire Kowalski.

— Il n'est pas là.

Elle réfléchit un moment. L'attitude d'Énora ne laissait rien présager de bon. Elle avait trompé sa confiance et, la jeune femme ne devait pas être bien disposée à son égard. Mais avait-elle le choix ?

— Demandez au commissaire Trinité si elle peut me recevoir alors.

Le policier s'esclaffa.

— Vous recevoir ! Vous vous croyez dans un salon. On viendra vous chercher quand on aura besoin de vous. Ça marche comme ça ici. On n'est pas à la disposition du client.

Deux étages plus haut, Kowalski de retour de Rennes tenait conseil avec toute l'équipe.

Énora se tenait un peu à l'écart, assise sur le bureau. Une écharpe dissimulait les ecchymoses et les plaies de son cou. Elle avait réussi à masquer partiellement les marques sur son visage, mais sa pommette gauche avait déjà commencé à prendre une belle teinte aubergine. Même si ses côtes avaient tenu bon, les pressions et les coups sur sa cage thoracique lui causaient des douleurs lancinantes. Elle se tenait recroquevillée autour de sa souffrance.

Son collègue se tourna vers elle.

— Tu devrais être encore à l'hosto, ou au moins chez toi.

— Ne t'inquiète pas, je reste. De toute façon, je ne vais pas tarder à avoir la visite de ces messieurs de l'IGPN. Le proc se sent obligé de les saisir, même si ce fumier m'a à moitié étranglée.

— Difficile de faire autrement. Tu ne peux pas garder une enquête dans ton service, alors que tu es impliquée. Mais la légitime défense me paraît difficilement contestable.

— Ouais, pour l'instant ce n'est pas le problème, répondit-elle d'une voix encore éraillée. On a Trevor en GAV, mais pas grand-chose de solide pour l'accrocher ?

— Tu l'as vue avec Devers, notre suspect favori. On peut toujours tenter la complicité, mais ça ne tiendra pas longtemps. En revanche non-dénonciation de crime, ça pourrait déjà faire l'affaire.

— Qu'au moins votre petite virée solitaire serve à quelque chose, lança le commandant Goulven.

Énora lui jeta un regard mauvais. Elle savait qu'il continuait à évacuer le reste de la peur qu'elle lui avait causée. Pour l'instant, elle était encore trop mal en point, mais tout ce petit monde n'allait pas lui briser les ovaires encore longtemps.

— Ma petite virée solitaire, comme tu dis, a au moins permis de faire avancer une enquête où toi, comme les autres, faisiez du sur-place. La fille s'en est tirée. On a enfin du concret sur Devers et *a priori*, j'ai suffisamment dégusté pour qu'on ne me reproche pas mon envie de solitude jusqu'à la fin des temps.

L'officier ouvrit la bouche pour répliquer, mais Kowalski coupa court.

— Stop ! Le moment est mal choisi pour un psychodrame. Les heures de GAV défilent et il faut absolument que l'autre cachottière crache le morceau avant que le juge nous tombe sur le dos et nous demande de la remettre dehors. Alors au boulot, on récapitule tout ce qu'on a.

— On ne la lâchera pas, patron, les crocs sont plantés dans la viande, intervint le jeune Chancel.

— En attendant, prends le marqueur et ne le lâche pas.

Le lieutenant s'exécuta de bonne grâce et prit place devant le tableau mural.

Durant plus d'une heure, l'équipe reprit un à un tous les éléments recueillis, analysa toutes les pistes, détermina une stratégie.

À la fin, trois colonnes, trois noms : Devers, Vaneck, Trevor, des indices, empreintes, relevés ADN… et des liens qui commençaient à raconter une histoire cohérente. Une image apparaissait, il ne manquait que quelques pièces au puzzle pour habiller les dernières zones blanches. Et puis bien sûr, un meurtrier incontrôlable qui errait toujours dans la nature avec son arme de prédilection.

Un bref coup frappé et la porte s'ouvrit sur la pétillante Sophie.

Elle agitait une feuille de papier.

— Le monstre a un visage, les gars. La photo est peut-être un peu ancienne, mais si vous voulez mon avis, dans le genre beau ténébreux, il tire son épingle du jeu. Je comprends que la châtelaine en mal d'aventure se soit entichée de lui.

— Ça vient d'où ?

— Un mail de nos collègues de Cayenne.

Énora se leva et tendit la main pour récupérer le feuillet. La douleur lui arracha une grimace. Elle contempla les clichés. Devers y figurait en portrait et en pied.

— C'est le mec que tu as vu sur le quai ? s'enquit Kowalski.

Elle fit la moue.

— Sans doute. Tout s'est passé très vite, mais je me souviens d'un type plus émacié, plus sec.

— On ne fait pas de lard en cavale. Et avec toute la dope qu'il s'enfile, ça doit lui couper l'appétit.

Durant cet échange Riboix s'était levé et regardait le tableau.

— On commence à apercevoir la lumière, mais je me demande toujours pourquoi Devers a tué le curé. Peut-être qu'il l'a surpris en venant par hasard, mais imagine qu'il y ait une autre raison.

— Continue.

— Il avait peut-être une information qui aurait pu

nuire au tueur. Rappelle-toi quand nous avons interrogé le chéri de Trevor à Paris, il a déclaré qu'Alys ne semblait pas dans son assiette depuis quelque temps.

— Tu nous emmènes où ? le coupa Kowalski. Tout ça, on le sait. Elle paniquait parce qu'elle savait que son ex avait refait surface.

— Oui, mais l'agent immobilier a mentionné qu'un homme avait téléphoné juste après son départ. Il avait paru très contrarié de l'avoir ratée, mais il a dit qu'il la verrait à son arrivée.

Tous les visages étaient tournés vers l'officier.

— On n'a pas vraiment creusé parce qu'on ne voyait pas l'intérêt, mais supposons que le correspondant soit le père Cordier. S'il voulait joindre la cachottière avec autant d'insistance, c'est peut-être bien qu'il avait une info de première bourre à lui balancer.

— Dans le genre : planque tes miches, il y a un grand méchant loup dans le coin, poursuivit Énora.

— Il est venu la prévenir au château et manque de bol pour lui, l'autre tocard était déjà sur place, prêt à tester le tranchant de la fameuse épée.

— Ça se tient. Et ça implique que le curé était au courant des égarements de sa brebis et de sa relation tumultueuse avec Devers.

— Et sans doute des raisons qui empêchaient Trevor de le balancer à la police.

— De toute façon, à part si tu connais un bon médium, il ne risque pas de nous donner les réponses.

Le commandant Goulven sauta légèrement de la table où il s'était assis et balança à la cantonade :

— Avant d'agiter l'au-delà, on peut commencer dans le classique et secouer les vivants. Elle doit être à point la jolie sorcière. Qui s'y colle pour l'audition ?

— On va commencer tendre, Chancel, tu la prends en premier et…

— En premier et en dernier, si tu veux, chef, je la prends tant que tu veux.

Une petite tape sèche sur l'arrière de son crâne modéra ses ardeurs.

— Contente-toi de chauffer la salle, avec un ou deux PV à la con et quand tu l'auras bien mise en confiance, nous prendrons le relais.

— Il faut qu'on reprenne la téléphonie du curé pour voir si quelque chose nous a échappé.

— Je m'en charge.

Kowalski se tourna vers sa collègue.

— Tu ne devrais pas être au pieu plutôt ?

— Je m'en charge, je t'ai dit.

Il n'insista pas.

Les uns derrière les autres, les policiers quittèrent la salle.

Kowalski retint sa collègue.

— Tu vas bien, toi ? s'enquit-il en l'entourant de ses bras.

— Comme tu vois. Un peu démolie, mais rien de cassé.

— Ce n'est pas de la casse externe dont je veux parler, mais de ce qui se passe là-dedans. Tu as besoin d'en parler ?

Il avait gentiment tapoté le front de la jeune femme.

Énora le regarda très froidement.

— Si tu veux me faire dire que je déprime et que j'ai des angoisses parce que j'ai buté un mec qui voulait me tuer, après m'avoir violée en prime, abandonne tout de suite.

Elle avait raison. C'était la seule voie pour ne pas finir

accro aux pilules du bonheur ou le canon d'un Sig[1] dans la bouche. N'empêche… son attitude le glaça. Sans qu'il puisse s'en empêcher, il prit du recul. Les souvenirs brûlants de son corps offert, ou ceux plus tendres du petit matin ne parvenaient pas à adoucir cette compacité froide qu'il discernait en elle, sa part d'ombre.

Quelques jours plus tôt, il songeait à se lever chaque matin aux côtés de cette femme et aujourd'hui, il regardait une parfaite étrangère, sombre et dérangeante.

1. Abréviation de SIG SAUER. Il s'agit du pistolet en dotation dans la police nationale.

29

Les policiers s'étaient succédé, Alys Trevor n'avait rien lâché.

Énora n'avait pas participé aux auditions, le lien s'était rompu. L'attaque qu'elle avait subie empêchait toute relation de confiance entre elles.

Une fine bruine tamisait les cônes de lumière des lampadaires déjà allumés.

Kowalski se tenait devant Alys, les mains dans les poches, silencieux. Depuis qu'il avait franchi la porte un quart d'heure plus tôt, un silence pesant s'était installé. Les questions sans cesse répétées, la tension intérieure, avaient commencé à bouffer la jeune femme, mais le commissaire voyait qu'elle tenait encore debout.

Ce fut elle qui attaqua la première, peut-être le premier signe de reddition.

— Vous allez encore me garder longtemps ici ? Pendant ce temps, un assassin court, libre lui.

— Effectivement. Et grâce à qui ?

Kowalski avait presque crié ces deniers mots. D'un geste brusque, il avait posé ses bras sur les accoudoirs, l'enfermant dans le cercle de sa volonté.

Elle n'eut aucun geste de recul et le regarda droit dans

les yeux, leurs visages se touchant presque. Il sentit son parfum, sillage élégant à la fois poivré et musqué. Un parfum qui le frappa droit au ventre. Cette femme l'attirait. Ce fut lui qui rompit le contact le premier.

— Pourquoi protégez-vous cet homme ?

— Je ne protège personne. Mais j'ai de bonnes raisons pour avoir dissimulé son identité. Croyez-moi, faites-moi confiance. Commissaire, je vous en supplie, laissez-moi partir. Je le retrouverai, je vous l'assure.

— Vous faire confiance, répliqua-t-il sur un ton moqueur. C'est vrai que jusqu'à présent cette attitude s'est révélée payante. Vous voulez que je vous rappelle comment vous nous avez filé entre les doigts à plusieurs reprises ?

Elle ne répliqua pas, le laissant poursuivre.

— À cause de vous, ma collègue a failli y passer, mais Devers, lui, court toujours, en pleine forme.

— Votre collègue a pris ses responsabilités, je n'y suis pour rien.

La voix froide ne laissait transparaître aucune compassion, mais Kowalski nota le pincement involontaire des lèvres.

— Vous auriez tort de nous prendre pour des demeurés ou des incapables.

Alys ouvrit la bouche.

— Je...

— Taisez-vous ! répliqua durement Kowalski. Puisque vous persistez à vous taire, c'est moi qui vais parler. On a pas mal avancé et malgré vos cachotteries, on commence à cerner votre ex.

La jeune femme le regarda sans que rien ne transparaisse de ses pensées.

— Car c'est bien de ça qu'il s'agit. Un ex-grand amour

devenu trop encombrant maintenant qu'on est revenue à la respectabilité et qu'on a fini la crise de la petite bourge en rébellion.

Le commissaire se tenait devant elle, les mains dans les poches, le regard dur.

— Une jeune fille follement amoureuse, loin de chez elle, maquée avec un voyou... Qu'est-ce que vous avez fait d'inavouable durant votre liaison avec lui ? C'est bien ça, le nœud du problème. Devers vous tient. Avec une histoire suffisamment sordide pour que vous acceptiez de sacrifier des innocents pour protéger votre petite réputation merdique.

Elle releva brutalement la tête et le fixa avec un curieux regard, mélange de colère et de honte.

Il ajouta, ironique et méprisant :

— Qu'as-tu fait pour faire plaisir à ce salaud que tu avais dans la peau ? Tu l'as aidé dans ses petites magouilles, la came, d'autres trafics ? Ou peut-être que monsieur a préféré rentabiliser ton joli petit cul. C'est ça que tu veux cacher à tout prix, quelques parties de jambes en l'air rémunérées, peut-être même à plusieurs ?

— Ça suffit ! Vous n'avez pas le droit de me tutoyer, encore moins de m'insulter.

Elle avait crié, debout face à lui.

D'une pression brutale sur les épaules, il la força à se rasseoir.

— Je te parle comme on parle à une femme qui va rester encore quelques heures avec nous et qui goûtera aux charmes de la prison du coin, jusqu'à ce que sa langue se délie. Le juge commence à être exaspéré par ton attitude. Une femme qui préfère voir couler le sang d'innocents plutôt que d'assumer ses conneries passées.

Brutalement l'ambiance changea dans le bureau. Un

silence d'une qualité spéciale se fit. Elle tourna la tête vers la fenêtre, le regard perdu au loin. Kowalski comprit qu'il avait réussi à ouvrir une brèche dans ses défenses.

La jeune femme se leva et se dirigea doucement vers la fenêtre qui donnait sur la place de la Liberté. Songeait-elle à tout ce que recouvrait ce mot, à cette liberté qu'elle allait bientôt perdre, dans le meilleur des cas, si elle ne laissait pas sa peau dans l'affrontement final ?

Il la regarda, ne pouvant s'empêcher d'admirer la démarche souple. Même après une journée de garde à vue, habillée d'un jean et d'un pull épais, elle dégageait une aura de séduction intense. Elle était à sa merci et pourtant, elle lui semblait inaccessible.

Quelques minutes s'écoulèrent dans un silence qu'elle finit par rompre.

— Vous avez raison, commissaire. Il est temps que j'assume *mes conneries*, comme vous dites. Même si elles ne ressemblent pas à ce que vous imaginiez. Je n'ai pas toujours été fière de cette période, mais j'ai toujours ouvert les cuisses pour un homme que je choisissais. Alors remisez vos allusions graveleuses dans votre tête de flic.

Le mépris avait changé de camp.

Kowalski ne releva pas. Il avait volontairement chargé pour la bousculer.

— Je vous propose un marché. Nous voulons la même chose ; que tout s'arrête. Vous avez besoin de moi pour attraper Charlie Devers. Je le retrouve, mais vous me laissez une toute petite longueur d'avance.

— Pourquoi j'accepterais et qu'est-ce que ça changera ?

— Vous avez raison, trop de sang innocent a coulé, il n'y en aura pas d'autre. Je ne le permettrai pas. Il ne se rendra jamais. Il faudra l'arrêter et c'est à moi de le faire.

Kowalski la fixa, pensif.

— Ma collègue vous prête des petits talents qui sortent de l'ordinaire, mais je doute fort qu'ils vous permettent de venir à bout d'un type qui a au moins deux meurtres à son actif et je ne compte pas les dommages sur la faune. À moins que vous ne comptiez le tirer à vue…

— Les moyens me regardent.

— C'est ça… ricana le commissaire. Et moi là-dedans ? Complice d'un assassinat ; je crains que ça ne fasse un peu tache sur mon CV. Alors on va rester dans le classique. Vous allez gentiment nous dire où il se trouve et je vous promets qu'on essaiera de passer sous silence vos turpitudes passées, même si votre ex se sent d'humeur à aborder le sujet.

Un silence s'installa, épais. Alys réfléchissait.

— Alors vous vous décidez ? Laissez-nous faire notre boulot et ça vous épargnera de finir entre quatre planches ou entre quatre murs.

Soudain, elle rendit les armes.

— Entre quatre planches ou entre quatre murs, il semble que vous ayez bien résumé la situation, il n'existe aucune alternative.

Kowalski ouvrit la bouche.

— Taisez-vous ! Je vais tout vous dire.

La jeune femme se rassit, les épaules rentrées.

— Par le passé j'ai commis une faute qui a entraîné de terribles conséquences. On ne parle pas de turpitudes, comme vous dites, mais de mort. De la mort de cent vingt-sept personnes. Un chiffre qui n'a jamais cessé de me hanter.

La voix avait dérapé, à la limite de la rupture.

— Cent vingt-sept personnes disparues à cause de

moi. J'aurais d'ailleurs dû y passer aussi. Mais curieusement le destin m'a épargnée, moi qui étais à l'origine de tout.

Kowalski la fixait, effaré.

— Mais de quoi parlez-vous ?

Et soudain la connexion s'établit. L'avion. Mais qu'est-ce qu'elle avait à voir dans cet accident ?

Elle avait baissé la tête, recroquevillée sur une vision terrible qu'elle seule pouvait percevoir. Sur le point de parler, Kowalski ravala les questions qui se pressaient. L'instant était fragile, au bord de la confidence.

Les années galère, les années passion, les années *borderline* avaient envahi la mémoire vive d'Alys, dévastant sa vie ordonnée, sous l'afflux de sensations, de sentiments violents. Cet amour fou et la descente aux enfers qui avait suivi. La came, les coups, cet homme aimé devenu un étranger dangereux, imprévisible. La certitude qu'il fallait qu'elle se barre au plus vite avant de se perdre sans retour.

Retranchée derrière le rideau de ses cheveux flamboyants, sa voix lui parvint étouffée. Elle raconta d'une voix désincarnée comment elle avait préparé son retour en Bretagne, sa fuite pour être plus exacte. Ces derniers jours où il avait fallu dissimuler chaque indice, même le plus ténu qui aurait pu alerter Devers. Elle avait caché jour après jour, l'argent qu'elle grappillait de-ci de-là jusqu'au moment où elle avait pu réunir le prix du billet d'avion vers Paris. Et là, juste comme elle sortait de l'aéroport, sa précieuse réservation dans la poche, la tuile... Un couple de potes qui rentrait des Antilles. Et le soir même, Charlie l'attendait un verre à la main, mais étrangement calme. Son regard froid l'avait transpercée.

— Alors ma douce, tu t'es offert une petite balade à

l'aéroport. Remarque, voir les avions décoller, c'est une occupation qui en vaut une autre.

Alys se rappelait le désespoir gluant et froid qui la paralysait peu à peu. La grille de sa prison se refermait, doucement, mais inéluctablement.

— J'ai besoin de revoir mon père.

Pitoyable. Mais elle n'avait rien trouvé de mieux, terrorisée à l'idée de ce qu'il allait lui faire. Elle ne se faisait aucune illusion, il avait compris qu'il s'agissait d'un aller simple.

Il se leva sans hâte, s'avança vers elle.

— Je vois. Et j'imagine que tu pensais dans ta petite tête que ce projet me contrarierait tellement que je t'empêcherais de partir.

Alys ne savait plus quoi penser, plus inquiète de son attitude bienveillante que de sa violence habituelle. Paralysée, elle le laissa caresser ses cheveux sans dire un mot.

— Détrompe-toi, tu as bien le droit de retourner voir ton père. Et j'en serai le premier heureux si ça doit ramener le sourire sur ta triste petite figure. D'ailleurs ça m'arrange, un ami m'a demandé de lui faire parvenir quelques articles d'artisanat local pour son magasin à Paris. Tu pourras te charger du colis.

— Et vous n'avez eu aucun soupçon quand il vous a demandé ce service ?

Kowalski venait de faire irruption dans ses souvenirs. Alys eut un ricanement amer.

— Quand la hache du bourreau s'éloigne de votre tête, on n'est pas franchement en état de réfléchir. J'ai cru au miracle… Charlie a même insisté pour m'offrir le retour. J'avais tenté de sauver la face en prétextant un manque d'argent pour l'achat d'un billet complet.

Le commissaire la regardait, perdue quelque part

au-delà de l'Atlantique, dans le souvenir de ce jour qui avait irrémédiablement bouleversé sa vie.

— J'avais peu de bagages, un petit sac et une valise dans laquelle j'avais placé le paquet qu'il m'avait confié.

— Il vous a dit ce qu'il contenait ?

— Non et je me suis bien gardée de demander. J'étais persuadée qu'il y avait une magouille, mais comme je vous l'ai dit, une seule chose m'importait : sauver ma peau, me tirer cet enfer. J'ai enregistré ma valise en soute et j'ai attendu le départ avec l'impatience que vous imaginez. J'avais déjà passé les filtres de sécurité et j'attendais dans la file de passagers, sur le point d'embarquer. Perdue dans mes pensées, je n'ai pas vu qu'un bagagiste manœuvrait un chariot. Il m'a percuté violemment la jambe. Bilan, fracture du péroné.

Elle leva la tête, une expression indéfinissable sur le visage.

— J'ai maudit ce coup du sort. J'ai supplié pour qu'on m'embarque quand même. Mais la douleur était trop importante, la responsabilité de l'aéroport engagée, je n'ai pas coupé à l'hospitalisation. Et ce bagagiste maladroit m'a sauvé la vie… L'avion n'a jamais atterri à Paris. Il a sombré peu après son décollage après une explosion en vol, à la suite d'un attentat.

— En quoi étiez-vous responsable ?

— Pour une raison que j'ignore, bien que je n'aie pas embarqué, ma valise est restée à bord. Aussi, quand on a appris le drame, j'ai été longuement interrogée par la police. Mais la réalité de mon accident ne faisait aucun doute et mon acharnement à vouloir partir a plaidé en faveur de mon innocence. Deux jours plus tard, je m'envolais pour la France, soulagée, mais pour peu de temps.

— Et Devers ?

— Je ne l'ai pas revu avant mon départ, mais peu après mon retour, j'ai eu un appel. En deux mots, il m'apprenait que le paquet que j'avais transporté était la bombe qui avait détruit l'appareil. Il me disait qu'il était obligé de se cacher pour l'instant, mais qu'il ne fallait pas que je compte qu'il disparaisse de ma vie. Le jour où il le déciderait, il révélerait ce que j'avais fait. J'ai changé tous mes numéros de téléphone, j'ai vécu des jours, des mois, dans la crainte. Pas de nouvelles. Alors j'ai cru que j'avais une deuxième chance, j'ai repris ma vie en main. Tout allait bien, jusqu'à ces coups de téléphone qui m'ont replongée dans le cauchemar.

La jeune femme se leva.

— Voilà, vous savez tout. Je ne compte pas vous supplier. Je sais que je dois payer pour tous ces morts. Je vous demande seulement de me laisser arrêter cette hécatombe. Je dois l'affronter. Pour le reste, vous ferez ce que vous jugerez bon.

— Vous avez confié ce secret à quelqu'un ?

— Oui, une seule personne, qui en est peut-être morte. Quand Charlie m'a recontactée, j'ai tout raconté au père Cordier. Je voulais me dénoncer pour mettre un terme à cet odieux chantage. Mais il m'en a dissuadée. Il voulait faire des recherches auparavant. Je ne sais pourquoi, il pensait que l'explosion de l'avion avait une autre cause qu'un attentat.

Un long silence s'installa. Kowalski réfléchissait. Ainsi c'était donc ça, ce secret qu'elle avait défendu au prix fort. Une faute qui pesait lourd sur son destin, une faute qui n'existait pas.

Il pouvait d'un seul mot la libérer.

— Vous n'avez jamais envisagé que ce que Devers vous avait raconté pouvait être faux ?

Alys releva la tête.

— Que savez-vous que j'ignore ?

Il la fixa longuement, notant le changement immédiat. Décidément, elle récupérait vite, prête à se jeter dans le premier wagon vers l'espoir.

Il hésita.

— Eh bien, disons que j'ai de bonnes raisons de penser que cette affaire de crash est plus compliquée que ce que vous imaginez, ou que ce qu'on vous en a dit.

Il leva la main, interrompant la jeune femme.

— Mais tout comme vous, je ne suis pas très enclin à partager mes petits secrets…

Un peu plus tôt, Énora lui avait fait part de ses découvertes. En repassant au crible tous les appels du religieux, elle avait noté plusieurs coups de fil vers le même numéro en Italie. L'identification avait déjà parlé, il s'agissait d'un numéro au Vatican, auquel les enquêteurs n'avaient pas accordé d'importance. Énora qui parlait assez bien l'italien avait rappelé et eu la surprise de tomber sur un interlocuteur, plus proche de sa profession que de celle de la victime. Elle avait sans trop de difficulté appris l'objet de l'appel. Le père Cordier s'intéressait au fameux crash. Il avait téléphoné aux services du Vatican qui ont des archives bien tenues sur les petits et les grands secrets. Il avait donc lui aussi eu confirmation qu'il s'agissait d'un tir de missile ajouté à un autre problème, défaillance technique ou faute de pilotage, bref l'avion n'aurait pas dû se trouver à cet endroit. Des navires de l'Otan effectuaient des manœuvres sur la zone et un missile avait accroché l'avion commercial, au lieu de la cible initialement programmée. Pour des raisons politiques et pour préserver la compagnie en difficulté financière à l'époque, on avait parlé d'un attentat.

Devers avait vu là un moyen de chantage efficace qu'il pourrait activer en cas de besoin. D'autant plus que si l'on en croyait les policiers locaux, l'ex-copain était en délicatesse avec des dealers bien connus. De là à penser que le fameux colis à remettre recelait de la came, le pas était vite franchi. C'est sans doute pour ça que Devers avait passé la vitesse supérieure. Il était à l'amende pour la perte de la livraison.

Le flic avait laissé poser. Son interlocutrice semblait perdue dans ses pensées. Mais elle avait changé d'attitude. Imperceptible. Kowalski aurait juré qu'elle venait de reprendre espoir.

— Est-ce que vous sous-entendez que je ne serais pour rien dans cette catastrophe ?

— Donnant donnant, ma belle.

Immédiatement elle se rétracta.

— Aucune envie d'échanger des banalités fadasses. Je ne suis pas certaine de la planque de Charlie, mais j'ai une petite idée.

— Vous voyez, on y vient.

— Comme vous dites, donnant donnant.

Le flic hésita un instant.

— OK. Il n'y a jamais eu de bombe dans cet avion et Devers n'est pour rien dans ce crash. Il s'en est juste servi pour faire pression sur vous.

Une pâleur soudaine, la respiration qui s'accélère, l'esprit écartelé par des sentiments contradictoires.

Kowalski attendait.

Dans la tête d'Alys les pensées s'entrechoquaient, hésitant entre le soulagement et la rage de s'être elle-même enfermée dans des chaînes qui n'existaient pas. Un gâchis lamentable, avec au bout des morts, des morts inutiles. Le père Cordier voulait absolument la voir, il savait, sans aucun doute. Il avait appris la vérité, cette vérité qui lui avait coûté la vie, ce message ultime qu'il n'avait pu délivrer.

Ce combat restait plus que jamais le sien. Elle se leva, pleine d'une énergie noire, désespérée.

— On y va ?

30

Le vent soufflait, âpre, laissant sur leurs visages un impalpable voile humide. Kowalski avait préféré rester seul avec la jeune femme, pour ne pas rompre le fragile lien qui le conduirait vers une vérité qui lui échappait sans cesse.

À leurs pieds, l'Atlantique se fracassait contre les rochers dans une longue houle. Deux chevaux se serraient crin contre crin sur une parcelle de lande bordant le sentier côtier. En haut d'une côte, perchée en équilibre au bord de l'océan, une minuscule cabane de pierre, abritée sous son toit d'ardoise.

Dans le vent salé et humide, elle avait parlé, sans rien omettre, depuis le verre de rhum qui, désignant Devers, l'avait conduit à cet enchaînement meurtrier.

— Et tout ça pour rien, pour rien.

Elle avait craché ces derniers mots, fureur et désespoir mêlés. Le flic, qui l'avait écoutée sans rien dire, la prit fermement par l'épaule, la forçant à le regarder.

— Je n'arrive même pas à être soulagée de ne pas être impliquée dans le crash. Parce que les autres morts, ceux-là, j'en suis responsable, directement.

— Effectivement, si vous aviez balancé vos infos dès

le départ, les choses auraient tourné autrement. Mais on ne peut pas effacer ce qui a été fait. Alors maintenant, il faut que vous m'expliquiez pourquoi on se pèle sur cette lande déserte.

Kowalski avait parlé brutalement à dessein, pour la bousculer. L'attirance qui s'était insidieusement emparée de lui, depuis qu'ils étaient ensemble, n'était sans doute pas étrangère à sa rudesse. Il la secouait et n'avait qu'une envie, la serrer contre lui, la protéger. Prendre sa bouche dans un long et profond baiser, rentrer en elle et s'y perdre. Il chassa ces pensées qui durcissaient son ventre.

Il sentait en filigrane le bouillonnement sombre et puissant qui émanait de cette fille. Pas le moment de relâcher sa vigilance.

— Cette lande déserte, comme vous dites, était le terrain de chasse de mon ancêtre. C'est ici qu'il a trouvé l'épée, dans l'eau froide où se débattaient les survivants du naufrage. C'est ici qu'il l'a arrachée des mains du capitaine du bateau, qu'il a rougi l'océan, taillant et perforant, jusqu'à ce que cessent les plaintes et qu'il ne reste de son passage que du sang dans l'eau salée

Il l'interrompit rudement.

— Notre deal, c'était Devers. Les crimes de votre ancêtre, je m'en fous. Y a prescription.

Elle leva la tête, vers la petite construction agrippée au rocher.

— C'est Ronan qui a construit cette petite maison. Avec ses gens, il guettait les bateaux par mauvais temps. Il y avait entreposé les fanaux qui servaient à faire croire aux marins qu'ils se dirigeaient vers l'entrée du port, alors qu'ils fonçaient droit sur le caillou. Mon grand-père l'avait sommairement aménagée et j'y venais souvent passer la journée. J'en ai parlé à Charlie. Je pense qu'il y a trouvé refuge.

Le commissaire fixa à son tour la baraque. Beau point de vue, se dit-il. Idéal pour se planquer et surveiller les abords.

Il hésita.

— On peut nous voir de là-haut ?

— Non, je ne pense pas. Les seules fenêtres donnent sur la mer. De notre côté, il n'y a que la porte et elle est fermée.

— Tout a l'air tranquille. Vous croyez vraiment qu'il est caché là-dedans ?

Elle haussa les épaules.

— Je ne peux pas le jurer, mais je le sens. Et j'en suis sûre, l'épée a cherché à retourner dans ces lieux, elle l'y a entraîné.

— Et vous ne pouviez pas le dire au commissariat ? Vous croyez quoi, que je vais faire mon petit héros et que je vais monter à l'assaut tout seul ? À moins que vous n'ayez imaginé qu'on allait se faire le décapiteur tous les deux. Je sais que ma collègue vous prête des superpouvoirs, mais moi, je ne joue pas à ce petit jeu.

— J'ai rempli ma part du marché. Faites comme bon vous semble. Moi, je suis libre.

Il la rattrapa par le coude.

— Voyons, vous n'allez pas partir avant de savoir si votre intuition a tapé dans le mille. Nous allons encore passer un petit moment ensemble, le temps que la cavalerie rapplique et qu'on aille déloger votre copain.

Alys cacha sa frustration.

— En attendant, on se planque et on ne quitte pas des yeux la maison.

Ils s'étaient blottis dans un creux de la lande, abrités

du vent par des buissons ras. Ils ne parlaient plus, unis par une attention partagée. Le flic ne quittait pas des yeux l'entrée de la baraque qui semblait les défier.

« Viens et pousse cette porte si tu l'oses… » murmurait le vent. Kowalski hésitait, tenté par l'action immédiate. Mais c'était un pro qui connaissait les règles. Pour les avoir enfreintes, Trinité avait payé le prix fort et compromis l'enquête. Pas le choix, il fallait attendre.

Sous la tranquillité apparente d'Alys, Viviane veillait, tous les sens en alerte. Elle avait perçu comme un courant glacé, une sensation de danger imminent. Il était là, tout près.

Les minutes s'étiraient, se coagulant en une trop longue attente. Le commissaire bouillait intérieurement, impatient de voir arriver les renforts pour passer à l'action. Et en même temps il se sentait troublé par la proximité physique de la jeune femme, savourant inconsciemment cette bulle qui les isolait.

Un son léger les alerta. Quelque part au-dessus d'eux, sur le sentier, un discret bruit de pas se rapprochait. D'un même élan, ils se plaquèrent au sol, le bras de Kowalski en travers du buste d'Alys.

Les pas se rapprochèrent, à la verticale de leur cachette. La tension de leur corps était palpable. Le flic avait sorti son arme, mais il savait sa position vulnérable. Le promeneur invisible continua sa marche, les dépassant sans ralentir.

Relevant prudemment la tête, Kowalski aperçut un bonnet d'où s'échappait une longue chevelure blonde. Fausse alerte.

Ses muscles se relâchèrent et ça arriva comme ça, sans crier gare. En même temps qu'il prenait conscience du corps d'Alys sous lui, une vague de désir l'engloutit. Sa main se referma sur le renflement d'un sein, la pointe durcie s'incrustait dans la chair de sa paume. Il ne voyait plus rien, perdu dans un tourbillon de sensation. Il eut l'impression confuse que tout l'être de la jeune femme fusionnait avec lui. Il se perdait, se diluait dans un baiser profond, intense, d'une intimité folle. Les bras de la jeune femme, refermés autour de lui comme un étau de chair, l'enchaînaient. Au bas de son ventre un arc de chair durci jusqu'à la douleur s'écrasait sur le ventre d'Alys.

Des portières qui claquent. Comme un couperet, les bruits incongrus les réintégrèrent dans la réalité. Le souffle court, ils s'écartèrent l'un de l'autre, rassemblant leurs esprits, se recomposant une image. Une voix appela son nom, assourdie et impérative.

Il se releva. La cavalerie enfin sur place. Trop tôt ou trop tard ? Laissant cette question en suspens, le commissaire se dirigea vers ses collègues. Il aperçut les deux commandants, les équipes de la PJ et quatre flics en tenue, accompagnés d'un équipage de la BAC. Kowalski vit le vilain museau d'un taser. Bonne initiative. Deux banderilles électrisées devraient calmer Devers, s'il lui prenait l'envie de les raccourcir.

Rapidement les policiers se répartirent les rôles et se mirent en mouvement vers les buissons d'ajoncs qui formaient une barrière épineuse au pied de la maisonnette, comme un dernier avertissement.

Le commissaire jeta un coup d'œil sur la porte. Cent mètres à franchir, à découvert. Un bref regard à son adjoint. Ses doigts égrenèrent un compte à rebours muet et les flics jaillirent, se plaquant contre les murs de la bicoque. Les gars de la PJ couvraient les arrières le calibre pointé sur les fenêtres aveugles, les policiers de la BAC enfoncèrent la porte qui s'écrasa violemment contre le mur.

Une pièce d'environ vingt-cinq mètres carrés. Dans un coin un matelas pneumatique un sac de couchage, une boîte où traînait encore un morceau de pizza rougeâtre, des canettes de bière vides, une absence froide. Il était là, à portée de main.

Tout danger immédiat écarté, les policiers inspectèrent minutieusement la bicoque à la recherche d'indices.

— Ça doit grouiller d'empreintes. Appelle la PTS, qu'ils viennent traiter tout ça.

— Ils sont déjà en route, répliqua son adjoint.

Kowalski eut un petit sourire en coin. Solide et efficace, Paulo.

La marée montante avait amené un crachin qui s'agrippait aux vêtements et y laissait un voile d'humidité glaçante. Trevor se tenait droite, insensible au froid, à quelques mètres de l'entrée. Elle n'avait pas cherché à entrer avec eux, mais Kowalski remarqua qu'elle prenait bien soin de ne pas rester trop en retrait. Elle avait l'air sur le qui-vive, comme si elle savait qu'il était là, pas très loin.

— Personne ! Mais il a séjourné ici. On l'a raté de peu. Dommage que vous vous soyez décidée un peu trop tard.

Alys s'abstint de répondre. Elle savait qu'on n'arrête plus le destin une fois qu'on a appuyé sur le mauvais bouton.

— Vous allez rentrer chez vous, mais je vais mettre en place une surveillance.

La jeune femme ouvrit la bouche, mais le flic ne lui laissa pas le temps d'objecter.

— Non négociable, vous êtes en danger et avec un peu de chance il se pointera et on sera là pour l'accueillir. Attendez-moi dans la voiture.

***

Il avait eu de la chance.

Arrivé par la plage, il avait remarqué cette voiture garée là, toute seule. Il s'était approché furtivement et il les avait vus, le flic et Alys. Qu'est-ce qu'ils foutaient là ?

Il sut qu'elle l'avait trahi. Un nuage rouge éclata dans sa tête, s'atomisant en une myriade de flèches douloureuses. Il bloqua le hurlement de rage qui grondait dans sa gorge.

Le sang pulsait dans ses veines, l'envie de les tuer, là, immédiatement, tous les deux, l'envahit. Un instant il resta en équilibre entre la fuite et la vengeance. Il sentait l'appel de Barr-amzer, sa soif de vie. Mais il l'avait planquée dans des rochers près de la maisonnette et sans elle, il ne ferait pas le poids face à l'arme du flic.

Il tourna les talons et ce fut comme un arrachement, il se sentait tiré en arrière. L'épée l'appelait.

Cette fois, il fut le plus fort. Hagard, il passa la main sur son visage, un filet de sang coulait de son nez. Tout était rouge, il ne percevait plus que cette couleur.

31

Il émergea du sentier bordant la côte. Elle le regarda s'avancer seul dans le paysage brouillé. La fine bruine qui recouvrait le pare-brise donnait à sa silhouette un aspect flou, comme une réalité à peine dessinée. Il venait vers elle comme s'il avait émergé de la mer par-delà la lande.

Il venait vers elle. Le sens profond de ces paroles lui apparut. Une chaleur primitive l'envahit, ses sens devinrent plus aigus, tout son être se mit à l'appeler. Elle ne comprenait pas, mais elle savait par cette attirance étrange que cet homme lui était donné. Le fil de sa vie venait de se nouer au sien, même si ce lien ne durait que l'espace d'un souffle. Un souffle que le tueur pouvait trancher à tout moment.

Quand ils parvinrent à Kastell Mor, la nuit était tombée, profonde, étrangement éclairée par la lumière pâle de la lune, gonflée et pleine.

Marie-Louise les attendait, tendue. Elle les regarda et remarqua immédiatement que la donne avait changé. Le commissaire lui expliqua en quelques mots le dispositif de sécurité. La gouvernante ne fit aucun commentaire. Elle annonça simplement qu'elle allait préparer à manger pour tous ces gens.

La porte de la bibliothèque s'était refermée sur eux. Assise sur le large canapé de cuir sombre, elle semblait détendue, comme en attente, mais d'une attente tranquille. Face à elle le commissaire oubliait peu à peu la raison de sa présence, le danger qui rôdait, là dehors. Ils parlaient, les mots glissaient comme un bruit de fond dans le silence profond de la pièce, comme capturé par les remparts de livres.

L'homme et la femme se faisaient face, encore séparés, se croyant protégés par la distance et pourtant si vulnérables, déjà prisonniers l'un de l'autre. La lampe s'éteignit soudain, plongeant la pièce dans la pénombre spectrale de la lumière lunaire. Ils restèrent ainsi.

Pendant qu'ils conversaient un étrange phénomène prenait naissance sur la rivière. Sur la berge, les branches d'un chêne s'agitaient doucement, laissant échapper des feuilles qui flottaient dans un curieux ballet. Deux tourbillons de feuillage or et argent qui se séparaient, se rapprochaient, s'effleuraient. Des profondeurs de l'eau, un bouillonnement se forma. À l'épicentre de chaque tourbillon une forme évanescente jaillit droit dans le ciel. Les feuilles aux reflets de lune et de soleil s'entremêlèrent et se séparèrent de nouveau. Deux silhouettes masculine et féminine immatérielles, d'eau et d'air flottaient au-dessus des arbres, se tenant par les mains.

Dans la pièce, la tonalité avait déjà changé. Il avait perdu toute prudence, sans qu'il comprenne ce qui lui arrivait. Il lui parlait désormais de plaisir, d'envie, cherchant à lui insuffler son désir. Elle hésitait encore à le suivre sur ce chemin qu'elle n'avait pas songé à parcourir en sa compagnie.

Au milieu de l'océan, le vent se leva, filant vers la terre, l'eau frémit, agitée par ce souffle puissant.

Les deux formes enlacées au-dessus de la rivière se séparèrent soudain et filèrent, invisibles comètes d'énergie.

Kowalski se leva et rejoignit Alys, leurs corps se répondirent immédiatement. Il sentait la chaleur douce de sa peau qui se révélait à mesure que ses vêtements tombaient sur le tapis. Ni lui, ni elle, ne virent, ni ne sentirent les entités qui s'étaient emparées d'eux, glissées en eux. Par-delà la distance, les deux êtres d'énergie avaient établi un pont entre les deux êtres de chair, transmettant leurs sensations, exacerbant leurs envies.

Leurs voix avaient pris une intensité nouvelle. L'homme lui parlait, les ondes de son désir la parcouraient, câlinaient son oreille, descendaient le long de son corps, effleurant ses seins gonflés.

La lune attirait la femme, le diable vibrait près de l'homme. La puissance de cette terre ancienne leur transmettait les vibrations érotiques primitives, les poussant l'un vers l'autre pour qu'ils deviennent les amants de cette nuit étrange.

Le double astral d'air et d'eau, qui s'était emparée d'elle, arrachait les barrières de son esprit conscient et soudain, il n'y eut plus rien que cette voix d'homme assourdie dont les harmoniques s'infiltraient au plus profond de son ventre, entrant en résonance avec les points sensibles de ce fourreau vivant.

Elle avait envie d'ouvrir le compas de chair où il viendrait s'installer. Il voulait qu'elle resserre ses jambes autour de lui. Elle sentait sa peau contre la douce face interne de ses cuisses et en même temps, elle ressentait avec une violence déchirante, l'absence, la sensation de manque, l'envie d'être comblée, envahie.

Les forces à l'œuvre cette nuit détruisaient tous les

remparts, tous les interdits, pour qu'il ne subsiste que l'envie impérieuse d'une union profonde charnelle. Elle vivait un désir jamais ressenti pour aucun autre homme.

Elle ne résistait plus, volant haut dans le sillage de cet homme de la nuit qu'elle ne reconnaissait pas, un inconnu qui lui avait ouvert les yeux, la bouche, le ventre sur une autre dimension.

Il redevint doux et tendre, de sa bouche naissaient des phrases qui se transformaient en caresses. Elle se laissa glisser de nouveau.

Elle jouit intensément, brièvement, en surface, inassouvie. Elle se sentait si pleinement femme, tout son être exigeait une possession physique totale. Elle voulait le sentir aller et venir, toucher cette zone d'où partirait une vague puissante qui exploserait dans le fond de son ventre, pour déferler à travers son corps et ressortir de sa bouche ouverte en longs cris de bonheur.

Elle voulait qu'il vienne à son tour, qu'il se donne à elle comme elle s'était donnée à lui, qu'il répande pour elle, la vie qu'il abritait dans la chaleur de son ventre. Elle l'écouta, l'accompagna jusqu'au sommet, ressentit sa jouissance.

Au même instant les silhouettes transparentes s'échappèrent de leurs corps, se rejoignirent dans une fulgurance scintillante, tournoyèrent dans une myriade d'étincelles flamboyantes.

Sur la terre des hommes, les deux amants reprenaient pied doucement. Ils avaient vécu un amour brûlant, intense, sans retenue et pourtant d'une absolue pureté.

Elle avait voulu le retenir, pour qu'ils s'endorment ensemble dans la tiédeur douce qui suit le plaisir. Mais il avait refusé. Il devait se remettre au travail, essayer de reprendre pied dans la réalité et retrouver l'attitude professionnelle qu'il n'aurait jamais dû abandonner. Il ne pouvait gommer ce qui s'était passé. Arrêter Devers devenait encore plus pressant. Il ne supporterait pas de se pencher sur le cadavre d'Alys.

Elle regardait au loin en direction de la mer, la nuit était tombée, elle était de nouveau seule, elle l'avait laissé partir. Au-dehors la menace était toujours présente.

Le vent lui apportait une étrange mélodie ; un mix de la lente mélopée du canon de Pachelbel sur laquelle surfaient les accents brutaux d'un morceau de hard rock. Comme un écho à la mélodie de son corps apaisé et avide de désirs violents, de plaisirs qui l'emporteraient très loin. Elle s'était donnée à un inconnu, comme un défi à Devers, à la mort qu'il portait accrochée à son épaule. Un coup de folie, peut-être le dernier coup de folie de son existence.

À quelques kilomètres de là, face à l'océan, une femme est assise, emmitouflée dans un plaid sombre, le dos appuyé sur une petite fontaine. Ombre parmi les ombres. Le ressac incessant des vagues lui apporte des murmures, des images fugaces, un couple qui s'étreint, ombres incertaines dans la lueur des flammes, paroles folles, crues, d'une violente douceur, mots sans âge, sans raison.

La chaleur de ce couple l'enveloppe d'une gangue de glace qui s'insinue dans sa poitrine, lui coupe le souffle, écrasant son plexus, lui serre le cœur à en suffoquer. Une souffrance si familière et pourtant jamais totalement apprivoisée. Ils viennent à elle, brûlent en elle et s'en vont unir leur destin à une autre. Elle donnerait tant pour un petit bout d'existence ordinaire, avec lui, avec tous les autres, qu'elle n'a pas su ou pu retenir.

Elle sait comment faire. Ne pas lutter, s'ouvrir, laisser

la bête la dévorer de l'intérieur, laisser la magie de la terre du bout du monde l'envahir.

Peu à peu, elle n'est plus que le vent, la force des vagues, la rugosité du granit, l'odeur des algues, la vie de la lande qui bruisse des mille et un messages du monde.

Son esprit s'élargit, les anciennes forces tapies au bout de cette terre de passage l'envahissent. Énora les sent. Elle voit les fils de la grande trame des vies s'entrecroiser et se recouper. Où est-elle, sur quel brin vole son destin ? Elle flotte au-dessus des autres, petite bulle de lumière noire, sans lien.

Le souffle marin devient plus odorant. La pierre se réchauffe dans son dos, l'humidité de la lande se transforme en parfum, herbe et goémon mêlés. Le vieux pays la prend, l'absorbe, la réconforte. Les frontières entre les mondes deviennent poreuses.

L'image des amants a disparu, seule subsiste la lueur rouge de leur plaisir. Elle l'a laissé partir, cet homme qui a croisé son chemin. Leur rencontre restera un souvenir lumineux pour elle, comme pour lui. Elle débouchera sur une amitié invincible, une sorte de pacte d'amour. La durée n'est rien, seule compte l'intensité.

Et soudain les nuages se déchirent, la lune éclaire la plage. Elle distingue un léger mouvement, là-bas à la lisière des vagues, éclairée par la lumière pâle, une petite fille avance sur la plage. Elle marque un temps d'arrêt, lève la tête dans sa direction, son visage est à peine perceptible et pourtant la commissaire discerne un sourire plein de connivence, comme si elles partageaient un secret. Dans le bruit du vent, elle discerne la voix enfantine. « Je m'appelle Énora. » Et soudain venu de nulle part, un son étrange écarlate, le bruit d'une rage brute primitive et la vision se trouble, vacille, l'enfant flotte et disparaît. Le destin devient incertain.

Énora frissonne. Un bref éclair déchire la nuit, le trait d'une épée. Il faudra qu'une chair entre en contact avec le fer, que du sang ruisselle sur le fil. Elle a fermé son esprit sur l'intimité du couple, elle ne sait pas si Alys a perçu la menace, si elle va être capable de réveiller Viviane pour affronter ce qui doit être détruit.

Énora ne pourra pas l'aider, ce n'est pas son combat. Ce soir elle n'est que la terre noire, le granit croquant, l'odeur salée, la morsure glacée de l'océan.

Tout au loin, les lumières de Brest luisent dans la nuit brumeuse. Une d'entre elles semble plus forte, elle clignote comme un phare. Une petite table au fond d'un restaurant sur le port. Peu importe la vue sur mer, ces deux-là n'ont qu'eux-mêmes pour horizon. Ils se dévorent du regard, comme s'ils ne pouvaient encore y croire. Le flic, la magistrate, Éric Marchand et Florence Harcourt. Elle et lui, avec entre eux toutes ces années.

La longue séparation, le corps moins flamboyant. Rien, juste un bref moment. Le temps s'est contracté. Le passé est devenu ancien, le présent est là, intensément là. Les mots s'échangent, légers et porteurs de sens. Sous les phrases professionnelles palpitent doucement les paroles des retrouvailles. Tout est simple. Ils ne parlent pas d'amour, ne se racontent pas leur vie sans l'autre, une harmonie douce flotte. Ils savourent leur repas sans précipitation. Il réglera la note, entourera ses épaules de son bras. Elle lui donnera les clés de sa voiture pour le laisser conduire parce qu'elle a besoin d'appuyer sa tête sur son épaule.

Sans qu'il soit besoin d'en parler, ils savent qu'ils

dormiront ensemble cette nuit. Quand ils franchiront la porte de son appartement, les choses seront rentrées dans l'ordre. Et cette journée ancienne qui a vu le départ matinal de Marchand sera enfin terminée. Il sera rentré à la maison. Ce soir ils sont deux et forment un tout, séparé du monde dans la tour blanche de leur amour.

Ce soir elle est infiniment seule dans la nuit noire et froide. Elle sait que son destin est ailleurs, mais pour l'instant, elle a besoin de laisser s'exprimer la douleur, de reconnaître la perte. C'est une déchirure d'où s'écoule l'eau de son corps. Énora se lève et marche vers sa lumière, la lueur d'une lampe là-bas dans la véranda.

Chez elle, dans sa maison du bout du monde. Dans la pièce faiblement éclairée, elle regarde les tableaux et sourit. Il est temps de refermer ce chapitre aussi, le peintre ne reviendra pas, il saura voler sans elle. Le point d'équilibre se déplace, tous les possibles se remettent à tournoyer. Demain elle entrera dans la danse.

32

Une faible lueur filtrait à travers les volets. Atténués, les bruits familiers de la maison parvenaient jusqu'à sa chambre. Alys s'étira, étonnée d'avoir plongé dans le sommeil malgré cette vague qui venait de submerger sa vie. Une légère douleur au fond de son ventre lui rappela la violence de leurs étreintes. Elle songea soudain que ce désir avait balayé tout le reste. Et si cette unique nuit d'amour avait un prolongement de chair, un enfant ? Une image fugace l'effleura, comme l'éclat d'une chevelure rousse dans le vent.

Un vague sourire éclaira son visage. La roue était peut-être en train de tourner. Il était temps de poser les armes, d'oublier Barr-amzer, Charlie, de diluer la culpabilité de la mort du père Cordier en préservant une nouvelle vie.

Elle ouvrit la fenêtre, inspira l'air frais. En contrebas la marée montait, gonflant les eaux de l'aber. La nature semblait reprendre son souffle, chassant la violence des derniers jours. Alys eut envie de sortir, de se nettoyer dans le vent léger. Enfilant à la hâte un long manteau de lainage noir, elle se retira par la porte de la bibliothèque et descendit l'étroit chemin vers le bord de l'eau, à travers le petit bois de pins.

Elle arrivait près de la rive quand soudain, la lumière disparut.

Une ambiance tendue régnait dans la salle de réunion de l'antenne PJ. Le directeur avait voulu connaître l'avancement des recherches. Marchand n'était pas le genre à céder aux pressions, qu'elles viennent de la presse, toujours à l'affût d'un commentaire cinglant, ou des autorités à tous les étages, mais il savait que chaque heure passée augmentait le risque. Devers avait perdu tout contrôle et chaque rencontre avec lui pouvait se révéler fatale.

L'enquête se trouvait à ce point crucial où tous les éléments sont rassemblés. Il ne manquait plus que l'arrestation du criminel pour enfin refermer le dossier et le ranger dans l'armoire aux horreurs, mais tout pouvait encore voler en éclats et remettre les compteurs à zéro.

— Il faut mettre le paquet et arrêter ce mec coûte que coûte. Diffusez sa photo dans les médias, mettez tous les flicards et tous les pandores de la zone sur le coup.

— Pour ce qui est des gendarmes, ne vous inquiétez pas, patron, intervint Riboix, ils fouinent partout. S'ils pouvaient coincer ce salaud, ça leur ferait une super pub. Leur collaboration nous est tout entière acquise.

— Je crois qu'ils ont même désigné un officier com au cas où… intervint Mercadier.

— En attendant, on a autre chose à faire que la guéguerre entre nous, recadra sèchement Marchand.

Kowalski écoutait en silence, peinant à rester concentré, son esprit le ramenant inlassablement au cœur de cette nuit brûlante et irréelle. Malgré ses résolutions, il voulait revoir Alys, la savoir près de lui pour la protéger. Quelque part une espèce d'alarme n'arrêtait pas de bourdonner.

— Tu as mal dormi, ou ce que je dis ne t'intéresse pas ?

Rappelé à l'ordre le jeune homme sursauta et bafouilla une vague excuse. Énora avait un étrange sourire mi-figue mi-raisin. Quand il croisa son regard, il crut lire une sorte de complicité et l'ombre d'une douleur.

L'entrée fracassante de Sophie interrompit Marchand.

— On a un gros problème à Kastell Mor.

— Alys est blessée ?

Tous les regards convergèrent vers Kowalski, étonnés par l'angoisse du ton.

— Non, c'est un collègue de la BAC qui est au tapis, bien amoché d'ailleurs. Mais Trevor s'est évaporée. Les collègues ratissent le terrain, il semble qu'il y ait des traces de lutte près de l'aber.

Kowalski avait déjà récupéré sa parka quand Marchand le stoppa.

— Tu vas où ?

— Il faut se dépêcher. Elle est en danger, c'est évident, non ?

— Pour l'instant, tu restes avec moi.

Le ton ne souffrait aucune discussion.

— Énora, tu vois avec le patron du commissariat comment va le collègue de la BAC et tu lui demandes s'il peut nous mettre un peu de monde à disposition pour ratisser les abords de la baraque. Commandant Goulven, vous appelez les gendarmes pour leur demander de mettre des contrôles routiers en place.

Sophie intervint de nouveau.

— À ce propos, on pense qu'il roule dans un Range Rover qui a été volé ce matin à Brest. Le type avait laissé les clefs sur le volant, le temps de poster une lettre. Il a été bousculé par un gars correspondant à Devers qui lui a tiré sa bagnole. D'ailleurs, en patrouillant, la canine a repéré la voiture de Vaneck garée quelques rues plus loin.

— OK. Faites diffuser un avis de recherche sur le véhicule.

— C'est déjà fait, patron.

— Riboix, tu prends contact avec le juge pour le tenir au jus et tu files sur place. On vous rejoint.

Après que tous les policiers eurent quitté la pièce, Marchand se tourna vers son adjoint.

— Tu m'expliques.

— Expliquer quoi ? répliqua Kowalski, embarrassé.

— Joue pas au con. Il y a quoi entre cette femme et toi ? Et ne me sers pas une belle légende.

— OK. Je m'y suis attaché.

— Attaché ! Au point de coucher avec elle ?

— C'est arrivé une fois. Je n'ai rien maîtrisé.

L'angoisse et la conscience qu'il avait commis une faute professionnelle avaient poussé le commissaire à répondre d'un ton plus agressif qu'il n'aurait voulu.

Son chef le regarda, les mains dans les poches, dans un silence qui s'éternisait.

— On fait quoi maintenant ? L'affaire n'était sans doute pas assez importante pour que tu penses avec autre chose que ta bite ?

Marchand avait parlé d'un ton uni, mais Kowalski entendait toute la déception sous-jacente.

— Je te file ton billet de retour pour Rennes et je prends la direction de l'affaire ?

Le commissaire sentit une onde glaciale le parcourir.

— Ne fais pas ça. D'accord, je n'aurais jamais dû me laisser embarquer dans une histoire pareille. Je connais les conséquences : le juge, l'avocat, la procédure en danger et le reste. Mais je t'en prie, ne me débarque pas. Il n'y aura plus de dérapages.

— Donne-moi une seule bonne raison.

Le jeune homme commença à construire un plaidoyer dans sa tête et puis il fixa simplement son patron dans les yeux.

— Je crois que je suis amoureux. Voilà ! C'est inexplicable. Ça m'est tombé dessus sans que je m'y attende, ça m'a emporté et je suis fou d'inquiétude.

Le contrôleur général ouvrit la bouche et puis l'image de Florence Harcourt s'imposa, comme un rappel des fantaisies du destin. Et il rengaina son discours raisonnable.

— C'est la pire des raisons, mais elle a le mérite de la franchise. Alors on va faire avec.

— Merci.

— Ne me remercie pas avant de connaître les conditions. À partir de maintenant, tu ne fais plus cavalier seul. On bosse efficace et sans états d'âme. Tu restes avec Trinité ou Paulo. Terminées les conneries. Tu te sens capable de le faire ?

— Je ne te mettrai plus en difficulté, je te le jure.

— Ce n'est pas la question. Et maintenant, va rejoindre les autres et trouve-moi une piste solide.

Sur place la tension était palpable. Marie-Louise L'Hostis paraissait perdue. Elle transpirait l'angoisse. Énora avait pris la direction des opérations. Kowalski se dirigea immédiatement vers elle.

— Tu peux me faire un topo ?

La jeune femme le fixa.

— Le chef a fini de te confesser. Est-ce qu'il t'a donné l'absolution au moins ?

— C'est pas la question.

Kowalski avait parlé sèchement.

— Excuse-moi, je suis à cran.

— Ouais. On ne va pas tourner autour du pot. Tu es sans doute le dernier à l'avoir vue.

Le jeune homme hésita un instant.

— Au point où on en est, autant te dire que j'ai passé la nuit avec elle. Et comme un con, je suis parti au lieu de rester la protéger.

Énora ne répliqua rien, attendant la suite.

— Désolé. Je ne voulais pas te blesser, mais ça m'est tombé dessus comme ça. Et maintenant je crève de trouille à l'idée qu'elle est entre les mains de ce taré.

— Ta chérie a disparu et on a un collègue amoché. Arrête d'être simplement désolé et concentrons-nous sur le boulot.

Malgré son contrôle, Énora ne put masquer totalement l'amertume de sa voix. Son adjoint se dirigea vers eux.

— On tient quelque chose. Au bout du chemin qui mène au bord de l'aber, l'herbe est piétinée. On a repéré un sillon comme si on avait traîné un corps. Les traces se recoupent avec des empreintes de pneus. Un gros véhicule. Ça peut correspondre à un 4x4.

Kowalski sentit un vilain étau lui serrer le cœur.

— Vous pensez qu'elle a été tuée ?

— Rien de sûr. Il n'y a aucune trace de sang. Et puis quel intérêt de s'encombrer d'un cadavre ? Non, il a dû l'assommer ou quelque chose dans le genre.

— Calme-toi, intervint Énora. Même s'il a disjoncté, il a tout intérêt à la garder en vie.

Se tournant vers Goulven, elle ordonna :

— Vous voyez jusqu'où mènent les traces et vous me fouillez toutes les planques possibles dans les environs.

Il y a des contrôles routiers partout, il n'a pas pu aller bien loin.

Kowalski essayait sans relâche d'appeler le numéro de portable d'Alys. Mais seule la voix désincarnée d'une boîte vocale lui répondait.

Énora posa sa main sur son épaule.

— J'appelle les pompiers. Ils ont un chien pisteur. On ne sait jamais. Il l'a peut-être cachée dans le coin. Il est assez tordu pour nous balader avec sa supposée fuite en bagnole.

***

Tapi dans sa cachette au ras du sol, il entendit les paroles d'Énora. Un flot de colère remonta de ses tripes comme une bile empoisonnée.

La salope ! Elle ne lui laisserait jamais de répit. Il allait être contraint de changer ses plans, de bouger et vite. Si seulement son pote avait pu lui régler son compte l'autre nuit sur les quais.

Il fit demi-tour, marchant sans bruit dans l'étroit boyau qui débouchait sur une petite pièce exiguë, creusée dans le sol ; la cachette du prêtre. À force de rôder près de la maison, il était tombé dessus par hasard. La trappe en bois recouverte de lierre avait basculé sous ses pas. Il y avait passé de longues heures, immobile dans l'humidité et l'ombre, écoutant, attendant son heure.

Alys gisait sur le sol, ligotée, encore à moitié dans les vapes. Il l'avait vue passer seule tout près de son trou ce matin. Elle n'avait pas eu le temps de réagir quand il avait surgi dans son dos et lui avait collé un sac imbibé d'éther sur la tête.

Le reste était facile. Il l'avait traînée jusqu'au Range

Rover et après un petit tour pour amuser les flics, il avait dissimulé la voiture dans le garage de la propriété voisine. Il en avait bavé pour porter la jeune femme toujours inanimée jusqu'au fond de cette pièce secrète.

Mais il devait gicler vite fait avant l'arrivée du clébard.

33

Au début, il y avait eu ce brouillard rouge et ces plongées dans un néant nauséeux. La sensation de flotter au-dessus du sol.

Une énorme pulsation lui déchirait le crâne. Dans sa bouche sèche sa langue lui semblait monstrueusement gonflée. Elle essaya de bouger. La douleur dans ses épaules lui arracha un gémissement. Elle était attachée, les mains dans le dos étiraient ses articulations à la limite de la rupture. Elle avait l'impression d'être passée dans un malaxeur. Elle entendait un bruit sourd et aigu à la fois, comme si un géant tapait sur les murs en sifflant.

Alys se força à respirer doucement. Petit à petit les contours de cet univers étrange se précisèrent.

Elle était couchée sur un matelas défoncé qui amortissait mal les aspérités du sol. Autour d'elle des murs de pierre, une minuscule fenêtre qui laissait passer un jour alourdi par les rafales de pluie, une porte en bois qui fermait l'unique pièce de la maisonnette.

Et d'un coup, tout lui revint. Ce matin si lumineux d'un bonheur tout neuf qui lui avait fait baisser la garde. Et le trou noir suivi d'une sensation de suffocation et cette odeur d'éther qui l'avait entraînée dans le néant. Charlie l'avait eue.

La jeune femme comprit qu'elle se trouvait dans l'abri des naufrageurs, sur la côte. Dehors la tempête s'était levée. Le vent cognait sur les murs et sifflait en s'engouffrant dans les pierres disjointes, glissant rageusement sur les ardoises. Elle entendait la mer qui se fracassait sur les rochers quelques mètres plus bas, le grondement de la houle.

Elle était seule. Peut-être son unique chance de lui échapper. Elle essaya de tirer sur ses liens, en vain. Elle n'arrivait pas à reprendre totalement ses esprits. Elle avait eu des périodes de lucidité, mais Charlie l'avait forcée à boire quelque chose qui l'avait complètement plongée dans les vapes.

Dans la tempête qui enflait, un son étrange perçait. Il s'insinuait dans son esprit, comme un appel. Et soudain, elle la vit. Droite dans les vestiges de la vieille cheminée de pierre, luisante et assoiffée. Barr-amzer.

Un courant brûlant s'infiltra en elle. Viviane l'envahit, comme une onde d'énergie brute, violente et avide. Elle voulait vivre. Vivre pour tuer et la reprendre, cette lame qui luisait d'une énergie noire, qui l'appelait.

Ignorant la douleur qui explosait son dos, la bile qui noyait sa bouche d'une saveur aigre, elle se traîna sur le sol inégal jusqu'à la cheminée. Maladroitement elle essaya de frotter la corde qui l'immobilisait contre la lame, entamant ses bras, ses mains. Insensible à la douleur, il lui semblait que l'épée absorbait son sang, la gavant en retour d'une énergie fabuleuse.

Elle y était presque. Et puis la pièce explosa, dans un tourbillon de vent, de pluie, les cris de rage du monstre envahirent l'espace. La porte avait claqué contre le mur, soufflée par la bourrasque et il se tenait là, dans l'ouverture, bouchant la lumière, ivre de rage.

En un bond il fut sur elle et la rejeta sur la paillasse. Elle hurla quand son épaule s'étira à la limite de la luxation. Mais il était déjà sur elle, fourrageant entre ses cuisses, arrachant le jogging qu'elle portait. Il éructait des mots tronqués, fous, remplis de haine et de désir brutal.

— Salope ! Tu croyais me baiser. Mais c'est moi qui vais te baiser…

Les liens fortement entamés avaient cédé. De nouveau libre de ses mouvements, elle se battait avec une rage contrôlée, frappant l'homme qui tentait de parer ses coups tout en dégrafant son pantalon. Une ruade bien ajustée cogna durement le genou de son assaillant lui arrachant un hurlement de douleur. Elle entendit l'articulation craquer.

Profitant de son mince avantage, la jeune femme roula sur elle-même pour se relever. Au moment où elle allait atteindre la porte, elle vit un poing monstrueux s'abattre sur sa tête. Elle n'eut pas le temps d'esquiver totalement et l'impact sur sa tempe explosa dans un brouillard rouge. Elle perdit conscience.

Fin de la partie.

34

À Kastell Mor, le chien pisteur avait rapidement mené les policiers jusqu'à la cachette souterraine. Hélas ils ne purent que constater qu'ils arrivaient trop tard, mais pas de beaucoup.

Kowalski ressortait de l'étroit boyau, un masque de tissu noir à la main.

— Regarde, il a dû la surprendre et la neutraliser avec ça.

Énora tendit un sac plastique à scellés pour recueillir l'objet.

— Ça pue l'éther. Elle est partie rapidement dans les vapes, ce qui explique l'absence de résistance.

— Quand je pense que ce salaud était sans doute là, sous nos pieds avec elle et qu'on l'a laissé partir. S'il lui arrive quelque chose je ne me…

— Stop !

Énora l'avait recadré sèchement.

— Inutile de se perdre en regrets, il faut agir et vite.

Elle se tourna vers son adjoint.

— On en est où du plan de quadrillage ?

— On a mis des filtrages dans toutes les gares du secteur, bus ou train. L'aéroport, c'est peu probable, mais là aussi on a placé des sonnettes. Tous les flics du département ont reçu une alerte avec l'immat du 4x4. Côté gendarmerie, ils ont mis en place des contrôles sur tous les axes du coin et on a l'hélico de la protection civile, Dragon 29, qui devrait arriver sur zone rapidement. Mais il ne pourra pas rester très longtemps, le vent forcit et on a une grosse dépression qui s'approche.

À ce moment un bourdonnement fit lever toutes les têtes. L'EC 145 rouge survolait la bordure côtière à basse altitude, malgré les rafales de vents.

— Mais nous, on fait quoi ? s'énerva Kowalski. On ne va pas rester les bras croisés à attendre qu'il nous file encore sous le nez.

Au moment où elle allait lui répondre, Erwan Le Rouzic l'interpella.

— Le PC mobile est arrivé, patron.

Énora se tourna vers son collègue.

— Le chef du commissariat a mis à notre disposition son véhicule PC commandement. On va pouvoir suivre en direct tous les échanges radio et on pourra bouger si besoin. Ça ne sert à rien de courir dans tous les sens. Tout est quadrillé, les gars fouillent partout, ça ne devrait pas tarder à bouger.

Malgré son inquiétude, Kowalski gardait suffisamment de professionnalisme pour reconnaître le bien-fondé de la stratégie d'Énora.

Depuis plus d'un quart d'heure, Énora et son collègue notaient la progression des recherches, mais toujours aucun signe du tueur et de sa prisonnière. Au fur et à mesure que les minutes passaient, alourdies d'angoisse et d'attente, le jeune homme sentait un étau froid se resserrer autour de sa poitrine.

— Dragon 29 appelle PC mobile.

— Transmettez Dragon 29, répondit Énora.

— Je suis obligé de cesser les recherches, la météo est déjà trop mauvaise et ça se dégrade encore.

Une onde de découragement s'abattit sur les policiers présents dans le camion PC. Énora reprit le micro.

— OK. Merci, vous avez déjà pris beaucoup de risques pour nous aider. Bon retour à la base.

Personne n'ajouta quoi que ce soit, mais tout le monde pensait la même chose. Encore un espoir qui s'envolait avec l'indisponibilité de l'hélicoptère.

Et puis la radio crachota de nouveau.

— PC mobile de Dragon 29, je crois qu'on tient quelque chose.

Comme électrisés, les policiers présents s'étaient tendus, prêts à l'action.

— Dragon 29, Dragon 29.

Au milieu des parasites qui hachaient la conversation, Énora essayait de récupérer les infos du pilote.

— On a un 4x4 qui pourrait correspondre. Il est caché près d'un grand hangar à la sortie de l'aber. Il était caché par une bâche qui a été arrachée par le vent.

Une suite de grésillements puis un juron.

— PC mobile, je suis obligé de décrocher, on ne peut plus tenir l'appareil. Bonne chance.

Les derniers mots s'étaient perdus dans la communication brouillée, mais cela avait suffi à Énora pour localiser l'endroit.

— Regarde, il n'y a qu'un seul endroit avec un hangar près de l'aber.

Kowalski pointait fébrilement un carré sur la carte déployée contre la paroi du véhicule.

— Il est retourné à l'abri des naufrageurs. J'aurais dû y penser tout de suite, dit la commissaire. Allez, on fonce.

Le Rouzic, tu passes l'info aux gars, qu'ils rappliquent sur le site. On part devant.

Les deux commissaires s'engouffrèrent dans la voiture d'Énora.

À quelques kilomètres de là, dans l'abri de pierre perché en haut des rochers, Alys étouffait. Un poids énorme lui écrasait les côtes. Entre ses cuisses écartelées, Charlie ahanait et éructait de colère. Elle sentait son membre amolli qui essayait en vain de se forcer un passage. Une douleur émanant de son bras gauche replié sous elle, qui frottait contre la pierre, acheva de la réveiller totalement.

Elle rua, essaya de se débattre de toutes ses forces, mais la force du monstre décuplée par la frustration la clouait au sol. Tout son être se révulsait à ce contact immonde. Dehors un vent violent frappait les murs et s'engouffrait dans les interstices dans un sifflement assourdissant.

La pierre sous elle, le fracas des paquets de mer qui laissaient une odeur d'iode dans l'écume qui se collait au carreau, l'appel aigu de l'air bouillonnant ; tous les éléments furieux l'envahirent d'une énergie puissante.

Elle inspira longuement, relâcha tous ses muscles et laissa Viviane reprendre le contrôle.

Désarçonné par l'inertie soudaine de la jeune femme, Devers releva légèrement le buste. Soudain, de la femme vaincue sous lui jaillit un cri primal, un hurlement d'énergie pure venue du plus profond de son être. Un son ample aux harmoniques multiples qui le cloua sur place un instant. Un bref instant qui suffit à sa victime pour lui asséner un terrible coup qui fit éclater son nez, l'aveuglant dans un jaillissement de larmes et de sang.

Dans un mouvement incroyablement rapide et fluide, la jeune femme se releva et se rua à l'extérieur. Son long gilet noir claquait dans les rafales comme des ailes d'une créature étrange, aussi noir que ses pupilles complètement dilatées. Ses cheveux détachés flamboyaient comme une auréole mouvante autour d'un visage dur, méconnaissable, plein d'un savoir ancien et terrible.

Mais déjà, le monstre qui avait pris possession de Charlie s'était remis sur pied. Il sortit à son tour de la maisonnette, le visage ensanglanté, hurlant de rage, plein d'un désir de mort. Barr-amzer brillait au bout de son bras.

Aucune échappatoire. Devant elle, il n'y avait que l'océan et ses vagues monstrueuses qui montaient à l'assaut des rochers pour l'avaler. Il se rapprochait, titubant sur ses jambes, mais déterminé, plein de fureur. Elle se baissa et ramassa un galet qu'elle serra dans son poing et elle attendit.

Soudain sous les coups de boutoir du vent, le volet délabré s'arracha et vint percuter le bras qui tenait l'épée. Surpris, Devers laissa échapper la lame. Une forme noire hurlante au milieu de la tempête se jeta sur lui. C'était Alys, mais ce n'était plus Alys.

Une vague de peur perça l'armure de sa folie, il hésita un instant. Elle fondit sur lui et dans un fouetté de jambes lui percuta la tête. Mais déjà il s'était repris et lui assena un énorme coup de poing au niveau des côtes.

Ils luttaient, férocement, sans un mot, concentrés, la vie contre la mort. Il était plus fort qu'elle, mais la rage qui l'animait et son esprit noyé dans un brouillard rouge l'empêchaient d'avoir peur. Il cognait cette silhouette qui semblait lui échapper. Parfois son poing s'écrasait sur la chair, mais toujours elle encaissait et ripostait. Le galet ovale qui lui remplissait la paume transformait sa main en arme redoutable. À chaque fois qu'elle l'avait atteint, le sang avait jailli. Aveuglé par le fluide rouge qui coulait d'une plaie à la tête, Charlie cherchait en vain l'épée qui lui avait échappé. Leur combat les rapprochait du bord de la côte. Le vent avait forci et les vagues s'écrasaient sur les rochers dans un fracas liquide. L'écume volait jusque sur les deux combattants comme si l'océan voulait les avaler, réclamant son dû.

Au loin, près de la maison, deux silhouettes s'agitaient. Il lui sembla entendre des appels, mais la jeune femme les ignora. Viviane était là, déterminée, rien ne la distrairait de l'ultime combat. La force qui la possédait acérait son esprit. Elle ne sentait plus ni la douleur ni l'épuisement. Soudain le monstre qui lui faisait face poussa un rugissement de triomphe, il avait enfin repéré Barr-amzer. Il était le plus proche.

Une fraction de seconde, Viviane se trouva paralysée et quelque chose se passa.

Au loin, Kowalski et Énora virent une chose impossible.

Après une brève course d'élan, la jeune femme sembla voler au ras du sol, les mains en avant. Après un impeccable roulé-boulé elle arracha l'arme au moment où Devers tendait la main pour s'en emparer. Dans le même mouvement fluide, elle s'écarta et solidement campée sur ses pieds, elle brandit l'épée à deux mains. Un instant décontenancé Devers resta là les bras ballants. Derrière lui l'Atlantique grondait.

Kowalski courait, s'époumonant à crier son nom, mais Viviane ne se retourna pas. Derrière lui Énora s'efforçait de maintenir le rythme.

— Laisse-la faire ce qu'elle doit accomplir.

— Je ne peux pas la laisser tuer de sang-froid.

Essoufflée, ses côtes la faisant souffrir, Énora ne put répliquer. Le vent enfla encore, les deux policiers avançaient courbés en deux, mais il leur semblait faire du sur-place. Ils assistèrent impuissants à la fin.

Tout d'un coup Charlie émit une longue plainte, comme une supplique. Il était tout au bord des rochers. Il y eut comme une accalmie, un soupir de la mer.

Viviane le regarda, derrière lui l'eau semblait frémir de centaines de visages qui dansaient brouillés sous la surface. Ils attendaient.

Du fond de son ventre monta un cri ample, profond comme un écho à l'appel du monstre. Celui qui avait été Charlie fit un pas vers elle. Barr-amzer siffla, une vague énorme jaillit derrière l'homme, bouillonnante d'une écume qui se teinta de rouge. Les bras en croix, la gorge ouverte d'où s'échappait un flot écarlate, l'homme bascula au ralenti dans la vague qui sembla l'absorber.

En bas, l'eau se fracassait sur les rochers, teintée de rouge. Du sang dans l'eau salée.

Viviane leva les bras, ses cheveux détachés volaient dans les bourrasques, elle brandissait la lame qui vibrait et sifflait.

Paralysé, le commissaire la regardait. Ce qu'il voyait devant lui, c'était la gravure du livre que lui avait montré Énora. Le temps semblait s'être replié.

Qui était là ? Il ne reconnaissait pas la femme qui l'avait attiré de manière si imprévisible et soudaine. Une personnalité dangereuse avait supplanté Alys. Viviane existait. Il venait d'entrevoir sa noirceur.

Énora le secouait. Il finit par entendre ses paroles.

— Il faut absolument qu'elle jette cette épée, sinon elle basculera elle aussi. Il n'y a que toi qui puisses la ramener.

Le jeune homme avança vers la femme sombre qui semblait voler au bout du monde, dans la noirceur de son vêtement et de sa violence.

— Alys. Alys.

Des mots s'échappèrent de sa gorge, des mots insensés qui parlaient d'amour, de peur, d'espoir. Son prénom comme un cri répété, comme une incantation pour chasser Viviane.

La femme au bord du monde finit par l'entendre. Quand elle se retourna, il eut un mouvement de recul. Le visage tuméfié, maculé de traînées sanglantes n'était plus qu'un masque effrayant. Son regard le transperçait sans le reconnaître, brillant d'une lueur éminemment dangereuse.

Il crut y voir la folie d'un esprit fragmenté et en fut désespéré.

— Jette cette épée, je t'en supplie.

La femme fit un mouvement, fluide et menaçant. Une voix ample et forte s'éleva, dominant le fracas ambiant.

— Elle m'appartient !

Énora saisit son collègue par la main et le tira en arrière, hors de la zone dangereuse.

— C'est toi qui vas lui parler, mais je vais t'aider.

Énora se plaça derrière son collègue et se laissa porter jusqu'à la lisière de son esprit. Et les mots affleurèrent dans l'esprit de Kowalski, comme portés par un vent invisible. Ils débordaient de son cœur. Il regardait cette créature sombre et essayait de faire revenir Alys.

Il lui parla des choses sans consistance que se disent ceux qui s'aiment. Des mots apaisants, des mots brûlants, des rêves. Et puis il eut cette soudaine certitude.

— Reviens vers moi. Il est temps de te débarrasser de ce fardeau. Fais-le pour l'enfant, pour cette promesse qui germe en toi.

Il ne comprit pas pourquoi ces paroles avaient franchi ses lèvres, mais la femme devant lui sembla soudain se réveiller. Son regard s'éclaircit un instant, la main qui tenait l'arme s'était abaissée, mais elle se trouvait dangereusement proche du bord et derrière, la mer rugissait, les vagues se fracassaient, prêtes à l'entraîner.

Tout se passa très vite. Énora réagit instantanément. Kowalski vit une ombre rapide. L'instant suivant l'épée volait vers l'eau. Une vague gigantesque se dressa, l'entraîna dans une écume rouge vers l'océan d'où elle avait surgi des siècles auparavant. La silhouette d'Énora sembla trembler au bord des rochers et dans un ultime effort, elle parvint à s'arracher à l'étreinte mortelle et roula sur la lande, trempée mais hors d'atteinte.

Kowalski avait bondi et saisi Alys qui s'était effondrée, comme si privée de Barr-amzer elle avait perdu toute force.

Au loin, les éclats bleus des gyrophares et le bruit des deux-tons annonçaient l'arrivée des renforts.

Ils étaient tous les trois, encore seuls au bout du monde, pour quelques instants. Stéphane s'était assis sur la lande serrant contre lui la jeune femme presque inconsciente.

Énora se tenait un peu en retrait, comme repliée sur une vision intérieure. Son action désespérée pour arracher l'arme et la rejeter dans les flots avait réveillé les douleurs de ses blessures encore fraîches.

C'était un moment étrange. Celui où la victoire n'émerge pas totalement de l'horreur de la bataille, mais où le corps et l'esprit commencent à se relâcher.

Tout en bas, l'océan semblait perdre de sa fureur, les vagues se brisaient avec moins de force contre les rochers. Comme si les choses avaient retrouvé leur place. L'eau salée avait avidement bu le sang et le cadavre de l'homme possédé avait disparu en même temps que l'arme malfaisante.

La réalité reprenait tout doucement ses droits. Un rayon de lumière se fraya un chemin à travers les lourds nuages, éclairant fugitivement l'écume redevenue blanche. Le vent s'apaisait.

Le jeune homme se tourna vers Énora, serrant toujours Alys contre lui. Dans son visage marqué, son regard semblait perdu.

— Qu'est-ce qu'on fait ? Je ne veux pas qu'elle se retrouve en prison. Et pourtant ce qu'on a vu était un meurtre.

La jeune femme le regarda longuement.

— Tu n'as rien vu, ni moi non plus. Quand nous sommes arrivés, nous avons juste aperçu deux silhouettes indistinctes dans les embruns. Il nous a semblé que Devers essayait de précipiter Alys dans l'eau et puis une grande vague est arrivée, noyant tout. Quand elle s'est retirée, Devers avait disparu et Alys était par terre accrochée au piquet de la clôture.

— Mais l'épée, le corps…

— Il n'y a pas d'épée, il n'y aura pas de corps. La mer ne le rendra pas. C'est fini.

Le jeune homme hésitait encore.

— Tu veux vraiment raconter sur PV ce qui s'est passé ?

La jeune femme eut un sourire amer.

— Rappelle-toi tes sarcasmes quand mes méthodes te semblaient tellement irrationnelles. Tu crois que les magistrats ou nos collègues auront l'esprit plus ouvert ? Et puis nous ne couvrons pas un meurtre. La femme que tu tiens contre toi s'appelle Alys. C'est Viviane qui a mis fin à la folie de Devers. Il n'y avait pas d'autre issue. Et tu le sais…

— Viviane n'existe pas.

— Si. Mais elle a refermé la porte et accompli sa mission. Elle n'a plus de raison de revenir.

Des portières qui claquent, une galopade ; les policiers arrivaient en courant.

Le regard de Kowalski et celui d'Énora s'accrochèrent brièvement et intensément. Il revit son corps arc-bouté sous le sien, elle sentit sa présence en elle. Quelque chose vibra dans l'air et s'enfuit comme une brise. Ils surent à cet instant qu'ils se séparaient, mais qu'un lien solide existerait longtemps encore.

Des pompiers avaient accompagné les policiers. Ils portaient des sacs à dos de premier secours.

Tout le monde parlait en même temps. Kowalski entendait les conversations à travers un brouillard. Il tenait toujours la jeune femme contre lui.

— Monsieur, laissez-moi l'examiner.

Kowalski se releva pour laisser travailler le médecin. L'ambulance des pompiers attendait sur le chemin. Les hommes placèrent Alys, enveloppée dans sa couverture de survie, sur un brancard. Kowalski marchait à côté.

Le ciel se dégageait laissant apparaître des zones de lumière. Le commissaire se retourna. Énora se tenait immobile, le regard tourné vers la plage. Il suivit son regard et là, juste à la limite de son champ de vision, il vit une petite fille qui courait après les mouettes. Ses boucles rousses dansaient joyeusement dans le vent. Elle appelait quelqu'un. Et soudain le son lui parvint.

— Papa.

Surpris, il détourna un instant la tête. L'instant suivant, la plage était vide et calme, mais il restait rempli d'un étrange bonheur.

Alys était allongée dans l'ambulance, épuisée. En état de choc, elle s'accrochait à lui.

— Ne pars pas.

— Non, je ne pars pas, je ne pars plus.

Il se pencha sur son visage meurtri et prit sa bouche doucement. Déjà sous l'effet des calmants, la jeune femme glissait.

Le véhicule rouge cahotait sur le terrain inégal. Les policiers se tenaient à l'écart, attendant qu'il rejoigne l'équipe. Il y avait encore tant à faire. L'enquête était résolue, mais des tonnes de paperasse les attendaient.

Kowalski inspira profondément, laissant entrer l'air vif dans ses poumons. Il songeait que cette enquête était comme une lame de fond qui avait balayé à jamais toutes ses certitudes. Il avait rejoint Alys et Énora dans une autre dimension, dérangeante, mais pleine d'une attirance sombre.

Énora n'avait pas bougé, perdue dans son monde étrange. Il émanait d'elle une sorte de tristesse sereine, comme une attente. Infime fragrance, elle sentait le goût métallique du sang qui se mêlait à l'iode. Elle jeta un dernier regard en contrebas. Il n'y avait plus aucune trace des forces élémentaires qui s'étaient déchaînées. Juste un peu d'écume rosâtre accrochée sur une touffe d'herbe.

Remerciements

La dernière page est tournée, l'histoire est finie. Mais parce que vous l'avez lue, Énora, Alys, Stéphane et les autres continueront à vivre dans un recoin de votre mémoire.

Comme l'ombre ne peut être perçue sans la lumière, un auteur n'existe que par ses lecteurs.

Je voudrais remercier les tout premiers, ceux à qui j'ai confié mes écrits les plus divers. Avec une mention particulière pour un très grand marin et un homme de bien, Olivier de Kersauson, pour qui j'avais osé écrire, par jeu, une petite fable bretonne irrévérencieuse, déjantée. Son rire et ses encouragements se sont ancrés dans ma tête. Ils m'ont donné l'audace d'écrire ce roman, mais surtout de le donner à lire.

Merci de votre attention bienveillante et de vos conseils pertinents : Erwan, Cathy, Fabienne, Philippe, Agnès, François, Viviane et Iris.

Merci de tout cœur aux lectrices et lecteurs assidus des Nouveaux Auteurs qui m'ont permis d'être sélectionnée pour le Prix du Suspense 2023.

Enfin un immense merci aux membres du jury du prix du suspense psychologique 2023, qui m'ont décerné le prix *spécial suspense.* Tout particulièrement à Stéphane Dellazzeri, rédacteur en chef du magazine *Ça m'intéresse Histoire* et à Jean-Laurent Poitevin, président des Éditions Les Nouveaux Auteurs, ainsi qu'à l'équipe de Prisma Média.

NELLY JAUNEAU

Ex-commissaire générale de Police à la retraite, Nelly Jauneau se consacre désormais à sa passion : l'écriture. Elle vit en Bretagne en face d'Ouessant, dans l'une des pointes du Finistère. *Du sang dans l'eau salée* est son premier roman.

Couverture :
© Ebru Sidar / Trevillion Images
Ligne graphique : Séverine Morizet
Conception graphique de la couverture : IGS-CP à L'Isle-d'Espagnac (16)
Studio Fabrication : Flora Bellanger
Responsable Développement : Vesna Veljkovic
Chef de projet : Chloé de Jerphanion
Composition : IGS-CP à L'Isle-d'Espagnac (16)

Impression :

CPI
BRODARD & TAUPIN

pour le compte des Éditions

NOUVEAUX AUTEURS

Dépôt légal : juillet 2023 – N° d'impression : 3052079

Depuis 2009, Prisma Media met en place une politique d'achat écoresponsable.
Ainsi, une majorité du papier de nos magazines est certifié (gestion durable des forêts).
La fabrication des livres des Éditions Prisma s'inscrit également dans cette démarche.

Cet ouvrage a été imprimé en France sur un papier composé de fibres naturelles, recyclables, et fabriqué à partir de bois provenant de forêts plantées et cultivées pour la fabrication de pâte à papier.

PEFC
10-31-3068
Certifié PEFC
Ce produit est issu de forêts gérées durablement et de sources contrôlées.
pefc-france.org